如何读懂
中国古典词曲

龙榆生 等 著

应急管理出版社
·北京·

图书在版编目（CIP）数据

如何读懂中国古典词曲 / 龙榆生等著. -- 北京：应急管理出版社，2022

ISBN 978-7-5020-9371-6

Ⅰ. ①如… Ⅱ. ①龙… Ⅲ. ①词(文学)—诗词研究—中国—古代②散曲—文学研究—中国—古代 Ⅳ. ①I207.23②I207.24

中国版本图书馆 CIP 数据核字（2022）第 082530 号

如何读懂中国古典词曲

著　　者　龙榆生
责任编辑　高红勤
封面设计　郑广明

出版发行　应急管理出版社（北京市朝阳区芍药居 35 号　100029）
电　　话　010-84657898（总编室）　010-84657880（读者服务部）
网　　址　www.cciph.com.cn
印　　刷　北京市兆成印刷有限责任公司
经　　销　全国新华书店

开　　本　710mm×1000mm 1/16　**印张**　15　**字数**　249 千字
版　　次　2022 年 9 月第 1 版　2022 年 9 月第 1 次印刷
社内编号　20211376　**定价**　49.80 元

目 录

下　篇　中国古典词曲名家名作解析

序一　文学的历史动向

闻一多

人类在进化的途程中蹒跚了多少万年，忽然对近世文明影响最大最深的四个古老民族——中国，印度，以色列，希腊——都在差不多同时猛抬头，迈开了大步。约当公元前一千年左右，在这四个国度里，人们都歌唱起来，并将他们的歌记录在文字里，给流传到后代。在中国，《三百篇》里最古部分——《周颂》和《大雅》，印度的《黎俱吠陀》（Rig-veda），《旧约》里最早的《希伯来诗篇》，希腊的《伊利亚特》（Iliad）和《奥德赛》（Odyssey）——都约略同时产生。再过几百年，在四处思想都醒觉了，跟着是比较可靠的历史记载的出现。从此，四个文化，在悠久的年代里，起先是沿着各自的路线，分途发展，不相闻问，然后，慢慢地随着文化势力的扩张，一个个的胳臂碰上了胳臂，于是吃惊，点头，招手，交谈，日子久了，也就交换了观念思想与习惯。最后，四个文化慢慢地都起着变化，互相吸收，融合，以至总有那么一天，四个的个别性渐渐消失，于是文化只有一个世界的文化。这是人类历史发展的必然路线，谁都不能改变，也不必改变。

上文说过，四个文化猛进的开端都表现在文学上，四个国度里同时迸出歌声。但那歌的性质并非一致的。印度希腊，是在歌中讲着故事，他们那歌是比较近乎小说戏剧性质的，而且篇幅都很长，而中国以色列则都唱着以人生与宗教为主题的较短的抒情诗。中国与以色列许是偶同，印度与希腊都是雅利安人种，说着同一系统的语言，他们唱着性质比较类似的歌，倒也不足怪。

中国，和其余那三个民族一样，在他开宗第一声歌里，便预告了他以后数千年间文学发展的路线。《三百篇》的时代，确乎是一个伟大的时代，我们的文化大体上是从这一刚开端的时期就定型了。文化定型了，文学也定型了，从此以后两千年间，诗——抒情诗，始终是我国文学的正统的类型，甚至除散文外，它是唯一的类型。赋，词，曲，是诗的支流，一部分散文，如赠序，碑志等，是诗的副产品，而小说和戏剧又往往以各自不同的方式夹杂些诗。诗，不但支配了整个文学领域，还影响了造型艺术，它同化了绘画，又装饰了建筑（如楹联，春帖等）和许多工艺美术品。

诗似乎也没有在第二个国度里，像它在这里发挥过的那样大的社会功能。在我们这里，一出世，它就是宗教，是政治，是教育，是社交，它是全面的生活。维系封建精神的是礼乐，阐发礼乐意义的是诗，所以诗支持了那整个封建时代的文化。此后，在不变的主流中，文化随着时代的进行，在细节上曾多少发生过一些不同的花样。诗，它一面对主流尽着传统的呵护的职责，一方面仍给那些新花样忠心的服务。最显著的例子是唐朝。那是一个诗最发达的时期，也是诗与生活拉拢得最紧的一个时期。

从西周到春秋中叶，从建安到盛唐，这中国文学史上两个最光荣的时期，都是诗的时期。两个时期个个拖着一条姿势稍异，但同样灿烂的尾巴，前者的是楚辞、汉赋，后者的是五代宋词。而这辞赋与词还是诗的支流。然则从西周到宋，我们这大半部文学史，实质上只是一部诗史。但是诗的发展到北宋实际也就完了。南宋的词已经是强弩之末。就诗本身说，连尤、杨、范、陆和稍后的元遗山似乎都是多余的、重复的，以后的更不必提了。我们只觉得明清两代关于诗的那许多运动和争论，都是无谓的挣扎。每一度挣扎的失败，无非重新证实一遍那挣扎的徒劳无益而已。本来从西周唱到北宋，足足二千年的工夫也够长的了，可能的调子都已唱完了。到此，中国文学史可能不必再写，假如不是两种外来的文艺形式——小说与戏剧，早在旁边静候着，准备届时上前来“接力”。是的，中国文

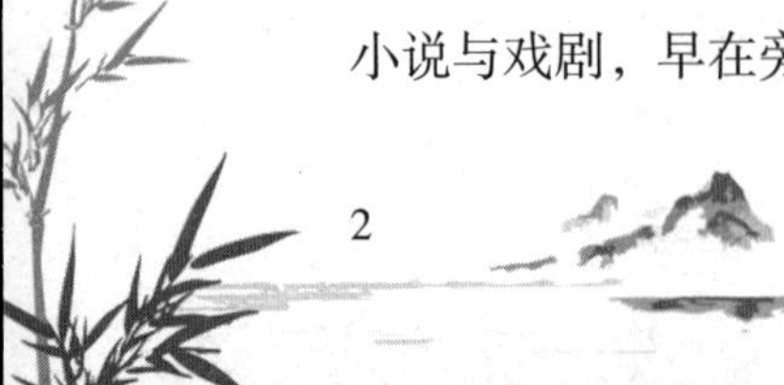

学史的路线南宋起便转向了，从此以后是小说戏剧的时代。

故事与雏形的歌舞剧，以前在中国本土不是没有，但从未发展成为文学的部门。对于讲故事，听故事，我们似乎一向就不大热心。不是教诲的寓言，就是纪实的历史，我们从未养成单纯的为故事而讲故事，听故事的兴趣。我们至少可说，是那充满故事兴味的佛典之翻译与宣讲，唤醒了本土的故事兴趣的萌芽，使它与那较进步的外来形式相结合，而产生了我们的小说与戏剧。故事本是民间的产物，不用讳言，它的本质是低级的。（便在小说戏剧里，过多的故事成分不也当悬为戒条吗？）正如从故事发展出来的小说戏剧，其本质是平民的，诗的本质是贵族的。要晓得它们之间距离很大，而距离是会孕育恨的。所以我们的文学传统既是诗，就不但是非小说戏剧的，而且推到极端，可能还是反小说戏剧的。若非宗教势力带进来那点新鲜刺激，而且自己的歌实在也唱到无可再唱的了，我们可能还继续产生些《韩非说储》，或《燕丹子》一类的故事，和《九歌》一类的雏形歌舞剧，但是，元剧和章回小说绝不会有。然而本土形式的花开到极盛，必归于衰谢，那是一切生命的规律，而两个文化波轮由扩大而接触而交织，以致新的异国形式必然要闯进来，也是早经历史命运注定了的。异国形式也许早就来到了，早到起码是汉朝佛教初输入的时候，你可以在几百年中不注意它，等到注意了之后，还可以延宕，踌躇个又一度几百年，直到最后，万不得已的，这才死心塌地，接受了吧！但那只是迟早问题。反正自己的花无法再开，那命数你得承认。新的种子从外面来到，给你一个再生的机会，那是你的福分。你有勇气接受它，是你的聪明，肯细心培植它，是有出息，结果居然开出很不寒伧的花朵来，更足以使你自豪！

第一度外来影响刚刚扎根，现在又来了第二度的。第一度佛教带来的印度影响是小说戏剧，第二度基督教带来的欧洲影响又是小说戏剧（小说戏剧是欧洲文学的主干，至少是特色），你说这是碰巧吗？

不然。欧洲文化正如它的鼻祖希腊文化一样，和印度文化，往大处看，还不是一家？这样说来，在这两度异乡文化东渐的阵容中，印度不过是欧洲的头，欧洲是印度的尾而已。就文化接触的全盘局势来看，头已进来，尾迟早必须来到，应该也是早已料到的事。第一度外来影响，已经由扎根而开花了，但还不算开到最茂盛的地步，而本土的旧形式，自从枯萎后，还不见再荣的迹象，也实在没有再荣的理由。现在第二度外来影响，又与第一度同一种类，毫无问题，未来的中国文学还要继续那些伟大的元、明、清人的方向，在小说戏剧的园地上发展。待写的一页文学史，必然又是一段小说戏剧史，而且较向前的一段，更为热闹，更为充实。

但在这新时代的文学动向中，最值得揣摩的，是新诗的前途。你说，旧诗的生命诚然早已结束，但新诗——这几乎是完全重新再做起的新诗，也没有生命吗？对了，除非它真能放弃传统意识，完全洗心革面，重新做起。但那差不多等于说，要把诗做得不像诗了。也对。说得更准确点，不像诗，而像小说戏剧，至少让它多像点小说戏剧，少像点诗。太多“诗”的诗，和所谓“纯诗”者，将来恐怕只能以一种类似解嘲与抱歉的姿态，为极少数人存在着。在一个小说戏剧的时代，诗得尽量采取小说戏剧的态度，利用小说戏剧的技巧，才能获得广大的读众。这样做法并不是不可能的，在历史上多少人已经做过，只是不大彻底罢了。新诗所用的语言更是向小说戏剧跨近了一大步，这是新诗之所以为“新”的第一个也是最主要的理由。其它在态度上，在技巧上的种种进一步的试验，也正在进行着。请放心，历史上常常有人把诗写得不像诗，如阮籍，陈子昂，孟郊，如华茨渥斯（Wordsworth），惠特曼（Whitmen），而转瞬间便是最真实的诗了。诗这东西的长处就在它有无限度的弹性，变得出无穷的花样，装得进无限的内容。只有固执与狭隘才是诗的致命伤，纵没有时代的威胁，它也难立足。

每一时代有每一时代的主潮，小的波澜总得跟着主潮的方向推进，跟不上的只好留在港汊里干死完事。战国秦汉时代的主潮是散文。一部分诗服从了时代的意志，散文化了，便成就了《楚辞》和初期的“汉赋”，成就了《铙歌》，这些都是那时代的光荣。另一部分诗，如《郊祀歌·安世房中歌》，韦孟《讽谏诗》之类，跟不上潮流，便成了港汊中的泥淖。

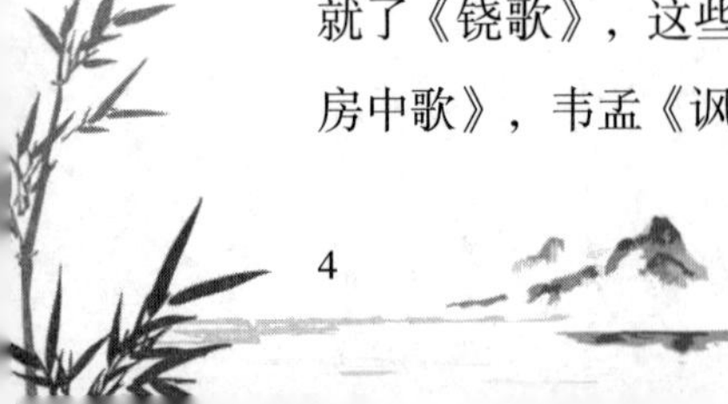

明代的主潮是小说，《先妣事略》《寒花葬志》和《项脊轩志》的作者归有光，采取了小说的以寻常人物的日常生活为描写对象的态度，和刻画景物的技巧，总算是沾上了点时代潮流的边儿（他自己以为是读《史记》读来了的，那是自欺欺人的话），所以是散文家中欧公以来唯一顶天立地的人物。其他同时代的散文家，依照各人小说化的程度的比例，也多多少少有些成就，至于那般诗人们只忙于复古，没有理会时代，无疑那将被未来的时代忘掉。以上两个历史的教训，是值得我们的新诗人书绅的。

四个文化同时出发，三个文化都转了手，有的转给近亲，有的转给外人，主人自己却都没落了，那许是因为他们都只勇于“予”而怯于“受”。中国是勇于“予”而不太怯于“受”的，所以还是自己的文化的主人，然而也只仅免于没落的劫运而已。为文化的主人自己打算，“取”不比“予”还重要吗？所以仅仅不怯于“受”是不够的，要真正勇于“受”。让我们的文学更彻底的向小说戏剧发展，等于说要我们死心塌地走人家的路。这是一个“受”的勇气的测验，也是我们能否继续自己文化的主人的测验。

过去记录里有未来的风色。历史已给我们指示了方向——“受”的方向，如今要的只是勇气，更多的勇气啊！

序二　中国文学的遗产问题

郑振铎

许多人提出了“文学遗产”问题。人类的文明有一部分是以人类的血与肉，泪与汗建筑起来的。当我们徘徊于埃及荒原上的金字塔旁，或踏上了罗马斗兽场的石阶，或踯躅在雅典处女神庙的遗址而不忍离开的时候，我们曾否想到：这些弘伟壮丽的先民的遗产，乃是以无量数的奴隶的血与肉，泪与汗所堆砌而成！这可怕的膏血涂抹的遗产，显示出来的是蹂躏与鞭打，铁锁与饥饿，他们无限凄凉地被映照在夕阳的金光里，仿佛每一支断柱，每一块巨瓦废砖，都会开口诉述出人类是如何的在驱使、鞭策、奴役自己的圆颅方趾的兄弟们。差不多，可以“发思古之幽情”的所在，没有一所不是可以使我们想象到那可怕的过去的。

文学的遗产在其间却是最没有血腥气的——虽然有一部分也会被嗅到一点这种气息，和显露出些过去文士们的谀媚的丑态。

一部人类的历史，便是一本血迹斑斑的相斫书，或可以说，人类的历史，是以血写成的。这相斫书到什么时候才告个了结，这历史，到什么时候才不会再以血去写它，那是，谁也不能知道。——然而有人是在努力着，在呼号着，想要把血淋淋的笔从萨坦手上抢去了；而用自己的和平的心，清莹的墨水，去写成自己的历史；虽然他们还不曾说服了大多数的为魔鬼的狂酒所醉的帝国主义者们。

但在其间，人类的文学的历史，却比较的是以具有伟大心胸的文士们的同情的热诚的笔写成的；——虽然也有一部分是曾被娼嫉、谀媚、愤咒的烟气纠绕于中。

所以在人类的许多遗产里，文学的遗产也许是最足以使我们夸耀自己的文明与伟大的。

我们憧憬于歌中之歌的景色。我们沉醉于《依利亚特》《奥特赛》的歌唱。我们被感动于释迦摩尼的自我牺牲的“从井救人”的精神。我们为希腊悲剧所写的人与运命的争斗，生命与名誉或正义的选择的纠纷，而兴奋，而慷慨悲歌。

我们也为无穷尽的冗长而幻怪百出的印度、阿剌伯的故事所迷惘。我们也为《吉诃德先生传》而笑乐，而被打动得欲泣。为《韩米雷德》、为《麦克伯》、为《仲夏夜梦》而惹得悲郁的想，或轻松的笑。为《神曲》、为《新生》、为《失乐园》、为《仙后》、为《刚脱白莱故事》、为《十日谈》而感受到新鲜的弘伟的感觉。

我们也为歌德、席勒、拜仑、雪莱、卢骚、福禄贝尔诸人的作品，而感泣，而奋发，而沉思，而热情沸腾。

我们也为嚣俄、屠格涅夫、托尔斯泰、易卜生、柴霍甫、狄更司、高尔基、高尔斯华绥诸人的小说、戏曲所提醒，所指示，而愤懑，而悲戚，而欲起来做些事。

乃至奥维特的《变形记》，中世纪的《玫瑰与狐狸》，大仲马的《三个火枪手》，史格得的《萨克森劫后英雄略》等等，也各给我们以许多的问题，许多的资料，和许多的愉快的感觉。

这些，都足以表示我们的人群里，自古来，便有许多不是渴欲饮血，“欲苦苍生数十年”的英雄的模式的人物。他们具有伟大、和平的心胸，救世拯溺的热情，精敏锐利的眼光，与乎丰富繁赜的想象，以不忍人之心，发为不忍人之呼号。他们的工作的结果是伟大而永久的。

在人类的历史里，属于他们的一部分是不被嗅出血腥气来的。

而在想从萨坦手里夺去了血淋的那支巨笔，不使他们再以人的血书写下去的人们里，他们也便是其中的一部分。

在这些世界的不朽的文学遗产里，中国也自有其伟大的可以夸耀的一份儿。

但这所谓“以文立国”的古老的国家，究竟产生了什么呢?

当希腊的荷马、阿士齐洛士，印度的释迦摩尼、瓦尔米基在歌唱，在说道，在演奏他们的伟大的著作的时候，我们的孔子和屈原也已诞生于世。这几千年来，是不断的在产出无量数的诗歌、戏曲、小说、散文来。

在这无量数的诗、剧、小说与散文的遗产里，究竟是有若干值得被称为伟大的，值得永久的被赞许着的。

碎砖破瓦是太多了，简直难得一时清理出那一片文学的古址出来。有如披沙淘金似的，沙粒是无量数的多。

假如把沙粒当作了金砂，那不是很无聊的可悲的情形吗?但金砂是永远的在闪闪作光的，并不难于拣出。

为了几千年来，许多的文人学士们只是把文学当作了宫廷的供奉之具，当作了个人的泄发牢骚，表弄丑态的东西，于是文学便被个人主义与实用主义压迫得透不过气来。

“不学诗，无以言”“登高能赋，可以为大夫”，这些便都是浅而狭的实用主义的呼声。这些作品便占了我们文学遗产的一大部分。他们只是皇帝的应声虫，只是皇帝的弄人；被夸称为“文学侍从之臣”的人物，原来也不过是优旃、优孟之流，东方朔自诉得最痛快！杨循吉、徐霖辈受不了那不平的待遇，却硬抽身跑脱了。（其实也只是露骨些的不平的待遇。）

然而被笼络住了的“文学侍从之臣”们，却在自欺欺人的鸣盛世的太平，为皇家作忠实的走狗；还在洋洋得意的训诲、教导着无穷尽的青年们走上他们的道路。

然而“登龙无术”的被淘汰了的文人们，为了身子矮，吃不到葡萄，却只好嚷着葡萄酸，其实是一样的热衷！在那谈穷诉苦的呼声里面，我们看出了他们的希求。只要抛下了一块骨头，他们还不争着抢吗?尤侗写他的《钧天乐》传奇的时候，是那样愤懑不平；然而不久异族的皇帝，招他来做“侍臣”了，他便贴然地跪拜嵩呼，而且还将那些“胡服胡冠”，图而传之久远！这还不够使人见了感到浑身不舒服么?

这些纯以个人主义或个人的利禄功名的思想为中心的作品，又占了我们的文学遗产的一大部分。

那么，我们所留下的有些什么呢？还不该仔细的拣选、表彰着他们么？

在无量数的黄沙堆里，金砂永远是闪闪的在作光，并不难以把他们拣出。

假如我们把黄砂也当作了金粒，而呼号的鼓吹着，那么这错误是可以补救的么？

我们要放大了眼光，在实用主义与个人主义以外的作品里去拣。我们不需要供奉文学，也不需要纯以个人的富贵功名为中心的牢骚文学，我们所需要的是更伟大的更具有永久生命的作品。而这些伟大的作品，在我们的文学遗产里，却并不是少！

所以，提出了文学遗产问题，并不是说，一切的丑态百出的东西，都可以算作遗产，我们真正的伟大的遗产，足以无愧的加入世界文学的宝库中者，还要待我们用敏锐博大的眼光去拣选！至于怎样的拣选以及拣选的标准的问题，那是另外一会事，需要许多人来合作的。

上篇

中国古典词曲的历史源流

燕乐杂曲词之兴起

龙榆生

今之所谓词，为“曲子词”之简称；在唐宋间，或称“曲子词”（《花间集序》），或称“今曲子”（《碧鸡漫志》），或仅称“曲子”（《画墁录》）。至称“长短句”，或曰“诗余”，则又晚出之名，非其朔也。

“曲子词”之兴起，当溯源于《乐府诗集》中之“近代曲辞”。郭茂倩云：“近代曲者，亦杂曲也；以其出于隋唐之世，故曰近代曲也。隋自开皇初，文帝置七部乐：一曰《西凉伎》，二曰《清商伎》，三曰《高丽伎》，四曰《天竺伎》，五曰《安国伎》，六曰《龟兹伎》，七曰《文康伎》。至大业中，炀帝乃立《清乐》《西凉》《龟兹》《天竺》《康国》《疏勒》《安国》《高丽》《礼毕》以为九部；乐器工衣，于是大备。唐武德初，因隋旧制，用九部乐。太宗增《高昌乐》，又造《谦乐》而去《礼毕曲》；其著令者十部：一曰《谦乐》，二曰《清商》，三曰《西凉》，四曰《天竺》，五曰《高丽》，六曰《龟兹》，七曰《安国》，八曰《疏勒》，九曰《高昌》，十曰《康国》，而总谓之《燕乐》；声辞繁杂，不可胜纪。凡燕乐诸曲，始于武德、贞观，盛于开元、天宝，其著录者十四调，二百二十二曲。”（《乐府诗集》七九）据此，知隋唐间为“燕乐杂曲”之创作极盛时代。

《乐府诗集》所载“近代曲”，计与《教坊记》合者，有《抛球乐》《破阵乐》《还京乐》《千秋乐》《长命女》《杨柳枝》《浪淘沙》《望

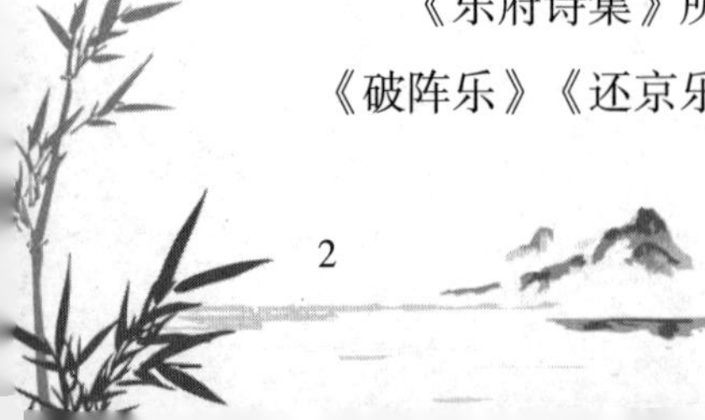

江南》《想夫怜》《凤归云》《离别难》《拜新月》《征步郎》《太平乐》《大郎神》《胡渭州》《杨下采桑》《大酺乐》《山鹧鸪》《醉公子》《叹疆场》《如意娘》《何满子》《水鼓子》（《教坊记》作《水沽子》）、《绿腰》《凉州》《伊州》《甘州》《采桑》《霓裳》《雨霖铃》《回波乐》等三十二曲；并其余出《教坊记》外者，共收“近代曲”至八十四种之多；而唐人作除刘禹锡之《潇湘神》，白居易、刘禹锡之《忆江南》，王建之《宫中调笑》，韦应物之《调笑》，戴叔伦之《转应词》，吉中孚妻张氏之《拜新月》为长短句，确立后来“词”体外，余并五七言诗；则知开元、天宝间，虽“燕乐杂曲”盛行，而仍以旧体诗入曲；朱熹所谓“古乐府只是诗，中间却添许多泛声；后来人怕失了那泛声，逐一添个实字，遂成长短句”（《朱子语类》百四十）者；在此时风气尚未大开；又王灼所云“唐时古意亦未全丧”（《碧鸡漫志》一）是也。

依“燕乐杂曲”之声，因而创作新词者，前人则以李白《菩萨蛮》《忆秦娥》二词，为百代词曲之祖（黄昇《唐宋诸贤绝妙词选》）。然二词晚出，且来历不明，近人已多疑之；而谓“依曲拍为句”之词，实始于刘禹锡、白居易（参看胡适《词的启源》）。惟考之《乐府诗集》，隋炀帝及其臣王胄同作之《纪辽东》，实为后来“倚声填词”之“滥觞”。特为拈出比勘如下：

炀帝作：

辽东海北翦长鲸（韵），风云万里清（叶）。方当销锋散马牛（句），旋师宴镐京（叶）。前歌后舞振军威（换韵），饮至解戎衣（叶）。判不徒行万里去（句），空道五原归（叶）。秉旄仗节定辽东（韵），俘馘变夷风（叶）。清歌凯捷九都水（句），归宴雒阳宫（叶）。策功行赏不淹留（换韵），全军藉智谋（叶）。讵似南宫复道上（句），先封雍齿侯（叶）？

王胄作：

辽东浿水事龚行（韵），俯拾信神兵（叶）。欲知振旅旋归乐（句），为听凯歌声（叶）。十乘元戎才渡辽（换韵），扶涉已冰消（叶）。讵似百万临江水（句），按辔空回镳（叶）。天威电迈举朝鲜（韵），信次即言旋（叶）。还笑魏家司马懿（句），迢迢用一年（叶）。鸣銮诏跸发淆潼（换韵），合爵及畴庸（叶）。何必丰沛多相识（句），比屋降尧封（叶）？

综观一调四词，虽平仄尚未尽谐，而每首八句六叶韵，前后段各四句换韵，句法则七言与五言相间用之，四词无或差舛，形式最与唐末五代“令曲”相近；郭氏录冠《近代曲辞》，其为后来“倚声填词”之祖明矣。

词在隋代，既有创作，何以中间歇绝，竟鲜嗣音？推其最大原因，一为士大夫守旧心理，不甘俯就“胡夷里巷之曲”，为撰新词；一为乐工多取名人诗篇，为加“泛声”合之弦管（参看《词学季刊》创刊号拙著《词体之演进》）；前者为中国文人傲慢性之表现，后者足以助长其偷息心理；长短句词发展之迟缓，皆此两重心理，作祟于其间也。

《尊前集》收唐人词，有明皇之《好时光》一首，李白之《连理枝》一首、《清平乐》五首、《菩萨蛮》三首、《清平调》三首，韦应物之《调笑》二首、《三台》二首，王建之《宫中三台》二首、《江南三台》四首、《宫中调笑》四首，杜牧之《八六子》一首，刘禹锡之《杨柳枝》十二首、《竹枝》十首、《纥那曲》二首、《忆江南》一首、《浪淘沙》九首、《潇湘神》二首、《抛球乐》二首，白居易之《杨柳枝》十首、《竹枝》四首、《浪淘沙》六首、《忆江南》二首、《宴桃源》三首，卢贞之《杨柳枝》一首，张志和之《渔父》五首，司空图之《酒泉子》一首，韩偓之《浣溪沙》二首，薛能之《杨柳枝》十八首，成文幹之《杨柳枝》十首，温庭筠之《菩萨蛮》五首。自韦应物以下，皆开元、天宝以后人，其词又多为五七言绝句诗体；在温庭筠以前，长短句词，固未风行于士大夫间也。欧阳炯《花间集序》称“在明皇朝，则有李太白之应制《清平乐调》四首”，不及其他；而所谓“《清平乐调》”，果为《尊前集》所载之《清平乐》，抑为七言绝句体之《清平调》？未易遽下断语。至明

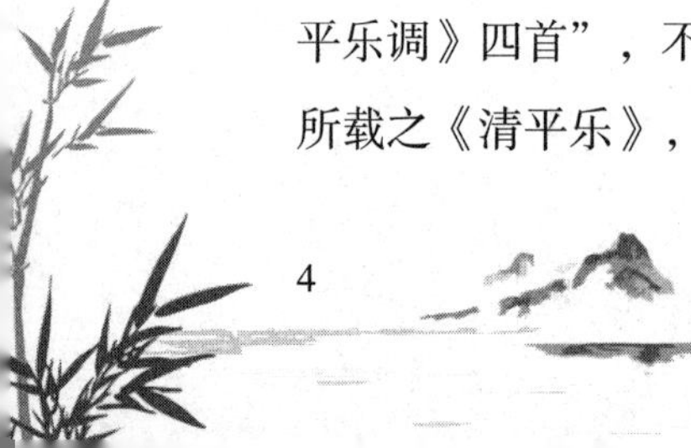

皇《好时光》：

宝髻偏宜宫样，莲脸嫩，体红香。眉黛不须张敞画，天教入鬓长。莫倚倾国貌，嫁取个、有情郎。彼此当年少，莫负好时光。

据近人刘毓盘之说，谓："此词疑亦五言八句诗，如'偏''莲''张敞''个'等字，本属和声，而后人改作实字。"（《词史》）志和《渔父》，亦七言绝句诗，特于第三句减一字，化作三字两句耳。然则"并和声作实字，长短其句，以就曲拍者"（《全唐诗注》），虽在开元、天宝早肇其端，而当时士大夫间，固不轻于尝试也。

慢词之发展

龙榆生

慢曲之为文人注意，实始于柳永（字耆卿，初名三变，崇安人）。南宋吴曾云："词自南唐以来，但有小令。慢曲当起于宋仁宗朝，中原息兵，汴京繁庶，歌台舞席，竞赌新声。耆卿失意无俚，流连坊曲；遂尽收俚俗语言，编入词中，以便伎人传习。一时动听，散播四方。其后东坡、少游、山谷等相继有作，慢词遂盛。"（《能改斋漫录》）世之言词学者，遂以永为长调之"开山"，而《云谣集杂曲子》中，唐人已有长调；特皆出于民间之无名作者，恒为士大夫所鄙夷，必待永之"日与儇子纵游倡馆酒楼间，无复检约"（《艺苑雌黄》）者，始肯低首下心为之制作，故发展稍迟耳。

《宋史·乐志》称："宋初置教坊，得江南乐，已汰其坐部不用。自后因旧曲创新声，转加流丽。"柳词依此种新声而作，《乐章》一集，长调为多。叶梦得称："永为举子时，多游狭邪，善为歌词。教坊乐工，每得新腔，必求永为辞，始行于世。"（《避暑录话》）陈师道亦言："三变游东都南北二巷，作新乐府，骫骳从俗，天下咏之。"（《后山诗话》）永对慢词创作之多，盖应乐工歌妓之请；而扩张词体，遂为词坛别开广大法门；虽内容"大概非羁旅穷愁之词，则闺门淫媟之语"（《艺苑雌黄》），不足引以为病也。

柳词既多应歌之作，为迎合倡家心理，不得不杂以"俚俗语言"。黄昇称"耆卿长于纤艳之词"（《唐宋诸贤绝妙词选》），实出当时需要。

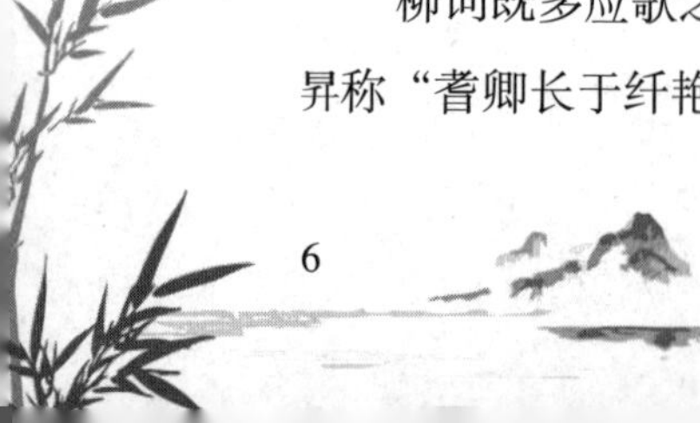

例如《昼夜乐》之下阕：

洞房饮散帘帏静，拥香衾，欢心称。金鑪麝袅青烟，凤帐烛摇红影。无限狂心乘酒兴，这欢娱渐入嘉景。犹自怨邻鸡，道秋宵不永。

此类作品，在《乐章集》中，占最多数；其流传之广，所谓“凡有井水处，必能歌柳词”(《避暑录话》)者,必为此类之作无疑。然柳词胜处,固不在此。其述羁旅行役之感,于“铺叙展衍”中,有纵横排宕之致,具见笔力。例如《戚氏》：

晚秋天，一霎微雨洒庭轩。槛菊萧疏，井梧零乱惹残烟。凄然，望江关，飞云黯淡夕阳间。当时宋玉悲感，向此临水与登山。远道迢递，行人凄楚，倦听陇水潺湲。正蝉吟败叶，蛩响衰草，相应喧喧。

孤馆度日如年。风露渐变，悄悄至更阑。长天净、绛河清浅，皓月婵娟。思绵绵，夜永对景，那堪屈指。暗想从前。未名未禄，绮陌红楼，往往经岁迁延。

帝里风光好，当年少日，暮宴朝欢。况有狂朋怪侣，遇当歌对酒竞留连。别来迅景如梭，旧游似梦，烟水程何限？念利名憔悴长萦绊，追往事空惨愁颜。漏箭移稍觉轻寒，渐呜咽画角数声残。对闲窗畔，停灯向晓，抱影无眠。

直将作者个性，及其生活状况，充分表现于字里行间。以二百十二字之歌词，兼写景、抒情、述事，颇似杜甫作歌行手段；其体势之开拓，实亦下启东坡;又不独《八声甘州》之“霜风凄紧,关河冷落,残照当楼”,为“不灭唐人高处”(《侯鲭录》引东坡说）而已。

与永并称而亦常作慢词者，有张先（字子野，乌程人）。晁无咎云：“子野与耆卿齐名，而时以子野不及耆卿。然子野韵高，是耆卿所乏处。”（《词林纪事》引）先以《天仙子》一词负盛誉，宋祁至呼为“云破月来花弄影郎中”（《古今词话》）。所作慢词，质与量皆远不及永之丰富；然其人极为苏轼所推重，谓：“子野诗笔老妙，歌词乃其余波耳。”（《张子野词跋》）陈师道称：“张子野老于杭，多为官伎作词。”（《后山诗话》）是其词亦多应歌之作，与永同为依新声而创制。

其长调以《谢池春慢》为最著，题为“玉仙观道中逢谢媚卿”云：

缭墙重院，时闻有啼莺到。绣被掩余寒，画幕明新晓。朱槛连空阔，飞絮知多少？径莎平，池水渺。日长风静，花影闲相照。

尘香拂马，逢谢女城南道。秀艳过施粉，多媚生轻笑。斗色鲜衣薄，碾玉双蝉小。欢难偶，春过了。琵琶流怨，都入相思调。

此外长调尚有《山亭宴慢》《卜算子慢》《喜朝天》《破阵乐》《倾杯》《熙州慢》等十数阕，大抵皆清代周济所谓“只是偏才，无大起落”（《介存斋论词杂著》）者也。

《宋史·乐志》以“慢曲”与“急曲”对举，而后世悉以词中之长调为慢词，推张、柳二家，为创作慢词之祖。然长调是否悉为“慢曲”，尚有疑问；特慢词之创作，在文人则张、柳实开风气之先，要为不可掩之事实耳。

词体之解放

龙榆生

自柳永多作慢词，恢张词体，疆域日广，其所容纳之资料，遂亦日见丰富。惟在永为应教坊乐工之要求，倚曲制词，势必求谐音律，不能无所拘制；且为迎合群众心理，不得不侧重于儿女之情，“骫骳从俗”，以取悦于当世；而体势既经拓展，曲调又极流行，高尚文人，亦多娴习；乃有感于此种新兴体制之可以应用无方，而仅言儿女私情，不足以餍知识阶级之欲望；于是内容之扩大，相挟促进词体，以入于解放之途；而苏轼以横放杰出之才，遂为词坛别开宗派；此词学史上之剧变，亦即词体所以能历久常新之故也。

胡寅尝称：“词曲者古乐府之末造；然文章豪放之士，鲜不寄意于此者，随亦自扫其迹，曰浪谑游戏而已。柳耆卿后出，掩众制而尽其妙，好之者以为不可复加。及眉山苏氏，一洗绮罗香泽之态，摆脱绸缪宛转之度，使人登高望远，举首高歌，而逸怀浩气，超然乎尘垢之外；于是《花间》为皂隶，而柳氏为舆台矣。”（《酒边词序》）以严肃态度填词，而提高词在文学上之地位，一洗士大夫卑视词体之心理，实自轼发之。王灼云：“东坡先生，非心醉于音律者；偶尔作歌，指出向上一路，新天下耳目，弄笔者始知自振。”（《碧鸡漫志》）可谓深知苏词价值之所在者矣。

轼以才情学问为词，晁补之所谓“横放杰出，自是曲子内缚不住者”。由是而伤今怀古，说理谈禅，并得以词表之，体用遂益宏大。《东坡词》全部风格，王鹏运以“清雄”二字当之（说详《词林考鉴》）；然亦随年龄环境为转移，大约以中年官徐州，及谪贬黄州数年中所作为最胜。例如：

永遇乐

明月如霜，好风如水，清景无限。曲港跳鱼，圆荷泻露，寂寞无人见。紞如三鼓，铿然一叶，黯黯梦云惊断。夜茫茫，重寻无处，觉来小园行遍。

天涯倦客，山中归路，望断故园心眼。燕子楼空，佳人何在，空锁楼中燕。古今如梦，何曾梦觉？但有旧欢新怨。异时对，黄楼夜景，为余浩叹。（徐州作）

临江仙

夜饮东坡醒复醉，归来仿佛三更。家童鼻息已雷鸣。敲门都不应，倚杖听江声。

长恨此身非我有，何时忘却营营？夜阑风静縠纹平。小舟从此逝，江海寄余生。（黄州作）

以及《洞仙歌》“冰肌玉骨”,《念奴娇》“大江东去”,《卜算子》“缺月挂疏桐”诸阕，皆此一时期作品也。

自轼解放词体，而作者个性，始充分表现于词中；其特征则调外有题，不必全谐音律。闻轼风而起者，有黄庭坚、晁补之、叶梦得（字少蕴，吴县人）、向子諲（字伯恭，临江人）、陈与义、辛弃疾（字幼安，历城人）诸人。元好问称：“坡以来，山谷、晁无咎、陈去非、辛幼安诸公，俱以歌词取称，吟咏情性，留连光景，清壮顿挫，能起人妙思；亦有语意拙直，不自缘饰，因病成妍者，皆自坡发之。”（《遗山文集·新轩乐府序》）辛为南宋大家，后当别论；叶、向、陈虽入南渡，而词派纯出东坡；近人朱孝臧尝称：“学东坡得真髓者，惟叶少蕴一人。”兹并黄晁二家，附述于下：

黄晁二家，皆东坡门下士。王灼称：“晁无咎、黄鲁直皆学东坡，韵制得七八；黄晚年（案当作早年）间放于狭邪，故有少疏荡处。”（《碧鸡漫志》）黄与秦观并称“秦七黄九”（《后山诗话》），而作风迥不相同。庭坚少作多艳词，且杂方言俚语，实于柳永为近；晚年始步趋苏氏，间以禅理入词；又如隐括《醉翁亭记》为《瑞鹤仙》，叶韵处全用“也”字，下开南宋稼轩一派诡异之风。补之尝言：“鲁直间作小词固高妙，然不是当行家语，自是著腔子唱好诗。”（《直斋书录解题》引）亦就其作品之近东坡者言也。兹举《鹧鸪天》“答史应之”一阕为例：

黄菊枝头生晓寒，人生莫放酒杯干。风前横笛斜吹雨，醉里簪花倒著冠。

身健在，且加餐，舞裙歌板尽清欢。黄花白发相牵挽，付与时人冷眼看。

补之词坦易之怀，磊落之气，确是东坡“法乳”。近人冯煦谓：“无咎无子瞻之高华，而沉咽则过之。”（《宋六十一家词选序例》）其作品最为世所称诵者，无过《摸鱼儿》“东皋寓居”一阕：

买陂塘、旋栽杨柳，依稀淮岸江浦。东皋嘉雨新痕涨，沙觜鹭来鸥聚。堪爱处，最好是、一川夜月光流渚。无人独舞。任翠幕张天，柔茵藉地，酒尽未能去。

青绫被、莫忆金闺故步，儒冠曾把身误。弓刀千骑成何事？荒了邵平瓜圃。君试觑，满青镜星星，鬓影今如许！功名浪语。便似得班超，封侯万里，归计恐迟暮。

波澜壮阔，下启稼轩。晁、辛皆山东人，同具豪放之气，而补之继往开来之功，为不可没矣。

梦得为绍圣四年进士，宜亦及见东坡。关注序其《石林词》，谓：“晚岁落其华而实之，能于简淡时出雄杰，合处不减靖节东坡之妙，岂近世乐府之流？”其代表作如《水调歌头》：

霜降碧天净，秋事促西风。寒声隐地，初听中夜入梧桐。起瞰高城四望，寥落关河千里，一醉与君同。叠鼓闹清晓，飞骑引雕弓。

岁将晚，客争笑，问衰翁：平生豪气安在？走马为谁雄？何似当筵虎士，挥手弦声响处，双雁落遥空。老矣真堪惜！回首望云中。

在东坡以前，填词者类为娱宾遣兴，应用之途至狭。至东坡乃悍然不顾一切，借其体而解纵之，以建立“诗人之词”。同时如陈师道，尝讥：“子瞻以诗为词，如教坊雷大使之舞，虽极天下之工，要非本色”（《后山诗话》）；而王安石《桂枝香》一曲，则颇引东坡为同调。安石非专力于词者，不足以壮阵容；东坡特自行其是，别开疆域；亦恃其才名足以凌驾当时豪俊，故能尝试成功耳。既得黄晁二家，为之辅翼，梦得更延一线；下逮南宋，向子諲以理学名臣，陈与义以一代诗家，助其张目；遂蔚成风气，广被于南北各方矣。

唐五代词人与词

吴　梅

词者，诗之余也。诗莫古于《三百篇》，皆可以合乐。周衰，诗亡乐废，屈宋代兴。虽“九歌”侑乐，而已与诗异涂矣。经秦之乱，古乐胥亡。汉武立乐府，作《郊祀》十九章，《铙歌》二十二章。历魏晋六朝，皆仍其节奏（其名历代不同。其歌法仍袭旧）。于是诗与乐分矣。自魏武借乐府以写时事，《薤露歌》《蒿里行》，皆为董卓之乱而作，与原义不同。陈思王植作《鞞舞新歌》五章，谓古曲谬误至多，异代之文，不必相袭，爰依前曲，别作新歌。此说一开，后人乃有依乐府之题，而直抒胸臆者。于是乐府之真又失矣。两晋以下，诸家所作，不尽仿古，一时君臣，尤喜别翻新调；而民间哀乐缠绵之情，托诸长谣短咏以自见者，亦往往而有。如东晋无名氏作《女儿子》《休洗红》二曲，梁武帝之《江南弄》，沈约之《六忆诗》，其字句音节，率有定格，此即词之滥觞矣。盖诗亡而乐府兴，乐府亡而词作，变迁递接，皆出自然也。今自隋唐以迄五代，略为诠论如下。

唐人词略

昔人论词，皆断自唐代。诚以唐代以前，如炀帝之《清夜游》《湖上曲》、侯夫人《看梅一点春》等，虽在李白、王维以前，而其词恐为后人伪托，不可据为典要，因亦以唐代为始。按赵璘《因话录》，唐初，柳范作《江南折桂令》，当在青莲《忆秦娥》《菩萨蛮》之前。而各家选本，皆未及之，其词盖久佚矣。皋文以青莲首列者，有深意焉。大抵初唐诸作，不过破五七言诗为之。中盛以后，词式始定。迨温庭筠出，而体格大备。此唐词之大概也。爰为论列之。

（一）李白　白字太白，蜀人。或云山东人。供奉翰林。录《忆秦娥》一首：

箫声咽，秦娥梦断秦楼月。秦楼月。年年柳色，灞陵伤别。

乐游原上清秋节，咸阳古道音尘绝，音尘绝。西风残照，汉家陵阙。

太白此词，实冠今古，决非后人可以伪托，如《菩萨蛮》《桂殿秋》《连理枝》诸阕，读者尚有疑词也。盖自齐梁以来，陶弘景之《寒夜怨》，陆琼《饮酒乐》，徐孝穆《长相思》等，虽具词体，而堂庑未大。至太白而繁情促节，长吟远慕，遂使前此诸家，悉归笼化，故论词不得不首太白也。刘融斋以《菩萨蛮》《忆秦娥》两首，足抵杜陵《秋兴》，想其情境，殆作于明皇西幸之后，此言前人所未发，因亟录之。（按太白前，不独柳范有《折桂令》一曲也，沈佺期有《回波词》，红友亦收入《词律》，实则六言诗耳。又明皇亦有《好时光》一首，见《尊前集》，亦系伪作。）

（二）张志和　志和字子同，金华人。擢明经，肃宗命待诏翰林。坐贬，不复仕。自称烟波钓徒。录《渔歌子》一首：

西塞山前白鹭飞，桃花流水鳜鱼肥。青箬笠，绿蓑衣，斜风细雨不须归。

此词为七绝之变，第三句作六字折腰句。按志和所作共五首，《词综》录其二，余三首见《尊前集》。唐人歌曲，皆五七言诗，此《渔歌子》既与七绝异，或就绝句变化歌之耳。因念《清平调》《阳关曲》，举世传唱，实皆是诗。《清平调》后人拟作者鲜，《阳关曲》则颇有摹效之者，如东坡《小秦王》词，四声皆依原作。盖音调存在，不妨被以新词也。至此词音节，或早失传，故东坡增句作《浣溪沙》，山谷增句作《鹧鸪天》，不得不就原词以叶他调矣。

（三）韦应物　应物京兆人，官左司郎中，历苏州刺史。录《调笑》一首：

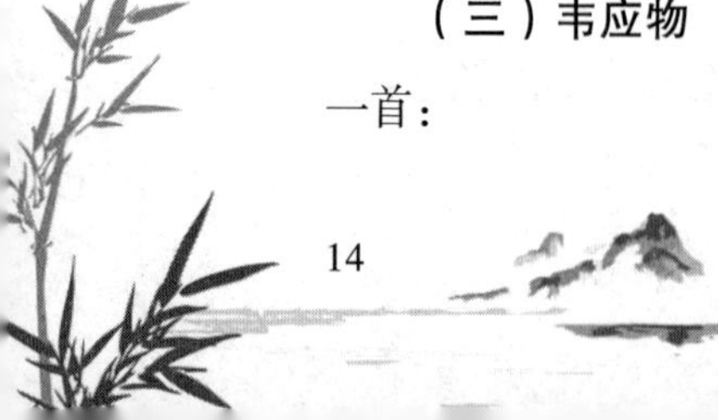

胡马，胡马，远放燕支山下。跑沙跑雪独嘶，东望西望路迷。迷路，迷路，边草无穷日暮。

应物词见《尊前集》者共四首：《调笑》二，《三台》二也。唐人作《调笑》者至多，如戴叔伦之“边草词”，王建之“团扇词”，皆用此调。其后《杨柳枝》盛行，而此调鲜见。入宋以后，此调句法更变，专供大曲歌舞之用矣。（《杨柳枝》实即七绝耳。）

（四）白居易 居易字乐天，下邽人。贞元十四年进士，历官至中书舍人，以刑部尚书致仕。有《长庆集》。录《长相思》一首：

汴水流，泗水流，流到瓜州古渡头。吴山点点愁。

思悠悠，恨悠悠，恨到归时方始休。月明人倚楼。

公所作词至富，如《杨柳枝》《竹枝》《花非花》《浪淘沙》《宴桃源》等，皆流丽稳协。而《一七令》体，尤为古今创作。后人塔体诗，即依此作也。余细按诸作，惟《宴桃源》与《长相思》为纯粹词体，余若《杨枝》《竹枝》《浪淘沙》显为七言绝体。即《花非花》《一七令》，亦长短句之诗，不得概目之为词也。《宴桃源》云：“前度小花静院。不必寻常时见。见了又还休，愁却等闲分散。肠断。肠断。记取钗横鬓乱。”按格直是《如梦令》。昔人以后唐庄宗所作为创，不知已始于白傅矣。余此录概取唐人之确凿为词者，彼长短句之诗勿入焉。

（五）刘禹锡 禹锡字梦得，中山人。贞元中进士，仕为太子宾客，会昌中检校礼部尚书。录《忆江南》一首：

春去也，多谢洛城人。弱柳从风疑举袂，丛兰浥露似沾巾。独坐亦含颦。

《尊前集》录梦得作有《杨柳枝》十二首、《竹枝》十首、《纥那曲》二首、《忆江南》一首、《浪淘沙》九首、《潇湘神》二首、《抛球乐》二首，中惟《忆江南》为词，《潇湘神》亦长短句诗耳。（词云：“斑竹枝，斑竹枝，泪痕点点寄相思。楚客欲听瑶瑟怨，潇湘深夜月明时。”与韩翃《章台柳》词实是一格。韩词云：“章台柳，章台柳，昔日青青今在否。纵使长条似旧垂，亦应攀折他人手。”所异者一平韵，一仄韵而已。）《忆江南》一调，据韩偓《海山记》，隋炀帝泛东湖，制《湖上》曲八阕，即为《忆江南》句调，后人遂谓隋时所作。不知《湖上》八曲，皆是双叠，而双叠之体，实始于宋，唐人诸作，无一非单调。岂有炀帝时反有是格哉？故论此调创始，不若以白傅、梦得辈为妥云。

（六）温庭筠　本名岐，字飞卿，太原人。官方山尉。有《握兰》《金荃》等集。录《更漏子》一首：

玉炉香，红蜡泪，偏照画堂秋思。眉翠薄，鬓云残，夜长衾枕寒。

梧桐树，三更雨，不道离情正苦。一叶叶，一声声，空阶滴到明。

唐至温飞卿，始专力于词。其词全祖风骚，不仅在瑰丽见长。陈亦峰曰："所谓沉郁者，意在笔先，神余言外。写怨夫思妇之怀，寓孽子孤臣之感。凡交情之冷淡，身世之飘零，皆可于一草一木发之。而发之又必若隐若现，欲露不露，反复缠绵，终不许一语道破。匪独体格之高，亦见性情之厚。"此数语惟飞卿足以当之。学词者从沉郁二字着力，则一切浮响肤词，自不绕其笔端，顾此非可旦夕期也。飞卿最著者，莫如《菩萨蛮》十四首。大中时，宣宗爱《菩萨蛮》，丞相令狐绹乞其假手以进，戒令勿他泄，而遽言于人，由是疏之。今所传《菩萨蛮》诸作，固非一时一境所为，而自抒性灵，旨归忠爱，则无弗同焉。张皋文谓皆感士不遇之作，盖就其寄托深远者言之。即其直写景物，不事雕缋处，亦夐绝不可追及。如"花落子规啼，绿窗残梦迷""杨柳又如丝，驿桥烟雨时""鸾镜与花枝，此情谁得知"等语，皆含思凄婉，不必求工，已臻绝诣，岂独自以瑰丽胜人哉？（《词苑丛谈》载宣宗时，宫嫔所歌《菩萨蛮》一首云，在《花间集》外，其词殊鄙俚，如下半叠云："风流心上物，本为风流出。看取薄情人，罗衣无此痕。"决非飞卿手笔，故赵选不取。）至其所创各体，如《归国遥》《定西番》《南歌子》《河渎神》《遐方怨》《诉衷情》《思帝乡》《河传》《蕃女怨》《荷叶杯》等，虽亦就诗中变化而出，然参差缓急，首首有法度可循，与诗之句调，绝不相类。所谓解其声，故能制其调也。彭孙遹《词统源流》以为词之长短错落，发源于《三百篇》。飞卿之词，极长短错落之致矣。而出辞都雅，尤有怨悱不乱

之遗意。论词者必以温氏为大宗，而为万世不祧之俎豆也。宜哉！

（七）皇甫松 松字子奇，湜之子。录《摘得新》一首：

酌一卮，须教玉笛吹。锦筵红蜡烛，莫来迟。繁红一夜经风雨，是空枝。

松为牛僧孺甥，以《天仙子》一词著名。词云：“晴野鹭鸶飞一只。水荭花发秋江碧。刘郎此日别天仙，登绮席。泪珠滴。十二晚峰青历历。”黄花庵谓不若《摘得新》为有达观之见，余因录此。元遗山云：“皇甫松以《竹枝》《采莲》排调擅场，而才名远逊诸人。《花间集》所载，亦止小令短歌耳”。余谓唐词皆短歌，《花间》诸家，悉传小令，岂独子奇？遗山此言，未为确当。松词殊不多，《尊前集》有十首，如《怨回纥》《竹枝》《抛球乐》等阕，实皆五七言诗之变耳。

右唐词凡七家，要以温庭筠为山斗。他如李景伯、裴谈之《回波词》，崔液之《踏歌词》，刘长卿、窦弘余之《谪仙怨》，概为五六言诗。杜甫、元结等所撰之新乐府，多至数十韵，自标新题，以咏时政，名曰乐府，实不可入词。无名氏诸作，如《后庭宴》之“千里故乡”，《鱼游春水》之“秦楼东风里”，虽证诸石刻，定为唐人所作，然《鱼游春水》为长调词，较杜牧之《八六子》字数更多，未免怀疑也。至若杨妃之《阿那曲》，柳姬之《杨柳枝》，刘采春之《啰唝曲》，杜秋娘之《金缕曲》，王丽真之《字字双》，更不能谓之为词。余故概行从略焉。

五代十国人词略

陆放翁曰：“诗至晚唐五季，气格卑陋，千人一律。而长短句独精巧高丽，后世莫及，此事之不可晓者。”盖其时君唱于上，臣和于下，极声色之供奉，蔚文章之大观，风会所趋，朝野一致，虽在贤知，亦不能自外于习尚也。《花间》辑录，重在蜀人。（赵录共十八人，词五百首，而蜀人有十三家，如韦庄、薛昭蕴、牛峤、毛文锡、牛希济、欧阳炯、顾夐、魏承班、鹿虔扆、阎选、尹鹗、毛熙震、李珣等，皆蜀人也。）并世哲匠，颇多遗佚。后唐、西蜀，不乏名言；李氏君臣，亦多奇制。而屏弃不存，一语未采，不得不谓蔽于耳目之近矣。夫五代之际，政令文物殊无足观，惟兹长短之言，实为古今之冠。大抵意婉词直，首让韦庄，忠厚缠绵，惟有延巳,其余诸子，亦各自可传，虽境有哀乐，而辞无高下也。至若吴越王钱俶，闽后陈氏、蜀昭仪李氏、陶学士、郑秀才之伦，单词片语，不无可录。第才非专家，不妨从略焉。

（一）后唐庄宗　录《阳台梦》一首：

薄罗衫子金泥缝，困纤腰怯铢衣重。笑迎移步小兰丛，亸金翘玉凤。

娇多情脉脉，羞把同心撚弄。楚天云雨却相和，又入阳台梦。

按庄宗词之可考者，有《忆仙姿》《一叶落》《歌头》及此首而已，皆见《尊前集》。《忆仙姿》即《如梦令》。《一叶落》为自度曲，此取末三字为调名，意境却甚似飞卿也。《歌头》一首，分咏四季，其语尘下，疑是伪作。庄宗好优美，或伶工进御之言，故词中止及四时花事耳。五季君主之能词者，尚有蜀后主王衍，后蜀后主孟昶。而《醉妆》《甘州》，殊乏风致；《风来》《水殿》，亦属赝作，余故阙之焉。

（二）南唐嗣主　录《山花子》一首：

菡萏香销翠叶残，西风愁起碧波间。还与韶光共憔悴，不堪看。

细雨梦还鸡塞远，小楼吹彻玉笙寒。多少泪珠何限恨，倚阑干。

中宗诸作，自以《山花子》二首为最，盖赐乐部王感化者也。此词之佳，在于沉郁。夫“菡萏销翠”“愁起西风”，与韶光无涉也；而在伤心人见之，则夏景繁盛，亦易摧残，与春光同此憔悴耳。故一则曰“不堪看”，一则曰“何限恨”，其顿挫空灵处，全在情景融洽，不事雕琢，凄然欲绝。至“细雨”“小楼”二语，为西风愁起之点染语，炼词虽工，非一篇中之至胜处；而世人竞赏此二语，亦可谓不善读者矣。余尝谓二主语，中主能哀而不伤，后主则近于伤矣。然其用赋体，不用比兴，后人亦无能学者也。此二主之异处也。

（三）南唐后主　录《虞美人》一首：

春花秋月何时了？往事知多少。小楼昨夜又东风，故国不堪回首月明

中。

雕阑玉砌应犹在，只是朱颜改。问君能有几多愁，恰似一江春水向东流。

前谓后主词用赋体，观此可信。顾不独此也，《忆江南》《相见欢》《长相思》（“一重山”一首）等，皆直抒胸臆，而复宛转缠绵者也。至《浪淘沙》之“无限江山”，《破阵子》之“泪对宫娥”，此景此情，安得不以眼泪洗面？东坡讥其不能痛哭九庙，以谢人民，此是宋人之论耳。余谓读后主词，当分为二类：《喜迁莺》《阮郎归》《木兰花》《菩萨蛮》（“花明月暗”一首）等，正当江南隆盛之际，虽寄情声色，而笔意自成馨逸，此为一类；至入宋后，诸作又别为一类（即前述《忆江南》《相见欢》等）。其悲欢之情固不同，而自写襟抱，不事寄托，则一也。今人学之，无不拙劣矣。（“雕阑玉砌”云云，即《浪淘沙》“玉楼瑶殿空照秦淮”之意也。）

（四）和凝 凝字成绩，郓州人。后梁举进士，官翰林学士。晋天福中，拜中书侍郎同平章事。入后汉，拜太子太傅，封鲁国公。有《红叶稿》。录《喜迁莺》一首：

晓月坠，宿烟披，银烛锦屏帷。建章钟动玉绳低，宫漏出花迟。

春态浅，来双燕，红日渐长一线。严妆欲罢啭黄鹂，飞上万年枝。

成绩有曲子相公之名，而《红叶稿》已佚。《词综》所录，仅《春光好》《采桑子》《河满子》《渔父》四首，《尊前集》则《江城子》五首，《麦秀两歧》及此词而已。皆不如《花间集》之多也。（花间录二十首。）

余案：成绩诸作，类摹写宫壶，不独此词宫漏出花迟也。（《春光好》之“蘋叶软”，《薄命女》之“天欲晓”皆是。）《江城》五支，为言情者之祖，后人凭空结构，皆本此词。托美人以写情，指落花而自喻，古人固有之，亦未可轻议也。

（五）韦庄 庄字端己，杜陵人。乾宁元年进士，入蜀，王建辟掌书记，寻召为起居舍人，建表留之，后官至散骑常侍，判中书门下事。有

《浣花集》。录《归国遥》一首：

金翡翠，为我南飞传我意。罨画桥边春水，几年花下醉。

别后只知相愧，泪珠难远寄。罗幕绣帷鸳被，旧欢如梦里。

端己《菩萨蛮》四章，倦倦故国之思，最耐寻味。而此词南飞传意，别后知愧，其意更为明显。陈亦峰论其词，谓似直而纡，似达而郁，洵然。虽一变飞卿面目，而绮罗香泽之中，别具疏爽之致。世以温韦并论，当亦难于轩轾也。《菩萨蛮》云："未老莫还乡，还乡须断肠。"又云："凝恨对斜晖，忆君君不知。"《应天长》云："夜夜绿窗风雨，断肠君信否。"又云："难相见，易相别，又是玉楼花如雪。"皆望蜀后思君之辞。时中原鼎沸，欲归未能，言愁始愁，其情大可哀矣。

又按《花间集》共录十八家，自温庭筠、皇甫松外，凡十六家，为五季时人。而十六家中，除韦庄外，蜀人有十二人之多。今附列韦庄之下，以见蜀中文物之盛云。

1. 薛昭蕴《小重山》云：

春到长门春草青。玉阶华露滴，月胧明。东风吹断紫箫声。宫漏促，帘外晓啼莺。

愁极梦难成。红妆流宿泪，不胜情。手挼裙带绕花行。思君切，罗幌暗尘生。

2. 牛峤《江城子》云：

鵁鶄飞起郡城东。碧江空。半滩风。越王宫殿，蘋叶藕花中。帘卷水楼鱼浪起，千片雪，雨濛濛。

3. 毛文锡《虞美人》云：

宝檀金缕鸳鸯枕，绶带盘宫锦。夕阳低映小窗明。南园绿树语莺莺，梦难成。

玉炉香暖频添炷，满地飘轻絮。珠帘不卷度沉烟。庭前闲立画秋千，艳阳天。

4. 牛希济《谒金门》云：

秋已暮，重叠关山歧路。嘶马摇鞭何处去，晓禽霜满树。

梦断禁城钟鼓，泪滴沉檀无数。一点凝红和薄雾，翠蛾愁不语。

5. 欧阳炯《凤楼春》云：

凤髻绿云丛，深掩房栊，锦书通。梦中相见觉来慵。匀面泪，脸珠融。因想玉郎何处去，对淑景谁同。

小楼中，春思无穷。倚阑凝望，暗牵愁绪，柳花飞趁东风。斜日照帘栊（与前叠复），罗幌香冷粉屏空。海棠零落，莺语残红。

6. 顾敻《浣溪沙》云：

红藕香寒翠渚平，月笼虚阁夜蛩清，塞鸿惊梦两牵情。

宝帐玉炉残麝冷，罗衣金缕暗尘生，小窗孤烛泪纵横。

7. 魏承班《谒金门》云：

烟水阔，人值清明时节。雨细花零莺语切，愁肠千万结。

雁去音徽断绝，有恨欲凭谁说。无事伤心犹不彻，春时容易别。

8. 鹿虔扆《临江仙》云：

金锁重门荒苑静，绮窗愁对秋空。翠花一去寂无踪。玉楼歌吹，声断已随风。

烟月不知人事改，夜阑还照深宫。藕花相向野塘中。暗伤亡国，清露泣香红。

9. 阎选《定风波》云：

江水沉沉帆影过，游鱼到晚透寒波。渡口双双飞白鸟，烟袅，芦花深处隐渔歌。

扁舟短棹归兰浦，人去，萧萧竹径透青莎。深夜无风新雨歇，凉月，露迎珠颗入圆荷。

10. 尹鹗《满宫花》云：

月沉沉，人悄悄，一炷后庭香袅。风流帝子不归来，满地禁花慵扫。

离恨多，相见少，何处醉迷三岛。漏清宫树子规啼，愁锁碧窗春晓。

11. 毛熙震《菩萨蛮》云：

梨花满院飘香雪，高楼夜静风筝咽。斜月照帘帷，忆君和梦稀。

小窗灯影背，燕语惊愁态。屏掩断香飞，行云山外归。

12. 李珣《定风波》云：

帘外烟和月满庭，此时闲坐若为情。小阁拥炉残酒醒，愁听，寒风落叶一声声。

惟恨玉人芳信阻，云雨，屏帷寂寞梦难成。斗转更阑心杳杳，将晓，银釭斜照绮琴横。

右十二家，皆见《花间集》。崇祚为蜀人，故所录多本国人诸作。词家选本，以此集为最古，其有不见此选者，亦无从搜讨矣。夫蜀自王建戊辰改元武成，至后主衍咸康乙酉亡，历十有八年。后蜀自孟知祥甲午改元明德，至后主昶广政乙丑亡，历三十年。此选成于广政三年，是时孟氏立国，仅有七载，故此集所采，大抵前蜀人为多。而韦庄、牛峤、毛文锡，且为唐进士也。五季之际，如沸如羹，天宇崩颓，彝教凌废。深识之士，浮沉其间，惧忠言之触祸，托俳语以自晦。吾知十国遗黎，必多感叹悲伤之作，特甄录无人，乃至湮没，后人籀讽，独有赵录，遂谓声歌之制，独盛于蜀，滋可惜矣。今就此十二家言之，惟欧阳炯、顾敻、鹿虔扆为孟蜀显官，至阎选、李珣亦布衣耳，其他皆王氏旧属。是以缘情托兴，万感横集，不独《醉妆》《薄媚》，沦落风尘，睿藻流传，足为词谶也。牛希济之"梦断禁城"，鹿虔扆之"露泣亡国"，言为心声，亦可得其大概矣。

（六）孙光宪　字孟文，陵州人，游荆南。高从晦署为从事，仕南平，累官检校秘书，曾劝高继冲献三州之地，宋太祖授以黄州刺史。将用为学士，未及而卒。有《荆台》《笔佣》《橘斋》《巩湖》诸集。录《谒金门》一首：

留不得，留得也应无益。白纻春衫如雪色，扬州初去日。

轻别离，甘抛掷，江上满帆风疾。却羡彩鸳三十六，孤鸾还一只。

陈亦峰云："孟文词，气骨甚遒，措语亦多警炼，然不及温、韦处亦在此。坐少闲婉之致。"余谓孟文之沉郁处，可与李后主并美。即如此词，已足见其不事侧媚，甘处穷寂矣。他如《清平乐》云："掩镜无语眉低，思随芳草萋萋。"是自抱灵修楚累遗意也。《菩萨蛮》云："碧烟轻袅袅，红战灯花笑。"盖讽弋取名利，憧憧往来者也。至闲婉之处，亦复

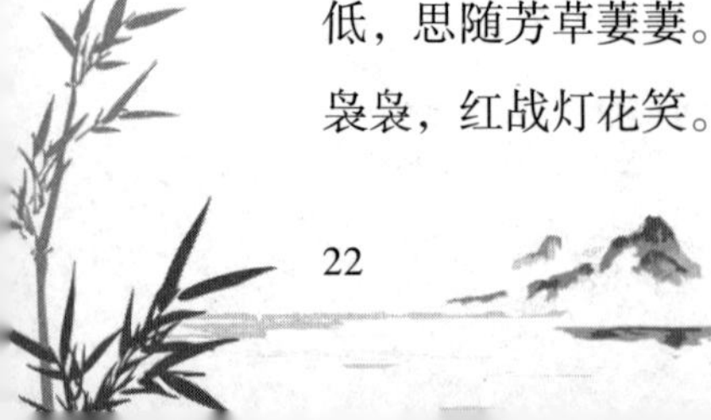

尽多。如《浣溪沙》云："目送征鸿飞杳杳，思随流水去茫茫，兰红波碧忆潇湘。"又云："花冠闲上午墙啼。"《思越人》云："渚莲枯，宫树老。长洲废苑萧条。想像玉人空处所，月明独上溪桥。"此等俊逸语，亦孟文所独有。

（七）冯延巳 字正中，唐末徙家新安。事南唐，官至左仆射，同平章事。有《阳春集》一卷。录《菩萨蛮》一首：

画堂昨夜西风过，绣帘时拂朱门锁。惊梦不成云，双蛾枕上颦。

金炉烟袅袅，烛暗纱窗晓。残月尚弯环，玉筝和泪弹。

正中词缠绵忠厚，与温、韦相伯仲。其《蝶恋花》诸作，情词悱恻，可群可怨。张皋文云："忠爱缠绵，宛然骚辨之义。"余最爱咏之。如"日日花前常病酒，不辞镜里朱颜瘦"。"泪眼倚楼频独语，双燕来时，陌上相逢否"。"浓睡觉来莺乱语，惊残好梦无寻处"。思深意苦，又复忠厚恻怛。词至此则一切叫嚣纤冶之失，自无从犯其笔端矣。他如《归国谣》《抛球乐》《采桑子》《菩萨蛮》等，亦含思凄婉，蔼然动人，俨然温、韦之意也。其《谒金门》一首，当系成幼文作。《古今词话》曰："幼文为大理卿，词曲妙绝，尝作《谒金门》曰：'风乍起，吹皱一池春水。'为中主所闻，因按狱稽滞。召诘之，且谓曰：'卿职在典刑，一池春水，干卿何事？'幼文顿首以谢。"《南唐书》以为冯词。陈振孙《书录解题》曰："'风乍起'词，世多言冯作，而《阳春录》无之。当是成作。不独'庭院深深'一首，明是欧作，有李清照《漱玉词》可证也。"

又按南唐享国虽不久长，而文学之士，风发云举，极一时之盛。如张泌、成幼文、韩熙载、潘佑、徐铉兄弟、汤悦，俱有才名，即以词论，诸子亦有可观。而赵录于南唐诸人，自张泌外，概不置录。何也？因附见一二，如前韦端己条例。

1.张泌《临江仙》云：

烟收湘渚秋江静，蕉花露泣愁红。五云双鹤去无踪。几回魂断，凝望向长空。

翠竹暗留珠泪怨，闲调宝瑟波中。花鬟月鬓绿云重。古祠深殿，香冷雨和风。

2.成幼文《谒金门》云：

风乍起，吹皱一池春水。闲引鸳鸯香径里，手挼红杏蕊。

斗鸭阑干遍倚，碧玉搔头斜坠。终日望君君不至，举头闻鹊喜。

3.徐昌图《临江仙》云：

饮散离亭西去，浮生常恨飘蓬。回头烟柳渐重重。淡云孤雁远，寒日暮天红。

今夜画船何处，潮平淮月朦胧。酒醒人静奈愁浓。残灯孤枕梦，轻浪五更风。

4.潘佑“题红罗亭梅花”残句云：

楼上春寒山四面，桃李不须夸烂漫，已失了春风一半。

右四家惟徐昌图一首，《词综》入宋词内，而成肇麟《唐五代词选》则列入冯正中后，且徐籍莆田，是为南唐人无疑也。潘佑词不经见，此见罗大经《鹤林玉露》，惜全词佚矣。总之，五季时词以西蜀、南唐为最盛。而词之工拙，以韦庄为第一，冯延巳次之，最下为毛文锡。叶梦得尝谓馆阁诸公评庸陋之词，必曰此仿毛司徒，是在宋时已有定论，今亦赖赵录而传。崇祚洵词苑功臣哉！至诸家情至文生，缠绵忠爱，不独为苏、黄、秦、柳之开山，即宣和、绍兴之盛，皆兆于此矣。

正宗词派之建立

龙榆生

自苏轼与柳永分道扬镳，而词家遂有“别派”“当行”之目；后来更分“婉约”“豪放”二派，而认“婉约”者为正宗。李清照论词，谓：“别是一家，知之者少。后晏叔原、贺方回、秦少游、黄鲁直出，始能知之。又晏苦无铺叙，贺苦少典重；秦则专主情致而少故实，譬如贫家美女，非不妍丽而终乏富贵；黄即尚故实而多疵病，如良玉有瑕，价自减半。”（《苕溪渔隐丛话》引）此论词者所以有“当行”之说也。又其讥柳永则曰“虽协音律，而词语尘下”；对晏殊、欧阳修、苏轼则曰“皆句读不葺之诗尔，又往往不协音律”。由此以言，则所谓正宗派，必须全协音律，而又不可“词语尘下”；此秦、贺诸家之所以为“当行”也。晏、黄业见前章；其建立正宗词派者，当自秦、贺二家始，而周邦彦实集其成。

秦观（字少游，扬州高邮人）少豪隽，慷慨溢于文词（《宋史·文苑传》），而其词特以“婉约”称，初亦颇受柳永影响。叶梦得云：“少游亦善为乐府，语工而入律，知乐者谓之作家；元丰间，盛行于淮楚。苏子瞻于四学士中，最善少游；故他文未尝不极口称善，岂特乐府？然犹以气格为病；故尝戏云：‘山抹微云秦学士，露华倒影柳屯田。’‘露华倒影’，柳永《破阵乐》语也。”（《避暑录话》）秦词应歌之作，有近似柳黄二家者；而其出色当行，情景交炼处，则多深婉不迫之趣，回绝时流。例如《八六子》：

倚危亭，恨如芳草，萋萋刬尽还生。念柳外青骢别后，水边红袂分时，怆然暗惊。

无端天与娉婷，夜月一帘幽梦，春风十里柔情。怎奈向、欢娱渐随流水，素弦声断，翠绡香减，那堪片片飞花弄晚，濛濛残雨笼晴。正销凝，黄鹂又啼数声。

伤离念远之情，描写达于圣境。迨坐党籍，谪贬南迁，词格遂由温婉而入于凄咽。例如《阮郎归》(郴州作)：

湘天风雨破寒初，深沉庭院虚。丽谯吹罢《小单于》，迢迢清夜徂。

乡梦断，旅魂孤，峥嵘岁又除。衡阳犹有雁传书，郴阳和雁无！

纯为哀婉之音。其在衡阳作《千秋岁》一词，尤为苏、黄所激赏。要之观以环境关系,晚年稍变作风;而其衣被词人,则仍在以“婉约”为正宗派“开山作祖”也。

贺铸（字方回，山阴人）喜剧谈天下事，可否不略少假借，人以为近侠。然博学强记，工语言，深婉丽密，如比组绣；尤长于度曲；掇拾人所遗弃，少加隐括，皆为新奇。尝言：“吾笔端驱使李商隐、温庭筠，当奔命不暇。”（叶梦得《建康集·贺铸传》）张耒序其《东山乐府》云：“余友贺方回，博学业文，而乐府之词，高绝一世；携一编示余，大抵倚声而为之词，皆可歌也。”铸以《青玉案》“梅子黄时雨”一语负盛名，时谓之“贺梅子”。王灼以铸与周邦彦并称，谓：“贺《六州歌头》《望湘人》《吴音子》诸曲，周《大酺兰陵王》诸曲最奇崛。”（《碧鸡漫志》）铸词有以“奇崛”胜者，然以近于“婉约”一派者为多；特以健笔写柔情，又与秦观异趣耳。例如《伴云来》（即《天香》）：

烟络横林，山沉远照，逦迤黄昏钟鼓。烛映帘栊，蛩催机杼，共苦清秋风露。不眠思妇，齐应和几声砧杵。惊动天涯倦宦，骎骎岁华行暮。

当年酒狂自负，谓东君以春相付。流浪征骖北道，客樯南浦，幽恨无人晤语。赖明月曾知旧游处，好伴云来，还将梦去。

其小令于二晏之外，又别具风格，时近南朝乐府。例如《陌上郎》(即《生查子》)：

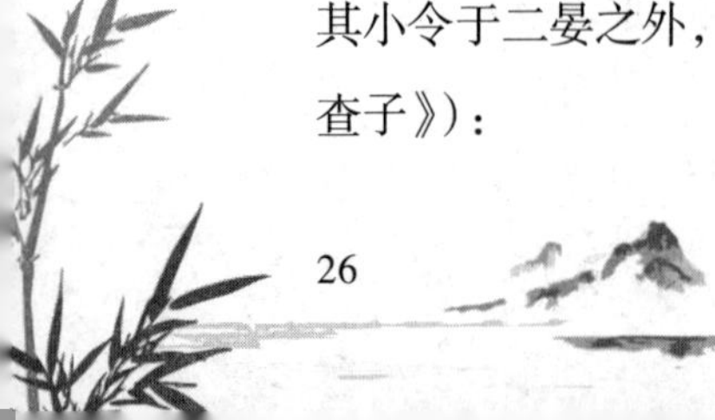

西津海鹘舟，径度沧江雨。双橹本无情，鸦轧如人语。

挥金陌上郎，化石山头妇。何物系君心？三岁扶床女。

周邦彦（字美成，自号清真居士，钱塘人）以献《汴都赋》知名。徽宗置大晟乐府，命邦彦作提举官，而制撰官又有万俟咏（字雅言，自号大梁词隐）等，相与“讨论古音，审定古调。沦落之后，少得存者；由是八十四调之声稍传；而美成诸人，又复增演慢曲、引、近，或移宫换羽，为三犯、四犯之曲，按月律为之，其曲遂繁”（张炎《词源》）。《宋史》亦称：“邦彦好音乐，能自度曲。”（《文苑传》）其词以健笔写柔情，承贺氏之风而发扬光大之，更多创调。近人王国维谓：“读其词者犹觉拗怒之中，自饶和婉；曼声促节，繁会相宣；清浊抑扬，辘轳交往；两宋之间，一人而已。”（《清真先生遗事》）音律与词情兼美，清真实集词学之大成，宜后世之奉为正宗也。其代表作如《六丑》“蔷薇谢后作”：

正单衣试酒，怅客里光阴虚掷。愿春暂留，春归如过翼，一去无迹。为问家何在？夜来风雨，葬楚宫倾国。钗钿堕处遗香泽。乱点桃蹊，轻翻柳陌，多情更谁追惜？但蜂媒蝶使，时叩窗隔。

东园岑寂，渐蒙笼暗碧。静绕珍丛底，成叹息。长条故惹行客，似牵衣待话，别情无极。残英小、强簪巾帻。终不似，一朵钗头颤袅，向人欹侧。漂流处，莫趁潮汐。恐断红尚有相思字，何由见得？

千回百折，令人玩味无穷；法度谨严，尤足示人矩矱。沈伯时谓：“作词当以清真为主。盖清真最为知音，且无一点市井气；下字运意，皆有法度，往往自唐宋诸贤诗句中来，而不用经史中生硬字面。”（《乐府指迷》）所谓正宗词派之标准如此，此《清真词》之所以为当行出色者欤？

词家所谓“当行”之作，除上述三家外，其在北宋，尚有赵令畤（字德麟，宋宗室）、晁端礼（字次膺，其先澶州清丰人，徙家彭门）、李之仪（字端叔，沧州无棣人）、毛滂（字泽民，衢州人）之徒，并以词著称一时，风格与秦、周一派为近。令畤作《商调·蝶恋花》十首，咏《会真记》事，开后来歌剧之风。端礼以《鸭头绿》一词负盛名，作风殊清婉；其人曾官大晟府协律，又作《黄河清慢》，“伟男髫女；皆争唱之”（《铁围山丛谈》）。之仪《姑溪》一集，风调在《片玉》《漱玉》之间（毛晋说）；其《卜算子》词，直是古乐府俊语，又与贺铸为近。其词如下：

我住长江头，君住长江尾。日日思君不见君，共饮长江水。

此水几时休？此恨何时已？只愿君心似我心，定不负相思意。

毛滂以《惜分飞》词著名，其结句云："今夜山深处，断魂分付潮回去。"周辉所称“语尽而意不尽，意尽而情不尽”者是也。自赵令畤以下四家，皆与东坡或其门人往还至密；而词格则绝不受东坡影响；知当时所重，固在“当行”作家矣。

收北宋“当行”词家之局，而以“婉约”著称者，为女词人李清照（号易安居士，济南人，格非女，诸城赵明诚妻）。张端义极称其《声声慢》词，连下十四叠子，谓为“公孙大娘舞剑器手”（《贵耳集》）。近人沈曾植又谓：“易安跌宕昭彰，气调极类少游，刻挚且兼山谷。”（《菌阁琐谈》）要其当行本色，固秦、贺之流亚也。兹录《浣溪沙》一阕为例：

髻子伤春懒更梳，晚风庭院落梅初，淡云来往月疏疏。

玉鸭熏炉闲瑞脑，朱樱斗帐掩流苏，通犀还解辟寒无？

南宋词之典雅化

龙榆生

清代朱彝尊论词，谓："至南宋始极其工，至宋季而始极其变。"（《词综发凡》）又言："词莫善于姜夔；宗之者张辑、卢祖皋、史达祖、吴文英、蒋捷、王沂孙、张炎、周密、陈允平、张翥、杨基，皆具夔之一体。"（《黑蝶斋词序》）张翥、杨基为元、明人，余并为南宋之所谓正统词派，而以"醇雅"为归者也。

宋室南渡，大晟遗谱莫传；于是音律之讲求，与歌曲之传习，不属之乐工歌妓，而属之文人与贵族所蓄之家姬；向之歌词为雅俗所共获听者，至此乃为贵族文人之特殊阶级所独享；故于辞句务崇典雅，音律益究精微；此南宋词之所以为"深"，而与北宋殊其归趣者也。

南宋偏安之局既定，士习苟安，时或放意声歌，藉以"乱思遗老"。是时临安方面，则有张镃（字功甫，号约斋，俊孙）极声伎之盛；《浩然斋雅谈》曾记陆游会饮于镃之南湖园，酒酣，主人出小姬新桃者歌自制曲以侑尊。苏州方面，则有范成大，亦家蓄声伎。《砚北杂志》称："尧章（姜夔）制《暗香》《疏影》两曲，公（成大）使二妓肄习之，音节清婉。尧章归吴兴，公寻以小红赠之。"张、范二家，以园亭声伎，驰誉苏、杭，一时名士大夫，竞相趋附。《紫桃轩杂缀》又称："功甫豪侈而有清尚，尝来吾郡海盐，作园亭自恣，令歌儿衍曲，务为新声，所谓海盐腔也。"南宋声曲产生之地，既属私家，其人又儒雅风流，故宜与教坊乐工异其好尚。姜、张词派之归于"醇雅"，此其重大原因也。

姜夔（字尧章，自号白石道人，鄱阳人）生于饶，长于沔，流寓于湖，往来于苏、杭之间，与镃、成大并为文字友。张羽称其“通阴阳律吕，古今南北乐部；凡管弦杂调，皆能以词谱其音”（《白石道人传》）。夔亦自言：“予颇喜自制曲；初率意为长短句，然后协以律，故前后阕多不同。”（《长亭怨慢》）夔以词家兼精音律，特多创调；其音节之谐婉，与词笔之清空，视北宋秦、周诸家，又自别辟境界。张炎论词主“清空”，谓“清空则古雅峭拔”；又称：“白石词如《暗香》《疏影》《扬州慢》《一萼红》《琵琶仙》《探春》《八归》《淡黄柳》等曲，不惟清空，又且骚雅，读之使人神观飞越。”兹录《扬州慢》一阕如下：

淮左名都，竹西佳处，解鞍少驻初程。过春风十里，尽荠麦青青。自胡马窥江去后，废池乔木，犹厌言兵。渐黄昏、清角吹寒，都在空城。

杜郎俊赏，算而今重到须惊。纵豆蔻词工，青楼梦好，难赋深情。二十四桥仍在，波心荡冷月无声。念桥边红药，年年知为谁生？

此词洵可以“清空骚雅”四字当之。至《暗香》《疏影》二阕，最为世所称道；而多用故实，反令人莫测其旨意所在；此吾国文人之惯技，亦过崇典雅者之通病也。

汪森为《词综》作序，谓：“鄱阳姜夔出，句琢字炼，归于醇雅；于是史达祖、高观国羽翼之。”达祖（字邦卿，汴人）惟工咏物。张炎以观国（字宾王，山阴人）与姜、史及吴文英（字君特，号梦窗，四明人）并称，谓其“格调不凡，句法挺异，俱能特立清新之意，删削靡曼之词，自成一家”（《词源》）。张辑（字宗瑞，号东泽，鄱阳人）、卢祖皋（字申之，号蒲江，永嘉人），虽与白石同调，而无甚独到处；卢较真力弥满耳。典雅词派之中坚人物，不得不推吴文英。

与文英同时之尹焕（字惟晓，号梅津，山阴人），即极推重吴词，谓：“求词于吾宋，前有清真，后有梦窗，此非焕之言，天下之公言也。”（《绝妙好词笺》）而张炎则持反对之说，谓：“词要清空，不要质实；质实则凝涩晦昧。吴梦窗词，如七宝楼台，眩人眼目，碎拆下来，

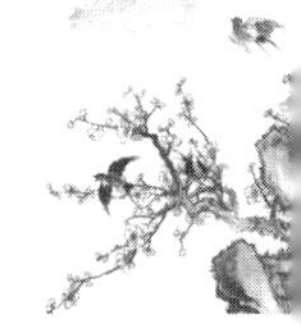

不成片段。”（《词源》）梦窗之于白石，虽境界不同，而风气所趋，并崇典雅；词家之典雅派，亦至梦窗始正式建立。沈义父述其曾与梦窗讲论作词之法，而为之说云：“音律欲其协，不协则成长短之诗；下字欲其雅，不雅则近乎缠令之体；用字不可太露，露则直突而无深长之味；发意不可太高，高则狂怪而失柔婉之意。”（《乐府指迷》）此南宋典雅词派之最高标准也。义父又言：“梦窗深得清真之妙，其失在用事下语太晦处，人不可晓。”（《乐府指迷》）后之论吴词者，毁誉参半；要其造语奇丽，而能以疏宕沉着之笔出之；其虚实兼到之作，诚有如周济所称“奇思壮采，腾天潜渊”（《宋四家词选序论》）者；亦岂容以其有过晦涩处，而一概抹杀之也？兹录《八声甘州》“灵岩陪庾幕诸公游”一阕为例：

渺空烟四远，是何年青天坠长星？幻苍崖云树，名娃金屋，残霸宫城。箭径酸风射眼，腻水染花腥。时靸双鸳响，廊叶秋声。

宫里吴王沉醉，倩五湖倦客，独钓醒醒。问苍波无语，华发奈山青。水涵空、阑干高处，送乱鸦斜日落渔汀。连呼酒、上琴台去，秋与云平。

吴文英后，惟王沂孙（字圣与，号碧山，又号中仙，会稽人）词格最高；然亦偏工咏物，后当别论。蒋捷（字胜欲，号竹山，宜兴人）词“洗炼缜密，语多创获”（刘熙载《艺概》）；其“思力沉透处，可以起懦”（周济说）。陈允平（字君衡，四明人）词学周邦彦，有《西麓继周集》，不失雅正之音。二家亦典雅派之“附庸”也。

周密（字公谨，号草窗，济南人，流寓吴兴）、张炎（字叔夏，号玉田，又号乐笑翁，俊五世孙，家临安）为南宋典雅词派之后劲。二人并经亡国之痛，时有哀怨之音。密著作甚富，或与吴文英合称“二窗”。周济称其词“敲金戛玉，嚼雪盥花，新妙无与为匹”（《介存斋论词杂著》）；又谓：“草窗最近梦窗；但梦窗思沉力厚，草窗则貌合耳。若其镂新斗冶，固自绝伦。”（《宋四家词选》）兹录《曲游春》一阕如下：

禁苑东风外，飏暖丝晴絮，春思如织。燕约莺期，恼芳情偏在，深翠红隙。漠漠香尘隔，沸十里乱弦丛笛。看画船尽入西泠，闲却半湖春色。

柳陌，新烟凝碧。映帘底宫眉，堤上游勒。轻暝笼寒，怕梨云梦冷，杏香愁幂。歌管酬寒食，奈蝶怨良宵岑寂。正满湖碎月摇花，怎生去得？

张炎为词学专家，所著《词源》，论律吕宫调与作词之法甚备。其父枢（字斗南，号寄闲老人）晓畅音律。炎承家学，作词持律甚严；尝称："先人每作一词，必使歌者按之，稍有不协，随即改正。"（《词源》）又极称杨缵（字继翁，号守斋，又号紫霞翁，严陵人）"精于琴，故深知音律，一字不苟作"。炎受其父及杨氏之熏陶，乃极端主张"词以协音为先"，至不惜牺牲词意以就音谱；又特注重句法、字面；近人胡适遂有"词匠"之讥（《词选序》）。然其论词，主"清空骚雅"，为典雅派作之矩矱，其影响于词苑者至深。其自为词，则仇远所谓"意度超玄，律吕协洽，不特可写音檀口，亦可被歌管，荐清庙；方之古人，当与白石老仙相鼓吹"（《山中白云词跋》）者；可想见其风格。兹录《高阳台》"西湖春感"一阕如下：

接叶巢莺，平波卷絮，断桥斜日归船。能几番游？看花又是明年。东风且伴蔷薇住，到蔷薇春已堪怜。更凄然，万绿西泠，一抹荒烟。

当年燕子知何处？但苔深韦曲，草暗斜川。见说新愁，如今也到鸥边。无心再续笙歌梦，掩重门浅醉闲眠。莫开帘，怕见飞花，怕听啼鹃。

南宋咏物词之特盛

龙榆生

词家之咏物，或“因寄所托”，借抒身世之感；或“侔色揣称”，略等“有声之画”。其在北宋，作者偶一为之；如苏轼《水龙吟》之咏杨花，晁补之《盐角儿》之咏梅，其尤著者也。

周济云：“北宋有无谓之词以应歌，南宋有无谓之词以应社。”（《介存斋论词杂著》）结合词人为社，以斗靡争奇，较短长于一字一句之间，斯咏物之作尚焉。南宋词人，湖山燕衎；又往往有达官豪户，如范成大、张镃之流，资以声色之娱，务为文酒之会；于是以填词为点缀，而技术益精；其初不过文人阶级，聊以“遣兴娱宾”；相习成风，促进咏物词之发展；其极则家国兴亡之感，亦以咏物出之，有合于诗人比兴之义；未可以“玩物丧志”，同类而非笑之也。

陆游以《卜算子》咏梅，其下半阕云：“无意苦争春，一任群芳妒。零落成泥碾作尘，只有香如故。”极见作者之高尚人格，而游非咏物专家也。张镃、姜夔出，咏物之作渐繁。姜作《暗香》《疏影》之咏梅，《齐天乐》之咏蟋蟀，或谓其寄慨于靖康北狩之耻；镃作《满庭芳》之咏蟋蟀，则绘影绘声，极“侔色揣称”之能事。迻录如次：

月洗高梧，露漙幽草，宝钗楼外秋深。土花沿翠，萤火坠墙阴。静听寒声断续，微韵转、凄咽悲沉。争求侣，殷勤劝织，促破晓机心。

儿时曾记得，呼灯灌穴，敛步随音。任满身花影，犹自追寻。携向华堂戏斗，亭台小、笼巧妆金。今休说，从渠床下，凉夜伴孤吟。

史达祖于镃为晚辈，乃专以咏物名家，极为镃所称赏，谓："生之作，辞情俱到，织绡泉底，去尘眼中，妥贴轻圆，特其余事；有瑰奇警迈清新闲婉之长，而无訑荡污淫之失。"（《梅溪词序》）夔亦称其"奇秀清逸，盖能融情景于一家，会句意于两得"（《词林纪事》）。史词描摹物态，信极工巧；特无甚寄托耳。代表作如《双双燕》"咏燕"：

过春社了，度帘幕中间，去年尘冷。差池欲住，试入旧巢相并。还相雕梁藻井，又软语商量不定。飘然快拂花梢，翠尾分开红影。

芳径，芹泥雨润。爱贴地争飞，竞夸轻俊。红楼归晚，看足柳昏花暝。应自栖香正稳，便忘了天涯芳信。愁损翠黛双蛾，日日画阑独凭。

集咏物词之大成，而能提高斯体之地位者，厥惟王沂孙氏。周济称其词"餍心切理，言近旨远"（《宋四家词选》）。又谓："中仙最多故国之感，故着力不多，地分高绝，所谓意能尊体也。"（《论词杂著》）代表作如《齐天乐》"咏蝉"：

一襟余恨宫魂断，年年翠阴庭树。乍咽凉柯，还移暗叶，重把离愁深诉。西窗过雨，怪瑶珮流空，玉筝调柱。镜暗妆残，为谁娇鬓尚如许？

铜仙铅泪似洗，叹移盘去远，难贮零露。病翼惊秋，枯形阅世，消得斜阳几度？余音更苦，甚独抱清商，顿成凄楚。谩想薰风，柳丝千万缕。

吴文英、周密、张炎诸家，皆兼工咏物，而文英尤沉着密丽；南宋词人之"匠心独运"处，率以咏物之作为多也。兹录文英《宴清都》"连理海棠"一阕，以见咏物词之轨范：

绣幄鸳鸯柱，红情密、腻云低护秦树。芳根兼倚，花梢钿合，锦屏人妒。东风睡足交枝，正梦枕、瑶钗燕股。障滟蜡、满照欢丛，嫠蟾冷落羞度。

人间万感幽单，华清惯浴，春盎风露。连鬟并暖，同心共结，向承恩处。凭谁为歌长恨？暗殿锁、秋灯夜语。叙旧期、不负春盟，红朝翠暮。

此外宋末应社之词，今尚存《乐府补题》一卷。计作者有王沂孙、周密、王易简、冯应瑞、唐艺孙、吕同老、李彭老、李居仁、陈恕可、唐珏、赵汝钠、张炎、仇远等十四人，佚名者一人。其题：一为

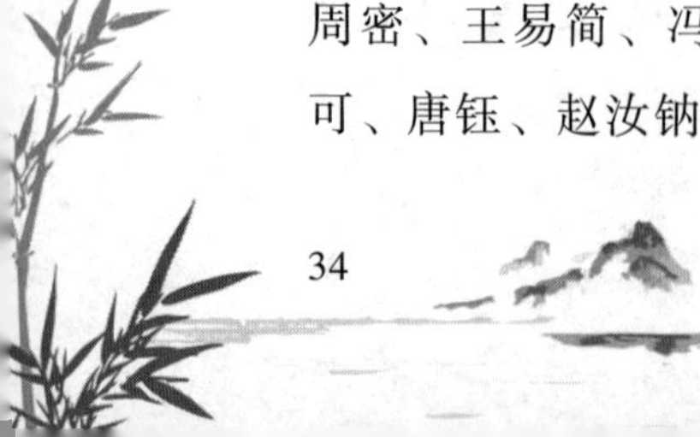

《天香》“宛委山房拟赋龙涎香”，二为《水龙吟》“浮翠山房拟赋白莲”，三为《摸鱼儿》“紫云山房拟赋莼”，四为《齐天乐》“余闲书院拟赋蝉”，五为《桂枝香》“天柱山房拟赋蟹”；而宛委为陈恕可别号，紫云为吕同老别号，天柱为王易简别号；以此知社集由诸人轮流住主，寓“以文会友”之意；而以咏物词聊抒亡国之哀思，异乎临安盛日之专以描摹物态为能事者矣。

宋之乐曲

王国维

宋之歌曲，其最通行而为人人所知者，是为词，亦谓之近体乐府，亦谓之长短句。其体始于唐之中叶，至晚唐、五代，而作者渐多，及宋而大盛。宋人宴集，无不歌以侑觞，然大率徒歌而不舞，其歌亦以一阕为率。其有连续歌此一曲者，如欧阳公之［采桑子］，凡十一首；赵德麟之［商调·蝶恋花］，凡十首。一述西湖之胜，一咏《会真》之事，皆徒歌而不舞。其所以异于普通之词者，不过重叠此曲以咏一事而已。

其歌舞相兼者，则谓之传踏（曾慥《乐府雅词》卷上），亦谓之转踏（王灼《碧鸡漫志》卷三），亦谓之缠达（《梦粱录》卷二十）。北宋之转踏，恒以一曲连续歌之。每一首咏一事，共若干首，则咏若干事。然亦有合若干首而咏一事者。《碧鸡漫志》（卷三）谓石曼卿作《拂霓裳转踏》，述开元天宝遗事是也。其曲调唯［调笑］一调用之最多。今举其一例：

调笑转踏 郑仅（《乐府雅词》卷上）

良辰易失，信四者之难并。佳客相逢，实一时之盛事。用陈妙曲，上助清欢。女伴相将，调笑入队。

秦楼有女字罗敷，二十未满十五余，金环约腕携笼去，攀枝折叶城南隅。

使君春思如飞絮，五马徘徊芳草路，东风吹鬓不可亲，日晚蚕饥欲归

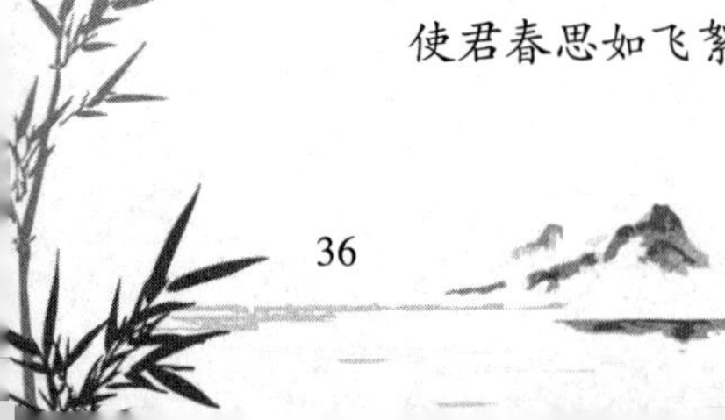

去。

归去，携笼女，南陌春愁三月暮，使君春思如飞絮，五马徘徊频驻。蚕饥日晚空留顾，笑指秦楼归去。

石城女子名莫愁，家住石城西渡头。拾翠每寻芳草路，采莲时过绿蘋洲。

五陵豪客青楼上，醉倒金壶待清唱，风高江阔白浪飞，急催艇子操双桨。

双桨，小舟荡，唤取莫愁迎叠浪，五陵豪客青楼上，不道风高江广。千金难买倾城样，那听绕梁清唱。

绣户朱帘翠幕张，主人置酒宴华堂。相如年少多才调，消得文君暗断肠。

断肠初认琴心挑，么弦暗写相思调，从来万曲不关心，此度伤心何草草！

草草，最年少，绣户银屏人窈窕，瑶琴暗写相思调，一曲关心多少。临邛客舍成都道，苦恨相逢不早（此三曲分咏罗敷、莫愁、文君三事，尚有九曲咏九事，文多略之）。

放队

新词宛转递相传，振袖倾鬟风露前，月落乌啼云雨散，游人陌上拾花钿。

此种词前有勾队词，后以一诗一曲相间，终以放队词，则亦用七绝，此宋初体格如此。然至汴宋之末，则其体渐变。《梦粱录》（卷二十）：“在京时，只有缠令缠达，有引子尾声为缠令，引子后只有两腔迎互循环，间有缠达。”此缠达之音与传踏同，其为一物无疑也。吴《录》所云，与上文之传踏相比较，其变化之迹显然。盖勾队之词，变而为引子；放队之词，变而为尾声；曲前之诗，后亦变而用他曲：故云引子后只有两腔迎互循环也。今缠达之词皆亡，唯元剧中正宫套曲，其体例全自此出。

传踏之制，以歌者为一队，且歌且舞，以侑宾客。宋时有与此相似，或同实异名者，是为队舞。《宋史·乐志》：“队舞之制，其名各十。小儿队凡七十二人：一曰柘枝队，二曰剑器队，三曰婆罗门队，四曰醉胡腾队，五曰诨臣万岁乐队，六曰儿童感圣乐队，七曰玉兔浑脱队，八曰异域朝天队，九曰儿童解红队，十曰射雕回鹘队。女弟子队凡一百五十三人：一曰菩萨蛮队，二曰感化乐队，三曰抛球乐队，四曰佳人剪牡丹队，五曰拂霓裳队，六曰采莲队，七曰凤迎乐队，八曰菩萨献香花队，九曰彩云仙队，十曰打球乐队。”其装饰各由其队名而异：如佳人剪牡丹队，则衣红生色砌衣，戴金冠，剪牡丹花；采莲队则执莲花；菩萨献香花队则执香花盘。其舞未详，其曲宋人或取以填词。其中有拂霓裳队，而《碧鸡漫志》谓石曼卿作《拂霓裳传踏》，恐与传踏为一，或为传踏之所自出也。

宋时舞曲，尚有曲破。《宋史·乐志》：“太宗洞晓音律，制曲破二十九。”此在唐五代已有之，至宋时又藉以演故事。史浩《鄮峰真隐漫录》之《剑舞》即是也。今录其辞如下：

剑舞（《鄮峰真隐漫录》卷四十六）

二舞者对厅立裀上（下略），乐部唱《剑器曲破》，作舞，一段了。二舞者同唱《霜天晓角》。

“莹莹巨阙，左右凝霜雪；且向玉阶掀舞，终当有用时节。唱彻，人尽说，宝此刚不折，内使奸雄落胆，外须遣豺狼灭。”

乐部唱曲子，作舞《剑器曲破》一段。舞罢，二人分立两边。别二人汉装者出，对坐。桌上设酒桌。竹竿子念：

“伏以断蛇大泽，逐鹿中原，佩赤帝之真符，接苍姬之正统。皇威既振，天命有归，量势虽盛于重瞳，度德难胜于隆准。鸿门设会，亚父输谋，徒矜起舞之雄姿，厥有解纷之壮士。想当时之贾勇，激烈飞扬，宜后世之效颦，回翔宛转。双鸾奏技，四座腾欢。”

乐部唱曲子，舞《剑器曲破》一段。一人左立者，上裀舞，有欲刺右汉装者之势，又一人舞进前，翼蔽之。舞罢，两舞者并退，汉装者亦退。复有两人唐装者出，对坐，桌上设笔砚纸，舞者一人换妇人装，立裀上。

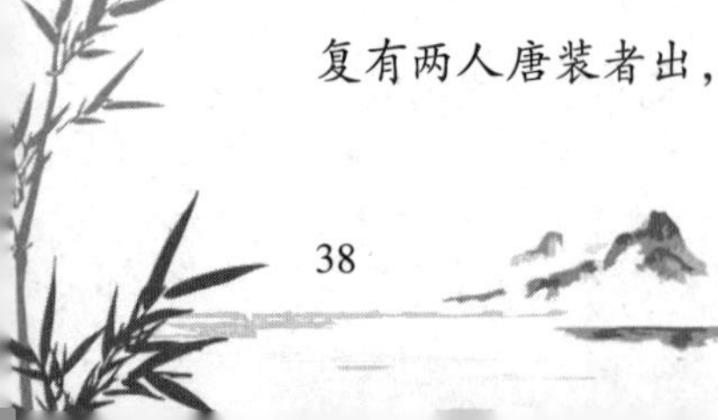

竹竿子念：

“伏以云鬟耸苍壁，雾縠罩香肌，袖翻紫电以连轩，手握青蛇而的皪。花影下游龙自跃，锦裀上跄凤来仪，逸态横生，瑰姿谲起。领此入神之技，诚为骇目之观，巴女心惊，燕姬色沮。岂唯张长史草书大进，抑亦杜工部丽句新成。称妙一时，流芳万古，宜呈雅态，以洽浓欢。”

乐部唱曲子，舞《剑器曲破》一段，作龙蛇蜿蜒曼舞之势。两人唐装者起，二舞者一男一女对舞，结《剑器曲破》彻。竹竿子念：

“项伯有功扶帝业，大娘驰誉满文场，合兹二妙甚奇特，欲使嘉宾釂一觞。霍如羿射九日落，矫如群帝骖龙翔，来如雷霆收震怒，罢如江海含清光。歌舞既终，相将好去。”

念了，二舞者出队。

由此观之，其乐有声无词，且于舞踏之中，寓以故事，颇与唐之歌舞戏相似。而其曲中有“破”有“彻”，盖截大曲入破以后用之也。此外兼歌舞之伎，则为大曲。大曲自南北朝已有此名。南朝大曲，则清商三调中之大曲，《宋书·乐志》所载者是也。北朝大曲，则《魏书·乐志》言之而不详。至唐而雅乐、清乐、燕乐、西凉、龟兹、安国、天竺、疏勒、高昌乐中均有大曲（见《大唐六典》卷十四《协律郎》条注）。然传于后世者，唯胡乐大曲耳。其名悉载于《教坊记》，而其词尚略存于《乐府诗集》近代曲辞中。宋之大曲，即自此出。教坊所奏，凡十八调、四十大曲，《文献通考》及《宋史·乐志》具载其目。此外亦尚有之，故又有五十大曲，及五十四大曲之称（详见予《唐宋大曲考》，兹略之）。其曲辞之存于今日者，有董颖［薄媚］（《乐府雅词》卷上）、曾布［水调歌头］（王明清《玉照新志》卷二）、史浩［采莲］（《鄮峰真隐漫录》卷四十五）三曲稍长，然亦非其全遍。其中间一二遍，则于宋词中间遇之。大曲遍数，多至一二十。其各遍之名，则唐时有排遍、入破、彻（《乐府诗集》卷七十九）。而排遍、入破，又各有数遍。彻者，入破之末一遍也。宋大曲则王灼谓：“凡大曲有散序、靸、排遍、攧、正攧、入破、虚催、实催、衮遍、歇拍、杀衮，始成一曲，谓之大遍。”（《碧鸡漫志》

卷三）沈括亦云："所谓大遍者，有序、引、歌、歙、嗺、哨、催、攧、衮、破、行、中腔、踏歌之类，凡数十解。"（《梦溪笔谈》卷五）沈氏所列各名与现存大曲不合。王说近之。惟攧后尚有延遍，实催前尚有衮遍（即张炎《词源》所谓中衮）。而散序与排遍均不止一遍，排遍且多至八九，故大曲遍数往往至于数十，唯宋人多裁截用之。即其所用者，亦以声与舞为主，而不以词为主，故多有声无词者。自北宋时，葛守诚撰四十大曲，而教坊大曲，始全有词。然南宋修内司所编《乐府混成集》，大曲一项凡数百解，有谱无词者居半（周密《齐东野语》卷十），则亦不以词重矣。其攧、破、催、衮，以舞之节名之。此种大曲，遍数既多，自于叙事为便，故宋人咏事多用之。今录董颖［薄媚］，以示其一例。宋人大曲之存者，以此为最长矣。

薄媚（西子词，《乐府雅词》卷上）

排遍第八

怒涛卷雪，巍岫布云，越襟吴带如斯。有客经游，月伴风随。值盛世，观此江山美，合放怀，何事却兴悲？不为回头，旧国天涯，为想前君事，越王嫁祸献西施，吴即中深机。阖庐死，有遗誓，勾践必诛夷。吴未干戈出境，仓卒越兵，投怒夫差，鼎沸鲸鲵。越遭劲敌，可怜无计脱重围！归路茫然，城郭丘墟，飘泊稽山里。旅魂暗逐战尘飞，天日惨无辉。

排遍第九

自笑平生，英气凌云，凛然万里宣威。那知此际，熊虎涂穷，来伴麋鹿卑栖。既甘臣妾犹不许，何为计？争若都燔宝器，尽诛吾妻子，径将死战决雄雌，天意恐怜之。偶闻太宰正擅权，贪赂市恩私。因将宝玩献诚，虽脱霜戈，石室囚系，忧嗟又经时，恨不如巢燕自由归。残月朦胧，寒雨潇潇，有血都成泪。备尝险厄反邦畿，冤愤刻肝脾。

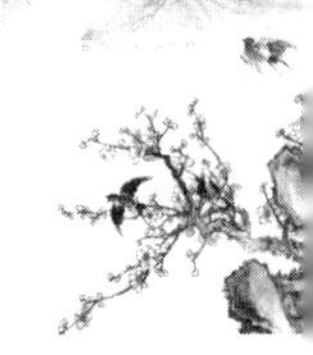

第十攧

种陈谋，谓吴兵正炽，越勇难施。破吴策，唯妖姬。有倾城妙丽，名称（一作字）西子岁方笄。算夫差惑此，须致颠危。范蠡徽行，珠贝为香饵，苎萝不钓钓深闺，吞饵果殊姿。素肌纤弱，不胜罗绮。鸾镜畔，粉面淡匀，梨花一朵琼壶里，嫣然意态娇春，寸眸剪水，斜鬟松翠，人无双宜。名动君王，翠履容易，来登玉陛。

入破第一

窣湘裙，摇汉佩，步步香风起。敛双蛾，论时事，兰心巧会君意。殊珍异宝，犹自朝臣未与，妾何人？被此隆恩，虽令效死奉严旨。隐约龙姿忻悦，更把甘言说。辞俊美，质娉婷，天教汝众美兼备。闻吴重色，凭汝和亲，应为靖边陲。将别金门，俄挥粉泪，靓妆洗。

第二虚催

飞云驶香车，故国难回睇，芳心渐摇，迤逦吴都繁丽。忠臣子胥，预知道为邦祟，谏言先启，愿勿容其。至周亡褒姒，商倾妲己。吴王却嫌胥逆耳，才经眼，便深恩，爱东风暗绽娇蕊。彩鸾翻妒伊，得取次于飞，共戏金屋，看承他宫尽废。

第三衮遍

华宴夕，灯摇醉粉，菡萏笼蟾桂。扬翠袖，含风舞，轻妙处，惊鸿态，分明是：瑶台琼榭，阆苑蓬壶景，尽移此地。花绕仙步，莺随管吹。宝帐暖，留春百和，馥郁融鸳被。银漏永，楚云浓，三竿日犹褪霞衣。宿酲轻腕嗅，宫花双带系，合同心时，波下比目，深怜到底。

第四催拍

耳盈丝竹，眼摇珠翠，迷乐事，宫闱内。争知渐国势陵夷？奸臣献佞，转恣奢淫，天谴岁屡饥。从此万姓，离心解体。越遣使阴窥虚实，蚤夜营边备。兵未动，子胥存，虽堪伐尚畏忠义。斯人既戮，又且严兵卷土赴黄池，观衅种蠡，方云可矣。

第五衮遍

机有神，征鼙一鼓，万马襟喉地。庭喋血，诛留守，怜屈服，敛兵还，危如此。当除祸本，重结人心，争奈竟荒迷。战骨方埋，灵旗又指。势连败，柔荑携泣，不忍相抛弃。身在兮，心先死，宵奔兮，兵已前围。谋穷计尽，唳鹤啼猿，闻处分外悲。丹穴纵近，谁容再归。

第六歇拍

哀诚屡吐，甬东分赐，垂暮日，置荒隅，心知愧。宝锷红委，鸾存凤去，辜负恩怜，情不似虞姬。尚望论功，荣归故里。降令曰：吴亡赦汝，越与吴何异？吴正怨，越方疑，从公论合去妖类。蛾眉宛转，竟殒鲛绡，香骨委尘泥。渺渺姑苏，荒芜鹿戏。

第七煞衮

王公子，青春更才美，风流慕连理。耶溪一日，悠悠回首凝思。云鬟烟鬟，玉佩霞裾，依约露妍姿。送目惊喜，俄迂玉趾。同仙骑洞府归去，帘栊窈窕戏鱼水。正一点犀通，遽别恨何已。媚魄千载，教人属意，况当时金殿里。

此曲自［排遍第八］至［煞衮］，共十遍，而截去［排遍第七］以上不用。此种大曲遍数既多，虽便于叙事，然其动作皆有定则，欲以完全演一故事固非易易。且现存大曲皆为叙事体，而非代言体。即有故事，要亦为歌舞戏之一种，未足以当戏曲之名也。

由上所述宋乐曲观之，则传踏仅以一曲反复歌之；曲破与大曲则曲之遍数虽多，然仍限于一曲。至合数曲而成一乐者，唯宋鼓吹曲中有之。宋大驾鼓吹恒用［导引］、［六州］、［十二时］三曲。梓宫发引，则加［祔陵歌］；虞主回京，则加［虞主歌］，各为四曲。南渡后郊祀，则于

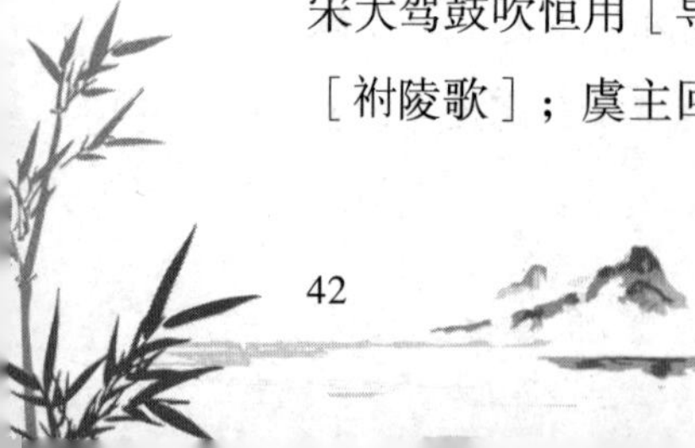

［导引］、［六州］、［十二时］三曲外，又加［奉禋歌］、［降仙台］二曲，共为五曲。合曲之体例，始于鼓吹见之。若求之于通常乐曲中，则合诸曲以成全体者实自诸宫调始。诸宫调者，小说之支流而被之以乐曲者也。《碧鸡漫志》（卷二）："熙宁元丰间，泽州孔三传始创诸宫调古传，士大夫皆能诵之。"《梦粱录》（卷二十）云："说唱诸宫调，昨汴京有孔三传，编成传奇灵怪，入曲说唱。"《东京梦华录》（卷五）纪崇观以来瓦舍伎艺，有孔三传耍秀才诸宫调，《武林旧事》（卷六）所载诸色伎艺人，诸宫调传奇，有高郎妇等四人。则南、北宋均有之，今其词尚存者唯金董解元之《西厢》耳。董解元《西厢》，胡元瑞、焦理堂、施北研笔记中均有考订，讫不知为何体。沈德符《野获编》（卷二十五）且妄以为金人院本模范，以余考之，确为诸宫调无疑。观陶南村《辍耕录》谓："金章宗董解元所编《西厢记》，时代未远，犹罕有人能解之。"则后人不识此体，固不足怪也。此编之为诸宫调有三证：本书卷一［太平赚］词云："俺平生情性好疏狂，疏狂的情性难拘束。一回家想么，诗魔多，爱选多情曲。比前贤乐府不中听，在诸宫调里却著数。"此开卷自叙作词缘起，而自云"在诸宫调里"，其证一也；元凌云翰《柘轩词》有［定风波］词赋《崔莺莺传》云："翻残金旧日诸宫调本，才入时人听。"则金人所赋《西厢》词，自为诸宫调，其证二也；此书体例，求之古曲，无一相似，独元王伯成《天宝遗事》，见于《雍熙乐府》《九宫大成》所选者，大致相同。而元钟嗣成《录鬼簿》（卷上）于王伯成条下注云："有《天宝遗事诸宫调》行于世。"王词既为诸宫调，则董词之为诸宫调无疑，其证三也；其所以名诸宫调者，则由宋人所用大曲传踏，不过一曲，其为同一宫调中甚明。唯此编每宫调中多或十余曲，少或一二曲，即易他宫调，合若干宫调以咏一事，故谓之诸宫调。今录二三调以示其例：

［黄钟宫・出队子］最苦是离别，彼此心头难弃舍。莺莺哭得似痴呆，脸上啼痕都是血，有千种恩情何处说。夫人道："天晚教郎疾去。"怎奈红娘心似铁，把莺莺扶上七香车。君瑞攀鞍空自撷，道得个冤家宁奈此。

［尾］马儿登程，坐车儿归舍。马儿往西行，坐车儿往东拽，两口儿一步儿离得远如一步也。

［仙吕调·点绛唇］［缠令］美满生离，据鞍兀兀离肠痛，旧欢新宠，变作高唐梦。回首孤城，依约青山拥。西风送，戍楼寒重，初品［梅花弄］。

［瑞莲儿］衰草凄凄一径通，丹枫索索满林红。平生踪迹无定著，如断蓬。听塞鸿，哑哑的飞过暮云重。

［风吹荷叶］忆得枕鸳衾凤，今宵管半壁儿没用。触目凄凉千万种。见滴流流的红叶，淅零零的微雨，率剌剌的西风。

［尾］驴鞭半袅，吟肩双耸，休问离愁轻重，向个马儿上驮也驮不动。（离蒲西行三十里，日色晚矣，野景堪画。）

［仙吕调（赏花时）］落日平林噪晚鸦，风袖翩翩催瘦马，一径入天涯。荒凉古岸，衰草带霜滑。瞥见个孤林端入画，篱落萧疏带浅沙，一个老大伯捕鱼虾，横桥流水，茅舍映荻花。

［尾］驼腰的柳树上有鱼槎，一竿风旆茅檐上挂。澹烟潇洒，横锁着两三家（生投宿于村落）。

此上八曲已易三调，全书体例皆如是。此于叙事最为便利，盖大曲等先有曲，而后人借以咏事。此则制曲之始，本为叙事而设，故宋、金杂剧、院本中，后亦用之，非徒供说唱之用而已。

宋人乐曲之不限一曲者，诸宫调之外又有赚词。赚词者，取一宫调之曲若干，合之以成一全体。此体久为世人所不知，案《梦粱录》（卷二十）："绍兴年间，有张五牛大夫，因听动鼓板中有［太平令］或赚鼓板，即今拍板大节抑扬处是也，遂撰为赚。赚者，误赚之之义，正堪美听中，不觉已至尾声，是不宜为片序也。又有覆赚，其中变花前月下之情及铁骑之类。"云云。是唱赚之中亦有敷演故事者，今已不传。其常用赚词，始于《事林广记》（日本翻元泰定本戊集卷二）中发见之。其前且有唱赚规例，今具录如下：

（遏云要诀）"夫唱赚一家，古谓之道赚。腔必真，字必正。欲有墩

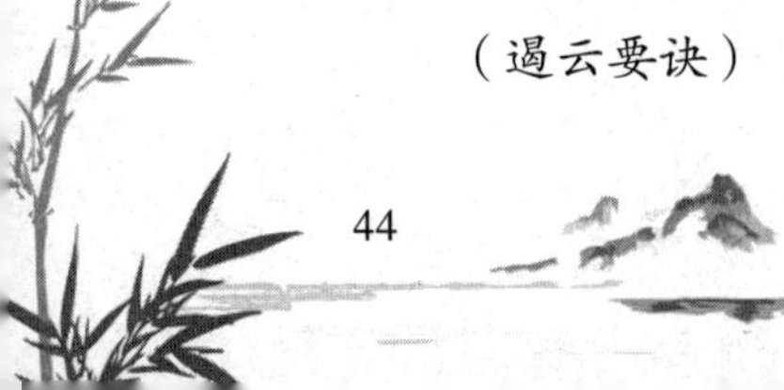

亢掣拽之殊，字有唇喉齿舌之异，抑分轻清重浊之声，必别合口半合口之字，更忌马罴镫子，俗语乡谈。如对圣案，但唱乐道、山居、水居、清雅之词，切不可以风情、花柳艳冶之曲，如此则为渎圣。社条不赛，筵会吉席，上寿庆贺，不在此限。假如未唱之初，执拍当胸，不可高过鼻，须假鼓板村掇，三拍起引子，唱头一句。又三拍至两片结尾，三拍煞。入序，尾，三拍，巾斗煞；入赚，头一字当一拍，第一片三拍，后仿此。出赚三拍，出声巾斗，又三拍煞。尾声，总十二拍：第一句四拍，第二句五拍，第三句三拍煞。此一定不逾之法。

遏云致语（筵会用）［鹧鸪天］

遇酒当歌酒满斟，一觞一咏乐天真，三杯五盏陶情性，对月临风自赏心。环列处，总佳宾，歌声缭亮遏行云，春风满座知音者，一曲教君侧耳听。

圆社市语［中吕宫·圆里圆］

［紫苏丸］相逢闲暇时，有闲的打唤瞒儿，呵喝啰声嗽道膁厮，俺嗏欢喜，才下脚，须和美。试问伊家，有甚夹气，又管甚官场侧背，算人间落花流水。

［缕缕金］把金银锭打旋起，花星临照我，怎辩避？近日闲游戏，因到花市帘儿下，瞥见一个表儿圆，咱每便著意。

［好女儿］生得宝妆跷，身分美，绣带儿缠脚，更好肩背。画眉儿入鬓春山翠。带着粉钳儿，更绾个朝天髻。

［大夫娘］忙入步，又迟疑，又怕五角儿冲撞我没跷踢。网儿尽是札，圆底都松例，要抛声忒壮果难为，真个费脚力。

［好孩儿］供送饮三杯，先入气，道今宵打歇处，把人拍惜。怎知他水脉透不由得你，咱们只要表儿圆，时复地一合儿美。

［赚］春游禁陌，流莺往来穿梭戏，紫燕归巢，叶底桃花绽蕊。赏芳菲，蹴秋千高而不远，似踏火不沾地，见小池，风摆荷叶戏水。素秋天

气，正玩月斜插花枝，赏登高佶料沙羔美，最好当场落帽，陶潜菊绕篱。仲冬时，那孩儿忌酒怕风，帐幙中缠脚忒稔腻。讲论处，下梢团圆到底，怎不则剧。

［越恁好］勘脚并打二，步步随定伊，何曾见走衮，你于我，我与你，场场有踢，没些拗背。两个对垒，天生不枉作一对。脚头果然厮稠密密。

［鹘打兔］从今后一来一往，休要放脱些儿。又管甚搅闲底，拽闲定白打赚厮，有千般解数，真个难比。

骨自有

［尾声］五花丛里英雄辈，倚玉偎香不暂离，做得个风流第一。”

《事林广记》虽载此词，然不著其为何时人所作。以余考之，则当出南渡之后。词前有“遏云要诀”，遏云者，南宋歌社之名。《武林旧事》（卷三）：“二月八日，为相川张王生辰，霍山行宫朝拜极盛，百戏竞集。如绯绿社（杂剧）、齐云社（蹴球）、遏云社（唱赚）等。”云云。《梦粱录》（卷十九）《社会》条下亦载之。今此词之首有遏云要诀、遏云致语，又云“唱赚”“道赚”，而词中又有赚词，则为宋遏云社所唱赚词无疑也。所唱之曲题为“圆社市语”，圆社，谓蹴球，《事林广记》戌集（卷二）《圆社摸场》条，起四句云：“四海齐云社，当场蹴气球，作家偏著所，圆社最风流。”今曲题如此，而曲中所使，皆蹴球家语，则圆社为齐云社无疑。以遏云社之人，唱齐云社之事，谓非南宋人所作不可也。此词自其结构观之，则似北曲；自其曲名，则疑为南曲。盖其用一宫调之曲，颇似北曲套数。其曲名则［缕缕金］、［好孩儿］、［越恁好］三曲，均在南曲中吕宫，［紫苏丸］则在南曲仙吕宫，北曲中无此数调。［鹘打兔］则南北曲皆有，唯皆无［大夫娘］一曲。盖南、北曲之形式及材料，在南宋已全具矣。

两宋词人与词

吴　梅

论词至赵宋，可云家怀隋珠，人抱和璧，盛极难继者矣。然合两宋计之，其源流递嬗，可得而言焉。大抵开国之初，沿五季之旧，才力所诣，组织较工。晏、欧为一大宗，二主一冯，实资取法，顾未能脱其范围也。汴京繁庶，竞赌新声，柳永失意无憀，专事绮语；张先流连歌酒，不乏艳辞。惟托体之高，柳不如张，盖子野为古今一大转移也。前此为晏、欧，为温、韦，体段虽具，声色未开。后此为苏、辛，为姜、张，发扬蹈厉，壁垒一变。而界乎其间者，独有子野，非如耆卿专工铺叙，以一二语见长也。迨苏轼则得其大，贺铸则取其精，秦观则极其秀，邦彦则集其成。此北宋词之大概也。南渡以还，作者愈盛，而抚时感事，动有微言。稼轩之“烟柳斜阳”，幸免种豆之祸；玉田之“贞芳清影”（《清平乐》“赋所南画兰”），独余故国之思。至若碧山咏物，梅溪题情；梦窗之“丰乐楼头”，草窗之“禁烟湖上”，词翰所寄，并有微意，又岂常人所易及哉。余故谓绍兴以来，声律之文，自以稼轩、白石、碧山为优，梅溪、梦窗则次之，玉田、草窗又次之，至竹屋、竹山辈，纯疵互见矣。此南宋词之大概也。夫倚声之道，独盛天水，文藻留传，矜式万世。余之论议，不事广征者，亦聊见渊源而已。兹更分述之。

北宋人词略

言词者必曰词至北宋而大，至南宋而精；然而南北之分，亦有难言者也。如周紫芝、王安中、向子湮、叶梦得辈，皆生于北宋，没于南宋。论者以周、王属北，向、叶属南者，只以得名之迟早而已。盖混而不分，又不能明流别。尚论者约略言之，作一界限，实无与于词体也。毛晋刻《六十一家词》，北宋凡十九家：晏殊、欧阳修、柳永、苏轼、黄庭坚、秦观、晏几道、晁补之、程垓、陈师道、李之仪、毛滂、杜安世、葛胜仲、周紫芝、谢逸、周邦彦、王安中、蔡伸是也；此外若潘阆《逍遥词》一卷，王安石《半山词》一卷，张先《子野词》一卷，贺铸《东山寓声乐府》三卷，皆有成书，而见于他刻也。余谓承十国之遗者，为晏、欧；肇慢词之祖者，为柳永；具温、韦之情者，为张先；洗绮罗之习者，为苏轼；得骚雅之意者，为贺铸；开婉约之风者，为秦观；集古今之成者，为邦彦。此外或力非专诣，或才工片言，要非八家之敌也。因论列如下。

晏殊

字同叔，临川人。官至枢密使。有《珠玉词》一卷。录《蝶恋花》一首：

南雁依稀回侧阵。雪霁墙阴，偏觉兰芽嫩。中夜梦余消酒困，炉香卷穗灯生晕。

急景流年都一瞬。往事前欢，未免萦方寸。腊后花期知渐近，寒梅已作东风信。

宋初如王禹偁、钱惟演辈，亦有小词。王之《点绛唇》，钱之《玉楼春》，虽有佳处，实非专家。故宋词应以元献为首，所作《浣溪沙》有“无可奈何花落去，似曾相识燕归来”一语，为一时传诵。相传下语为王琪所对（见《后斋漫录》），无俟深考。即“重头歌韵响琤琮，入破舞腰红乱旋”，亦仅形容歌舞之胜，非词家之极则，总不及此词之俊逸也。宋初诸家，靡不祖述二主，宪章正中。同叔去五代未远，馨烈所扇，得之最先。刘攽《中山诗话》谓元献喜冯延巳词，其所自作，亦不减延巳。此语亦是。第细读全词，颇有可议者。如《浣溪沙》之“淡淡梳妆薄薄衣，天仙模样好容仪”，《诉衷情》之“东城南陌花下，逢着意中人”，又“心

心念念，说尽无凭，只是相思”诸语，庸劣可鄙，已开山谷、三变俳语之体，余甚无取也。惟“满目山河空念远，落花风雨更伤春”二语，较“无可奈何”胜过十倍，而人未尽之知，可云陋矣。

欧阳修

字永叔，庐陵人，官至兵部尚书，有《六一居士集》，词附。录《踏莎行》一首：

候馆梅残，溪桥柳细，草薰风暖摇征辔。离愁渐远渐无穷，迢迢不断如春水。

寸寸柔肠，盈盈粉泪，楼高莫近危阑倚。平芜尽处是春山，行人更在春山外。

宋初大臣之为词者，寇莱公、宋景文、范蜀公与欧阳公，并有声艺苑。然数公或一时兴到之作，未为专诣，独元献与文忠，学之即至，为之亦勤。翔双鹄与交衢，驭二龙与天路。且文忠家庐陵，元献家临川，词之有西江派，转在诗先，亦云奇矣。公词纯疵参半，盖为他人所窜易。蔡絛《西清诗话》云：欧词之浅近者，谓是刘烨伪作。《名臣录》亦云：“修知贡举，为下第举子刘烨等所忌，以《醉蓬莱》《望江南》诬之。”是读公词者，当别具会心也。至《生查子》“元夜灯市”，竟误载淑真词中，遂启升庵之妄论。此则深枉矣。余按公词以此为最婉转，以《少年游》“咏草”为最工切超脱，当亦百世之公论也。

柳永

字耆卿，初名三变，崇安人。官至屯田员外郎。有《乐章集》。录《雨霖铃》一首：

寒蝉凄切，对长亭晚，骤雨初歇。都门帐饮无绪，方留恋处，兰舟催发。执手相看泪眼，竟无语凝噎。念去去千里烟波，暮霭沉沉楚天阔。

多情自古伤离别，更那堪冷落清秋节。今宵酒醒何处，杨柳岸晓风残月。此去经年，应是良辰好景虚设。便纵有千种风情，更与何人说！

《能改斋漫录》云：“仁宗留意儒雅，务本向道，深斥浮艳虚华之文。初，进士柳三变，好为淫冶讴歌之曲，传播四方，尝有《鹤冲天》词云：‘忍把浮名，换了斟低浅唱。’及临轩放榜，特落之，曰：且去浅斟低唱，何要浮名，景祐元年，方及第。后改名永，方得磨勘转官。”《后山诗话》云：“柳三变游东都南北二巷，作新乐府，骪骳从俗，天下咏之，遂传禁中。仁宗颇好其词，每对宴，必使侍从歌之再三。三变闻之，作宫词，号《醉蓬莱》，因内官达后宫，且求其助。仁宗闻而觉之，自是不复歌其词矣。”黄花庵云：“永为屯田员外郎，会太史奏老人星现。时秋霁，宴禁中，仁宗命左右词臣为乐章。内侍属柳应制。柳方冀进用，作此词进（指《醉蓬莱》词）。上见首有渐字，色若不怿。读至‘宸游凤辇何处’，乃与御制真宗挽词暗合，上惨然。又读至‘太液波翻’，曰：‘何不言波澄？’投之于地。自此不复擢用。”《钱塘遗事》云：“孙何帅钱塘，柳耆卿作《望海潮》词赠之，有‘三秋桂子，十里荷香’之句，此词流播。金主亮闻之，欣然起投鞭渡江之志。”据此，则柳之侘傺无聊，与词名之远，概见一斑。余谓柳词仅工铺叙而已，每首中事实必清，点景必工，而又有一二警策语，为全词生色，其工处在此也。冯梦华谓其曲处能直，密处能疏，奡处能平，状难状之景，达难达之情，而出之以自然，自是北宋巨手。然好为俳体，词多媟黩，有不仅如《提要》所云以俗为病者。此言甚是。余谓柳词皆是直写，无比兴，亦无寄托，见眼中景色，即说意中人物，便觉直率无味。况时时有俚俗语。如

《昼夜乐》云：“早知恁地难拚，悔不当初留住。其奈风流端正外，更别有系人心处。一日不思量，也攒眉千度。”

《梦还京》云：“追悔当初，绣阁话别太容易。”

《鹤冲天》云：“假使重相见，还得似当初么？悔恨无计那。迢迢长夜，自家只恁摧挫。”

《两同心》云：“个人人昨夜分明，许伊偕老。”

《征部乐》云：“待这回好好怜伊，更不轻离拆。”

皆率笔无咀嚼处，诸如此类，不胜枚举，实不可学。且通本皆摹写艳情，追述别恨，见一斑已具全豹，正不必字字推敲也。惟北宋慢词，确创自耆卿，不得不推为大家耳。

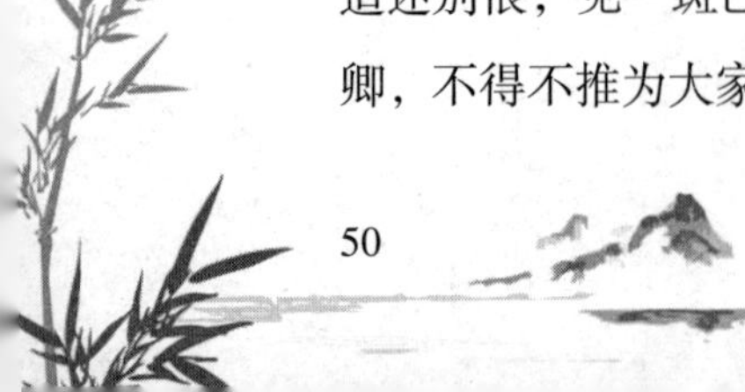

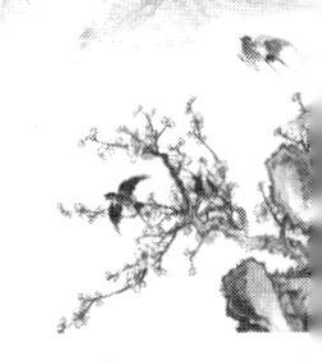

张先

字子野，吴兴人。为都官郎中。有《安陆集》。录《卜算子慢》一首：

溪山别意，烟树去程，日落采蘋春晚。欲上征鞍，更掩翠帘，回面相盼。惜弯弯浅黛长长眼。奈画阁欢游，也学狂花乱絮轻散。

水影横池馆，对静夜无人，月高云远。一晌凝思，两眼泪痕还满。难遣恨，私书又逐东风断。纵梦泽层楼万尺，望湖城那见。

《古今诗话》云："有客谓子野曰：'人皆谓公张三中，即心中事，眼中泪，意中人也。'公曰：'何不目之为张三影？'客不晓。公曰：'"云破月来花弄影"；"娇柔懒起，帘压卷花影"；"柳径无人，堕飞絮无影。"此皆余平生所得意也。'"《石林诗话》云："张先郎中，能为诗及乐府，至老不衰。居钱唐，苏子瞻作倅时，先年已八十余，视听尚精强，犹有声妓。子瞻尝赠以诗云：'诗人老去莺莺在，公子归来燕燕忙。'盖全用张氏故事戏之。"是子野生平亦可概见矣。今所传《安陆集》，凡诗八首，词六十八首。诗不论，词则最著者为《一丛花》，为《定风波》，为《玉楼春》，为《天仙子》，为《碧牡丹》，为《谢池春》，为《青门引》。余谓子野词气度宛似美成，如

《木兰花慢》云："行云去后遥山暝，已放笙歌池院静。中庭月色正清明，无数杨花过无影。"

《山亭宴》云："落花荡漾怨空树。晓山静、数声杜宇。天意送芳菲，正黯淡疏烟短雨。"

《渔家傲》云："天外吴门清霅路，君家正在吴门住。赠我柳枝情几许。春满缕，为君将入江南去。"

此等词意，同时鲜有及者也。盖子野上结晏、欧之局，下开苏、秦之先，在北宋诸家中适得其平。有含蓄处，亦有发越处，但含蓄不似温、韦，发越亦不似豪苏腻柳。规模既正，气格亦古，非诸家能及也。晁无咎曰："子野与耆卿齐名，而时以子野不及耆卿。然子野韵高，是耆卿所乏处。"余谓子野若仿耆卿，则随笔可成珠玉；耆卿若效子野，则出语终难

安雅。不独泾渭之分，抑且有雅郑之别。世有识者，当不河汉。

苏轼

字子瞻，眉山人。嘉祐初，试礼部第一，历官翰林学士。绍圣初，安置惠州，徙昌化。元符初北还，卒于常州。高宗朝，谥文忠。有《东坡居士词》二卷。录《水龙吟》一首“赋杨花”：

似花还似非花，也无人惜从教坠。抛家傍路，思量却是，无情有思。萦损柔肠，困酣娇眼，欲开还闭。梦随风万里，寻郎去处，又还被莺呼起。

不恨此花飞尽，恨西园、落红难缀。晓来雨过，遗踪何在？一池萍碎。春色三分，二分尘土，一分流水。细看来、不是杨花，点点是离人泪。

东坡词在宋时已议论不一，如晁无咎云：“居士词，人多谓不谐音律。然横放杰出，自是曲子内缚不住者。”陈无己云：“东坡以诗为词，如教坊雷大使之舞，虽极天下之工，要非本色。”陆务观云：“世言东坡不能词，故所作乐府，词多不协。晁以道谓绍圣初，与东坡别于汴下。东坡酒酣，自歌古《阳关》，则公非不能歌，但豪放不喜裁剪以就声律耳。”又云：“东坡词，歌之曲终，觉天风海雨逼人。”胡致堂云：“词曲至东坡，一洗绮罗香泽之态，摆脱绸缪宛转之度，使人登高望远，举首高歌，逸怀浩气，超乎尘垢之外。于是《花间》为皂隶，而耆卿为舆台矣。”张叔夏云：“东坡词清丽舒徐处，高出人表，周、秦诸人所不能到。”此在当时毁誉已不定矣。至《四库提要》云：“词至晚唐五季以来，以清切婉丽为宗，至柳永而一变，如诗家之有白居易；至轼而又一变，如诗家之有韩愈，遂开南宋辛弃疾等一派。寻源溯流，不能不谓之别格。然谓之不工则不可。”此为持平之论。余谓公词豪放缜密，两擅其长。世人第就豪放处论，遂有铁板铜琵之诮，不知公婉约处，何让温、韦？如

《浣溪沙》云：“彩索身轻长趁燕，红窗睡重不闻莺。”

《祝英台》云：“挂轻帆，飞急桨，还过钓台路。酒病无聊，欹枕听

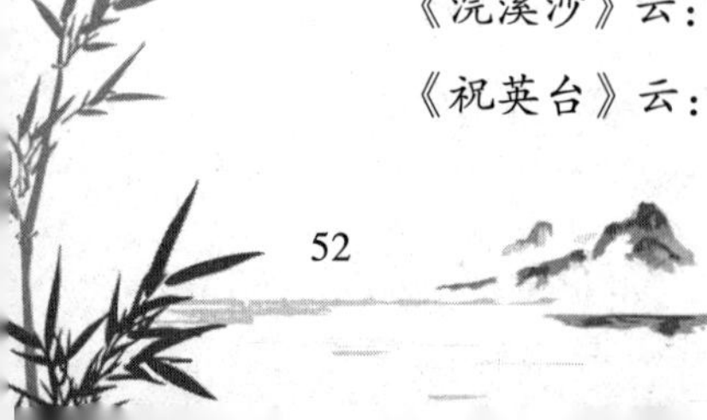

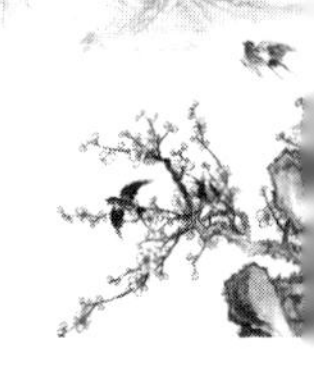

鸣橹。”

《永遇乐》云：“天涯倦客，山中归路，望断故园心眼。燕子楼空，佳人何在，空锁楼中燕。”

《西江月》云：“高情已逐晓云空，不与梨花同梦。”

此等处，与“大江东去”“把酒问青天”诸作，如出两手。不独“乳燕飞华屋”“缺月挂疏桐”诸词，为别有寄托也。要之公天性豁达，襟抱开朗，虽境遇迍邅，而处之坦然，即去国离乡，初无羁客迁人之感，惟胸怀坦荡，词亦超凡入圣。后之学者，无公之胸襟，强为摹仿，多见其不知量耳。

贺铸

铸字方回，卫州人，孝惠皇后族孙。元祐中，通判泗州，又倅太平州。退居吴下，自号庆湖遗老。有《东山寓声乐府》。录《柳色黄》一首：

薄雨收寒，斜照弄晴，春意空阔。长亭柳蓓才黄，倚马何人先折。烟横水漫，映带几点归鸿，平沙销尽龙沙雪。犹记出关来，恰而今时节。

将发。画楼芳酒，红泪清歌，便成轻别。回首经年，杳杳音尘都绝。欲知方寸，共有几许新愁，芭蕉不展丁香结。憔悴一天涯，两厌厌风月。

张文潜云：“方回乐府，妙绝一世，盛丽如游金、张之堂，妖冶如揽嫱、施之袪，幽索如屈、宋，悲壮如苏、李。”周少隐云：“方回有‘梅子黄时雨’之句，人谓之贺梅子。方回寡发，郭功父指其髻谓曰：‘此真贺梅子也。’”陆务观云：“方回状貌奇丑，俗谓之贺鬼头。其诗文皆高，不独长短句也。”据此，则方回大概可知矣。所著《东山寓声乐府》，宋刻本从未见过，今所据者，只王刻、毛刻、朱刻而已。所谓寓声者，盖用旧调谱词，即摘取本词中语，易以新名。后《东泽绮语债》略同此例。王半塘谓如“平园近体”“遗山新乐府”类，殊不伦也。（词中《清商怨》名《尔汝歌》，《思越人》名《半死桐》，《武陵春》名《花想容》，《南歌子》名《醉厌厌》，《一落索》名《窗下绣》，皆就词句改易。如《如此江山》《大江东去》等是也。）方回词最传述人口者，为

《薄幸》《青玉案》《望湘人》《踏莎行》诸阕，固为杰出之作。他如

《踏莎行》云："断无蜂蝶梦幽香，红衣脱尽芳心苦。"

又云："当年不肯嫁东风，无端却被西风误。"

《下水船》云："灯火虹桥，难寻弄波微步。"

《诉衷情》云："秦山险，楚山苍，更斜阳。画桥流水，曾见扁舟，几度刘郎。"

《御街行》云："更逢何物可忘忧，为谢江南芳草。断桥孤驿，冷云黄叶，相见长安道。"

诸作皆沉郁，而笔墨极飞舞，其气韵又在淮海之上，识者自能辨之。至《行路难》一首，颇似玉川长短句诗，诸家选本，概未之及。词云：

缚虎手，悬河口，车如鸡栖马如狗。白纶巾，扑黄尘，不知我辈可是蓬蒿人。衰兰送客咸阳道，天若有情天亦老。作雷颠，不论钱，谁问旗亭美酒斗十千。

酌大斗，更为寿，青鬓常青古无有。笑嫣然，舞翩然，当垆秦女十五语如弦。遗音能寄秋风曲，事去千年犹恨促。揽流光，系扶桑，争奈愁来一日却为长。

与《江南春》七古体相似，为方回所独有也。要之骚情雅意，哀怨无端。盖得力于风雅，而出之以变化。故能具绮罗之丽，而复得山泽之清，（《别东山词》云："双携纤手别烟萝，红粉清泉相照。"可云自道词品。）此境不可一蹴即几也。世人徒知黄梅雨佳，非真知方回者。

秦观

观字少游，高邮人。登第后，苏轼荐于朝，除太学博士，迁正字，兼国史院编修，坐党籍遣戍。有《淮海词》三卷。录《踏莎行》一首：

雾失楼台，月迷津渡，桃源望断无寻处。可堪孤馆闭春寒，杜鹃声里斜阳暮。

驿寄梅花，鱼传尺素，砌成此恨无重数。郴江幸自绕郴山，为谁流下潇湘去。

晁无咎云："近来作者，皆不及少游，如'斜阳外，寒鸦数点，流

水绕孤村。’虽不识字人，亦知是天生好言语。”蔡伯世云：“子瞻辞胜乎情，耆卿情胜乎辞，辞情相称者，惟少游而已。”张綖云：“少游多婉约，子瞻多豪放，当以婉约为主。”叶少蕴云：“少游乐府，语工而入律，知乐者谓之作家歌。子瞻戏之‘山抹微云秦学士，露花倒影柳屯田’，微以气格为病也。”诸家论断，大抵与子瞻并论。余谓二家不能相合也。子瞻胸襟大，故随笔所之，如怒澜飞空，不可狎视。少游格律细，故运思所及，如幽花媚春，自成馨逸。其《满庭芳》诸阕，大半被放后作，恋恋故国，不胜热中。其用心不逮东坡之忠厚，而寄情之远，措语之工，则各有千古；他作如

《望海潮》云：“柳下桃蹊，乱分春色到人家。西园夜饮鸣笳，有华灯碍月，飞盖妨花。”

《水龙吟》云：“花下重门，柳边深巷，不堪回首。”

《风流子》云：“斜日半山，暝烟两岸，数声横笛，一叶扁舟。”

《鹊桥仙》云：“两情若是久长时，又岂在朝朝暮暮。”

《千秋岁》云：“春去也，飞红万点愁如海。”

《浣溪沙》云：“自在飞花轻似梦，无边丝雨细如愁。”

此等句皆思路沉着，极刻画之工，非如苏词之纵笔直书也。北宋词家以缜密之思，得遒炼之致者，惟方回与少游耳。今人以秦、柳并称，柳词何足相比哉！（《高斋诗话》云：“少游自会稽入都，见东坡。东坡曰：‘不意别后却学柳七作词。’少游曰：‘某虽无学，亦不如是。’东坡曰：‘销魂,当此际，非柳七语乎？’据此则少游雅不愿与柳齐名矣。”）惟通观集中，亦有俚俗处。如

《望海潮》云：“妾如飞絮，郎如流水，相沾便肯相随。”

《满园花》云：“近日来非常罗皂，丑佛也须眉皱，怎掩旁众人口。”

《迎春乐》云：“怎得香香深处，作个蜂儿抱。”

《品令》云：“幸自得，一分索，强教人难吃。好好地恶了十来日，恰而今较些不。”

又云："帘儿下时把鞋儿踢，语低低，笑咭咭。"

又云："人前强不欲相沾识，把不定，脸儿赤。"

竟如市井荒伧之言，不过应坊曲之请求，留此恶札。词家如此，最是魔道，不得以宋人之作，为之文饰也。但全集止此三四首，尚不足为盛名之累。

周邦彦

字美成，钱塘人。元丰中，献《汴都赋》，召为太学正。徽宗朝，仕至徽猷阁待制，提举大晟府，出知顺昌府。晚居明州，卒自号清真居士。有《清真集》。录《瑞龙吟》一首：

章台路，还见褪粉梅梢，试花桃树。愔愔坊陌人家，定巢燕子，归来旧处。

黯凝伫，因记个人痴小，乍窥门户。侵晨浅约宫黄，障风映袖，盈盈笑语。

前度刘郎重到，访邻寻里，同时歌舞。惟有旧家秋娘，声价如故。吟笺赋笔，犹记燕台句。知谁伴、名园露饮，东城闲步。事与孤鸿去。探春尽是伤离意绪。官柳低金缕。归骑晚，纤纤池塘飞雨。断肠院落，一帘风絮。

陈郁《藏一话腴》云："美成自号清真，二百年来，以乐府独步，贵人学士，市侩妓女，皆知美成词为可爱。"楼攻媿云："清真乐府播传，风流自命，顾曲名堂，不能自已。"《贵耳录》云："美成以词行，当时皆称之。不知美成文章，大有可观，可惜以词掩其文也。"强焕序云："美成词抚写物态，曲尽其妙。"陈质斋云："美成词多用唐人诗，隳括入律，浑然天成，长调尤善铺叙，富艳精工，词人之甲乙也。"张叔夏云："美成词浑厚和雅，善于融化诗句。"沈伯时云："作词当以清真为主，盖清真最为知音，且下字用意，皆有法度。"此宋人论清真之说也。余谓词至美成，乃有大宗，前收苏、秦之终，后开姜、史之始。自有词人以来，为万世不祧之宗祖。究其实亦不外"沉郁顿挫"四字而已。即如《瑞龙吟》一首，其宗旨所在，在"伤离意绪"一语耳。而入手先

指明地点曰章台路，却不从目前景物写出，而云“还见”，此即沉郁处也。须知梅梢桃树，原来旧物，惟用“还见”云云，则令人感慨无端，低徊欲绝矣。首叠末句云“定巢燕子，归来旧处”，言燕子可归旧处，所谓“前度刘郎”者，即欲归旧处而不得，徒行于愔愔坊陌，章台故路而已，是又沉郁处也。第二叠“黯凝伫”一语为正文，而下文又曲折。不言其人不在，反追想当日相见时状态。用“因记”二字，则通体空灵矣，此顿挫处也。第三叠“前度刘郎”至“声价如故”，言个人不见，但见同里秋娘，未改声价。是用侧笔以衬正文，又顿挫处也。“燕台”句，用义山柳枝故事，情景恰合。“名园露饮，东城闲步”，当日己亦为之，今则不知伴着谁人，赓续雅举。此“知谁伴”三字，又沉郁之至矣。“事与孤鸿去”三语，方说正文，以下说到归院，层次井然，而字字凄切。末以“飞雨”“风絮”作结，寓情于景，倍觉黯然。通体仅“黯凝伫”“前度刘郎重到”“伤离意绪”三语，为作词主意，此外则顿挫而复缠绵，空灵而又沉郁。骤视之，几莫测其用笔之意，此所谓神化也。他作亦复类此，不能具述。总之，词至清真，实是圣手，后人竭力摹效，且不能形似也。至说部记载，如《风流子》为溧水主簿姬人作，《少年游》为道君幸李师师家作，《瑞鹤仙》为睦州梦中作，此类颇多，皆稗官附会，或出之好事忌名，故作讪笑，等诸无稽。倘史传所谓邦彦疏隽少检，不为州里推重者此欤？

右北宋八家，皆迭长坛坫，为世诵习者也。其有词不甚高，声誉颇盛，题襟点笔，间亦不俗。虽非作家之极，亦在附庸之列，成作咸在，不可废也。因复总述之。

1. 王安石

桂枝香·金陵怀古

登楼送目，正故国晚秋，天气初肃。千里澄江似练，翠峰如簇。征帆去棹斜阳里，背西风、酒旗斜矗。彩舟云淡，星河鹭起，画图难足。

念自昔、豪华竞逐，叹门外楼头，悲恨相续。千古凭高，对此漫嗟荣辱。六朝旧事随流水，但寒烟衰草凝绿。至今商女，时时犹唱，《后庭》遗曲。

荆公不以词见长，而《桂枝香》一首，大为东坡叹赏，各家选本，亦皆采录。第其词只稳惬而已。他如《菩萨蛮》《渔家傲》《清平乐》《浣溪沙》等，间有可观，至《浪淘沙》之“伊吕两衰翁”，《望江南》之“归依三宝赞”，直俚语耳。

2. 晏几道

临江仙

梦后楼台高锁，酒醒帘幕低垂。去年春恨却来时。落花人独立，微雨燕双飞。

记得小蘋初见，两重心字罗衣。琵琶弦上说相思。当时明月在，曾照彩云归。

小山词之最著者，如此词之“落花”二句，及《鹧鸪天》之“舞低杨柳楼心月，歌尽桃花扇底风”，又“今宵剩把银缸照，犹恐相逢是梦中”，又“梦魂惯得无拘检，又踏杨花过谢桥”，《浣溪沙》之“户外绿杨春系马，床头红烛夜呼卢”，皆为世人盛称者。余谓艳词自以小山为最，以曲折深婉，浅处皆深也。

3. 李之仪

卜算子

我住长江头，君住长江尾。日日思君不见君，共饮长江水。

此水几时休？此恨何时已？只愿君心似我心，定不负相思意。

此词盛传于世，以为古乐府俊语是也，但不善学之，易流于滑易。《姑溪词》中佳者殊鲜，如《千秋岁》之“东风半落梅梢雪”，《南乡子》之“西墙，犹有轻风递暗香”亦工，此外皆平直而已。

4. 周紫芝

朝中措

雨余庭院冷萧萧，帘幕度轻飙。鸟语唤回残梦，春寒勒住花梢。

无聊睡起，新愁黯黯，归路迢迢。又是夕阳时候，一炉沉水烟销。

孙竞谓竹坡乐章清丽婉曲，非苦心刻意为之。此言极是。竹坡少师张耒，行辈稍长李之仪，而词则学小山者也。人第赏其《鹧鸪天》之“梧桐叶上三更雨，叶叶声声是别离”，《醉落魄》之“晓寒谁看伊梳掠，雪满西楼，人在阑干角”，《生查子》之“不忍上西楼，怕看来时路”诸语，实皆聪俊句耳。余最爱《品令》登高词，其后半云：“黄花香满，记白苎吴歌软。如今却向乱山丛里，一枝重看。对着西风搔首，为谁肠断”，沉着雄快，似非小山所能也。

5. 葛胜仲

鹧鸪天

小榭幽园翠筱垂，云轻日薄淡秋晖。菊英露浥渊明径，藕叶风吹叔宝池。

酬素景，泥芳卮，老人痴钝强伸眉。欢华莫遣笙歌散，归路从教灯影稀。

鲁卿与常之，亦如元献、小山也。然门第誉望，可以齐驱；至论词，则虎贲之与中郎矣。鲁卿以《蓦山溪》《天穿节》二首得盛誉，其词亦平平，盖名高而实不足副也。余爱其《点绛唇》末语：“乱山无数，斜日荒城鼓”，可与范文正“长烟落日孤城闭”并美，余不称矣。

6. 黄庭坚

虞美人·宜州见梅作

天涯也有江南信，梅破知春近。夜阑风细得香迟，不道晓来开遍向南枝。

玉台弄粉花应妒，飘到眉心住。平生个里愿杯深，去国十年老尽少年心。

晁无咎谓山谷词，不是当行家，乃着腔唱好诗。此言洵是。陈后山乃云："今代词手，惟秦七与黄九。"此实阿私之论。山谷之词，安得与太虚并称？较耆卿且不逮也。即如《念奴娇》下片，如"共倒金荷家万里，难得尊前相属。老子平生，江南江北，爱听临风曲"，世谓可并东坡，不知此仅豪放耳，安有东坡之雄俊哉？

7. 张耒

风流子

亭皋木叶下，重阳近，又是捣衣秋。奈愁入庾肠，老侵潘鬓，漫簪黄菊，花也应羞。楚天晚，白蘋烟尽处，红蓼水边头。芳草有情，夕阳无语，雁横南浦，人倚西楼。

玉容知安否，香笺共锦字，两处悠悠。空恨碧云离合，青鸟沉浮。向风前懊恼，芳心一点，寸眉两叶，禁甚闲愁。情到不堪言处，分付东流。

此词仅"芳草"四语为俊语，通体布局，宛似耆卿。故下片说到本事，即如强弩之末矣。元祐诸公，皆有乐府，惟张仅见《少年游》《秋蕊香》及此词。胡元任以为不在元祐诸公之下，非公论也。（《少年游》《秋蕊香》二词，为营伎刘淑奴作。）

8. 陈师道

清平乐

秋光烛地，帘幕生秋意。露叶翻风惊鹊坠，暗落青林红子。

微行声断长廊，熏炉衾换生香。灭烛却延明月，揽衣先怯微凉。

胡元任云："后山自谓他文未能及人，独于词不减秦七、黄九，其自矜如此。"而放翁题跋则云："陈无己诗妙天下，以其余作词，宜其工矣，顾乃不然，殆未易晓也。"余谓后山词，较文潜为优，如《菩萨蛮》云"急雨洗香车，天回河汉斜"，《蝶恋花》云"路转河回寒日暮，连峰

不许重回顾”等语皆胜。放翁所云，亦非公也。

9. 程垓

南浦

金鸭懒薰香，向晚来，春酲一枕无绪。浓绿涨瑶窗，东风外、吹尽乱红飞絮。无言伫立，断肠惟有流莺语。碧云欲暮，空惆怅、韶华一时虚度。

追思旧日心情，记题叶西楼，吹花南浦。老去觉欢疏，伤春恨、多付断云残雨。黄昏院落，问谁犹在凭阑处。可堪杜宇，空只解声声，催他春去。

毛子晋云：“正伯与子瞻，中表兄弟也，故集中多溷苏作，如《意难忘》《一剪梅》之类。”余按今传《书舟词》，已无苏作，子晋已删汰矣。其《酷相思》《四代好》《折红英》诸作，盛为升庵推许。盖其词以凄婉绵丽为宗，为北宋人别开生面。自是以后，字句间凝炼渐工，而昔贤疏宕之致微矣。

10. 毛滂

临江仙·都城元夕

闻道长安灯夜好，雕轮宝马如云。蓬莱清浅对觚棱。玉皇开碧落，银界失黄昏。

谁见江南憔悴客，端忧懒步芳尘。小屏风畔冷香凝。酒浓春入梦，窗破月寻人。

滂以《惜分飞》“赠伎词”得盛名。陈质斋且云：“泽民他词虽工，未有能及此者。”所见太狭矣。《东堂词》中佳者殊多，如《浣溪沙》云“小雨初收蝶做团，和风轻拂燕泥干，秋千院落落花寒”，《七娘子》云“云外长安，斜晖脉脉，西风吹梦来无迹”，《蓦山溪·杨花》云“柔弱不胜春，任东风吹来吹去”，皆俊逸可喜，安得云《惜分飞》为最乎？即此词之“酒浓”二句，何减“云破月来”风调？

11. 晁补之

摸鱼儿

买陂塘、旋栽杨柳，依稀淮岸湘浦。东皋雨足轻痕涨，沙觜鹭来鸥聚。堪爱处，最好是、一川夜月光流渚，无人自舞。任翠幕张天，柔茵藉地，酒尽未能去。

青绫被，休忆金闺故步，儒冠曾把身误。弓兵千骑成何事，荒了邵平瓜圃。君试觑，满青镜、星星鬓影今如许。功名浪语，便做得班超，封侯万里，归计恐迟暮。

无咎词酷似东坡，不独此作然也。如《满江红》之“东武城南”，《永遇乐》之“松菊堂深”，皆直摩子瞻之垒，而灵气往来，自有天然之秀。胡元任盛称其《洞仙歌》“泗州中秋作”，谓如常山之蛇，救首救尾，可云知无咎者矣。

12. 晁端礼

水龙吟

倦游京洛风尘，夜来病酒无人问。九衢雪少，千门月淡，元宵灯近。香散梅梢，冻销池面，一番春信。记南城醉里，西城宴阕，都不管人春困。

屈指流年未几，早惊人潘郎双鬓。当时体态，而今情绪，多应瘦损。马上墙头，纵教瞥见，也难相认。凭阑干、但有盈盈泪眼，把罗襟揾。

次膺为无咎叔，蔡京荐于朝，诏乘驿赴阙。次膺至，适禁中嘉莲生，遂属词以进，名《并蒂芙蓉》。上览称善，除大晟府协律。不克受而卒。今《琴趣外篇》有《鸭头绿》《黄河清慢》，皆所创也。其才亦不亚于清真云。

13. 万俟雅言

昭君怨

春到南楼雪尽，惊动灯期花信。小雨一番寒，倚阑干。

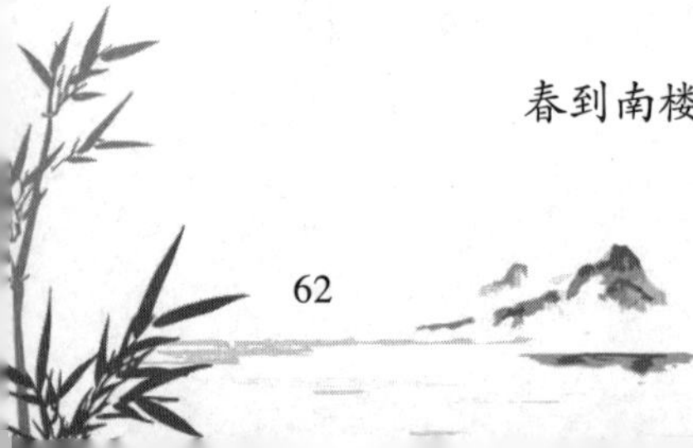

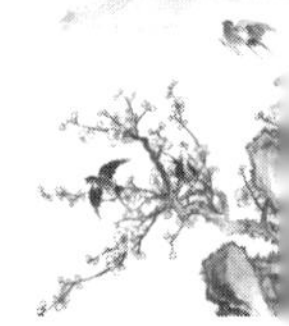

莫把阑干频倚，一望几重烟水。何处是京华，暮云遮。

雅言自号词隐，与清真堂名顾曲，其旨相同。崇宁中，充大晟府制撰，又与清真同官。今《大声集》虽不传，而如《春草碧》《三台》《卓牌儿》诸词，固流播千古也。黄叔旸谓其词平而工，和而雅，洵然。

右附录十三家，姑溪、竹坡、丹阳三家，则学晏氏父子者也；文潜、后山、正伯、东堂、无咎，则属于苏门者也；次膺、词隐，为邦彦同官，讨论古音古调，又复增演慢、曲、引、近，或为三犯、四犯之曲，皆知音之士，故当系诸清真之下；荆公、山谷，实非专家，盛誉难没，因附入焉。

南宋人词略

词至南宋，可云极盛时代。黄昇散花庵《中兴以来绝妙词选》十卷，始于康与之，终于洪瑹；周密《绝妙好词》七卷，始于张孝祥，终于仇远，合订不下二百家。二书皆选家之善本，学者必须探讨。顾由博返约，首当抉择，兹选论七家，为南渡词人之表率，即稼轩、白石、玉田、碧山、梅溪、梦窗、草窗是也。此外附录所及，各以类聚，亦可略见大概矣。

辛弃疾

字幼安，历城人。耿京聚兵山东，节制忠义军马，留掌书记。绍兴中，令奉表南归。高宗召见，授承务郎，累官浙东安抚使，进枢密都承旨。有《稼轩长短句》十二卷。

贺新郎·独坐停云作

甚矣吾衰矣，怅平生、交游零落，只今余几。白发空垂三千丈，一笑人间万事。问何物、能令公喜。我见青山多妩媚，料青山、见我亦如是。情与貌，略相似。

一尊搔首东窗里，想渊明、《停云》诗就，此时风味。江左沉酣求名者，岂识浊醪妙理。回首叫、云飞风起。不恨古人吾不见，恨古人、不见吾狂耳。知我者，二三子。

陈子宏云："蔡元工于词，靖康中陷金。辛幼安以诗词谒见，蔡曰：'子之诗则未也。他日当以词名家。'"刘潜夫云："公所作大声镗鞳，小声铿訇，横绝六合，扫空万古，自有苍生所未见。其秾纤绵密者，又不在小晏秦郎之下。"毛子晋云："词家争斗秾纤，而稼轩率多抚时感事之作，磊落英多，绝不作妮子态。宋人以东坡为词诗，稼轩为词论，善评也。"陈亦峰云："稼轩词自以《贺新郎》一篇为冠，别茂嘉十二弟，沉郁苍凉，跳跃动荡，古今无此笔力。"

余谓学稼轩词，须多读书。不用书卷，徒事叫嚣，便是蒋心余、郑板桥，去"沉郁"二字远矣。辛词着力太重处，如《破阵子·为陈同甫赋壮词以寄之》《瑞鹤仙·南涧双溪楼》等作，不免剑拔弩张。至如《鹧鸪天》云"却将万字平戎策，换得东家种树书"，读之不觉衰飒；《临江仙》云："别浦鲤鱼何日到，锦书封恨重重。海棠花下去年逢。也应随分瘦，忍泪觅残红"，婉雅芊丽，孰谓稼轩不工致语耶？又《蝶恋花》（元日立春）云"今岁花期消息定，只愁风雨无凭准"，盖言荣辱不定，遣谪无常。言外有多少疑惧哀怨，而仍是含蓄不尽。此等处，虽迦陵且不能知，遑论余子！世以《摸鱼子》一首为最佳，亦有见地，但启讥讽之端。陈藏一之"咏雪"，德祐太学生之《百字令》，往往易招愆尤也。

姜夔

字尧章，鄱阳人。萧东父识之于年少，妻以兄子，因寓居吴兴之武康，与白石洞天为邻，自号白石道人。庆元中，曾上书乞正太常雅乐。有《白石诗》一卷、词五卷。录词一首：

霓裳中序第一

亭皋正望极，乱落江莲归未得，多病却无气力。况纨扇渐疏，罗衣初索。流光过隙。叹杏梁、双燕如客。人何在，一帘淡月，仿佛照颜色。

幽寂，乱蛩吟壁，动庾信、清愁似织。沉思年少浪迹，笛里关山，柳下坊陌。坠红无信息，漫暗水、涓涓流碧。漂零久，而今何意，醉卧酒垆侧。

宋人词如美成乐府，仅注明宫调而已。宫调者，即说明用何等管色

也，如仙吕用小工，越调用六字类，盖为乐工计耳。白石词凡旧牌皆不注明管色，而独于自度腔十七支，不独书明宫调，并乐谱亦详载之。宋代曲谱，今不可见，惟此十七阕，尚留歌词之法于一线。因悟宋人歌词之法，皆用旧谱，故白石于旧牌各词，概不申说，而于自作诸谱，不殚详录也。何以明之？白石词《满江红》序云："《满江红》旧词用仄韵，多不协律，如末句云'无心扑'三字，歌者将'心'字融入去声，方谐音律。"又云："末句云'闻珮环'，则协律矣。"是白石明知旧谱心字之不协，乃为此珮字之去声以就歌谱焉，故此词不注旁谱，以见韵虽用平，而歌则仍旧也。又吴梦窗《西子妆》，亦自度腔也，而张玉田和之，且云："梦窗自制此曲，余喜其声调娴雅，久欲效而未能。"又云："惜旧谱零落，不能倚声而歌也。"据此，则宋词之能歌者，皆非旧谱零落之词，梦窗此调，虽娴雅可观，而谱法已佚，无从按拍。苟可不拘旧谱，则玉田尽可补苴罅漏，别订新声。今宁使阙疑，不敢妄作者，正足见宋人歌词之法，概守旧腔，非如南北曲之随字音清浊而为之挪移音节也。是以吴词自制腔九支，以不自作谱。元明以来，赓和者绝少。姜词十七谱具存，故继姜而作者至多。于此见谱之存逸，关系于词之隆替者至重，而宋词谱之守成定式者，亦缘此可悟矣。南渡以后，国势日非，白石目击心伤，多于词中寄慨，不独《暗香》《疏影》发二宋之幽愤，伤在位之无人也。特感慨全在虚处，无迹可寻，人自不察耳。盖词中感喟，只可用比兴体，即比兴中亦须含蓄不露，斯为沉郁。若慷慨发越，终病浅显，如《扬州慢》"自胡马窥江去后，废池乔木，犹厌言兵"，已包含无数伤乱语。又如《点绛唇》"丁未过吴淞作"，通首只写眼前景物，至结处云"今何许，凭阑怀古，残柳参差舞"，其感时伤事，只用今何许三字提唱。无穷哀感，都在虚处。他如《石湖仙》《翠楼吟》诸作，自是有感而发，特未敢肊断耳。（姜词十七谱，余别有释词，今不论。）

张炎

字叔夏，号玉田，循王后裔。居临安，自号乐笑翁。有《玉田词》三卷，郑思肖为之序。录《南浦》一首：

南浦·春水

波暖绿粼粼，燕飞来，好是苏堤才晓。鱼没浪痕圆，流红去、翻唤东风难扫。荒桥断浦，柳阴撑出扁舟小。回首池塘青欲遍，绝似梦中芳草。

和云流出空山，甚年年净洗，花香不了。新绿乍生时，孤村路，犹忆那回曾到。余情渺渺，茂林觞咏如今悄。前度刘郎归去后，溪上碧桃多少。

玉田词皆雅正，故集中无俚鄙语，且别具忠爱之致。玉田词皆空灵，故集中无拙滞语，且又多婉丽之态。自学之者多效其空灵，而立意不深，即流于空滑之弊。岂知玉田用笔，各极其致，而琢句之工，尤能使意笔俱显。人仅赏其精警，而作者诣力之深，曾未知其甘苦也。如《忆旧游·大都长春宫》云“古台半压琪树，引袖拂寒星”，结云“鹤衣散彩都是云”；《壶中天·夜渡古黄河》云：“扣舷歌断，海蟾飞上孤白。”《渡江云·山阴久客寄王菊存》云：“山空天入海，倚楼望极，风急暮潮初。”《湘月·山阴道中》云：“疏风迎面，湿衣原是空翠。”《清平乐》云：“只有一枝梧叶，不知多少秋声。”《甘州·寄沈尧道》云：“短梦依然江表，老泪洒西州。一字无题处，落叶都愁。”又云：“折芦花赠远，零落一身秋。”又《饯草窗西归》云：“料瘦筇归后，闲锁北山云。”《台城路·送周方山》：“暗草埋沙，明波洗月，谁念天涯羁旅？”又《寄太白山人陈又新》云：“虚沙动月，叹千里悲歌，唾壶敲缺。”又云：“回潮似咽，送一点愁心，故人天末。江影沉沉，夜凉鸥梦阔。”《长亭怨·饯菊泉》云：“记横笛玉关高处，万叠沙寒，雪深无路。”《西子妆·江上》云：“杨花点点是春心，替风前万花吹泪。”《忆旧游·登蓬莱阁》云：“海日生残夜，看卧龙和梦，飞入秋冥。还听水声东去，山冷不生云。”此类皆精警无匹，可与尧章颉颃。又如《迈陂塘》结处云：“深更静，待散发吹箫，鹤背天风冷。凭高露饮，正碧落尘空，光摇半壁，月在万松顶。”沉郁以清超出之，飘飘有凌云气概。自在草窗、西麓之上。至如《长亭怨·饯菊泉》结云：“且莫把孤愁，说与

当时歌舞。”《三姝媚·送舒亦山》云：“贺监犹狂，还散迹、千山风露。”又云：“布袜青鞋，休误入桃源深处。”盖是时菊泉、亦山，各有北游，语带箴规，又复自明不仕之志。君国之感，离别之情，言外自见。此亦足见玉田生平矣。玉田用韵至杂，往往真文、青庚、侵寻同用，亦有寒删间杂覃盐者，此等处实不足法。惟在入声韵，则又谨严，屋沃不混觉药，质陌不混月屑，亦不杂他韵。学者当从其谨严处，勿借口玉田，为文过之地也。

王沂孙

字圣与，号碧山，又号中仙，会稽人。至元中，曾官庆元路学正。有《碧山乐府》二卷。录词一首：

齐天乐·余闲书院拟赋蝉

一襟遗恨宫魂断，年年翠阴庭宇。乍咽凉柯，还移暗叶，重把离愁低诉。西园过雨。渐金错鸣刀，玉筝调柱。镜掩残妆，为谁娇鬓尚如许。

铜仙铅泪似洗，叹移盘去远，难贮零露。病翼惊秋，枯形阅世，消得斜阳几度。余音更苦。甚独抱清商，顿成凄楚。漫想薰风，柳丝千万缕。

大抵碧山之词，皆发于忠爱之忱，无刻意争奇之意，而人自莫及。论词品之高，南宋诸公，当以《花外》为巨擘焉。其咏物诸篇，固是君国之忧，时时寄托，却无一笔犯复，字字贴切故也。《天香·龙涎香》一首，当为谢太后作。其前半多指海外事，惟后叠云：“荀令如今渐老，总忘却、尊前旧风味”，必有寄托，但不知何所指耳。至如《南浦·春水》云：“帘影蘸楼阴，芳流去，应有泪珠千点。沧浪一舸，断魂重唱蘋花怨”，寄慨处清丽纡徐，斯为雅正。又《庆宫春·水仙》云：“岁华相误，记前度湘皋怨别。哀弦重听，都是凄凉，未须弹彻。”后叠云：“国香到此谁辨。烟冷沙昏，顿成愁绝。”结云：“试招仙魄，怕今夜瑶簪冻折。携盘独出，空怨咸阳，故宫落月。”凄凉哀怨，其为王清惠辈作乎？（清惠等诗词具见汪水云《湖山类稿》。）又《无闷·雪意》后半云：“清致，悄无似。有照水南枝，已搀春意。误几度凭阑，暮愁凝睇。应是梨云梦好，未肯放东风来人世。待翠管吹破苍茫，看取玉壶天地。”无限怨情，出以浑厚之笔。张皋文《词选》，碧山词止取四首。除了《齐天乐·赋蝉》外，有《眉妩·新月》《高阳台·梅花》《庆清朝·榴花》三阕，且于每词下各注案语。《眉妩》云：“此喜君有恢复之志，而惜无贤臣也。”《高阳台》云：“此伤君臣宴安，不思国耻，天下将亡也。”《庆清朝》云：“此言乱世尚有人才，惜世不用也。”是知碧山一腔热肠，无穷哀感，小雅怨诽而不乱之旨，诸词有焉，以视白石之《暗香》《疏影》，亦有过之无不及。词至此蔑以加矣。

史达祖

字邦卿，汴人。有《梅溪词》。《四朝闻见录》：韩侂胄为平章，专倚省吏史达祖奉行文字，拟帖撰旨，皆出其手，侍从柬札，至用申呈。韩败，遂黥焉。”有《梅溪词》一卷。录词一首：

三姝媚

烟光摇缥瓦，望晴檐多风，柳花如洒。锦瑟横床，想泪痕尘影，凤弦长下。倦出犀帷，频梦见、王孙骄马。讳道相思，偷理绡裙，自惊腰衩。

惆怅南楼遥夜，记翠箔张灯，枕肩歌罢。又入铜驼，遍旧家门巷，首询声价。可惜东风，将恨与、闲花俱谢。记取崔徽模样，归来暗写。

邦卿为平原堂吏，千古无不惜之。楼敬思云：“史达祖南宋名士，不得进士出身。以彼文采，岂无论荐？乃甘作权相堂吏，至被弹章，不亦降志辱身之至耶！”读其书怀《满江红》词：“好领青衫，全不向、诗书中得。三径就荒秋自好，一钱不值贫相逼”，亦自怨自艾者矣。又读其出京《满江红》词“更无人擫笛傍宫墙，苔花碧”。又云：“老子岂无经世术，诗人不预平边策”，是亦善于解嘲焉。然集中又有留别社友《龙吟曲》“楚江南，每为神州未复。阑干静，慵登眺”，新亭之泣，未必不胜于兰亭之集也。乃以词客终其身，史臣亦不屑道其姓氏，科目之困人如此，岂不可叹。然则词人立品，为尤要矣。戈顺卿谓周清真善运化唐人诗句，最为词中神妙之境，而梅溪亦擅其长，笔意更为相近。又云：“若仿

张为作《词家主客图》，周为主，史为客，未始非定论也。”其倾倒梅溪，可为尽至。余谓白石、梅溪，皆祖清真，白石化矣，梅溪或稍逊耳。至其高者，亦未尝不化。如《湘江静》云“三年梦冷，孤吟意短，屡烟钟津鼓。屐齿厌登临，移橙后几番凉雨”；又《临江仙》结句云“枉教装得旧时多，向来箫鼓地，曾见柳婆娑”，慷慨生哀，极悲极郁，居然美成复生。较“临断岸新绿生时，是落红带愁流处”尤为沉着。此种境地，却是梅溪独到处。

吴文英

字君特，四明人。从吴履斋诸公游。有《梦窗甲乙丙丁稿》四卷。录词一首：

莺啼序

残寒正欺病酒，掩沉香绣户。燕来晚、飞入西城，似说春事迟暮。画船载、清明过却，晴烟冉冉吴宫树。念羁情、游荡随风，化为轻絮。

十载西湖，傍柳系马，趁娇尘软雾。溯红渐、招入仙溪，锦儿偷寄幽素。倚银屏、春宽梦窄，断红湿、歌纨金缕。暝堤空，轻把斜阳，总还鸥鹭。

幽兰旋老，杜若还生，水乡尚寄旅。别后访、六桥无信，事往花委，瘗玉埋香，几番风雨？长波妒盼，遥山羞黛，渔灯分影春江宿。记当时、短楫桃根渡。青楼仿佛，临分败壁题诗，泪墨渗澹尘土。

危亭望极，草色天涯，叹鬓侵半苎。暗点检、离痕欢唾，尚染鲛绡，亸凤迷归，破鸾慵舞。殷勤待写，书中长恨，蓝霞辽海沉过雁。漫相思、弹入哀筝柱。伤心千里江南，怨曲重招，断魂在否？

按梦窗词，以绵丽为尚，运意深远，用笔幽邃，炼字炼句，迥不犹人。貌观之，雕缋满眼，而实有灵气行乎其间，细心吟绎，觉味美于方回，引人入胜，既不病其晦涩，亦不见其堆垛，此与清真、梅溪、白石，并为词学之正宗，一脉真传，特稍变其面目耳。犹之玉溪生之诗，藻采组织，而神韵流转，旨趣永长，未可妄讥其獭祭也。昔人评骘，多有未当，即如尹惟晓以梦窗并清真，不知置东坡、少游、方回、白石等于何地，誉之未免溢量。至沈伯时谓其太晦，其实梦窗才情超逸，何尝沉晦？梦窗长处，正在超逸之中，见沉郁之思，乌得转以沉郁为晦耶？若叔夏七宝楼台之喻，亦所未解。窃谓东坡《水调歌头》，介甫《桂枝香》有此弊病。至梦窗词，合观通篇，固多警策，即分摘数语，亦自入妙，何尝不成片段耶？张皋文《词选》，独不收梦窗词，而以苏、辛为正声，此门户之见，乃以梦窗与耆卿、山谷、改之辈同列，此真不知梦窗也。董氏《续词选》，只取梦窗《唐多令》《忆旧游》两篇。此二篇绝非梦窗高诣，《唐多令》一篇，几于油腔滑调，在梦窗集中最属下乘，《续选》独取此两篇，岂故收其下者，以实皋文之言耶？谬矣。

梦窗精于造句，超逸处则仙骨珊珊，洗脱凡艳；幽索处则孤怀耿耿，别缔古欢。如《高阳台·落梅》云："宫粉雕痕，仙云堕影，无人野水荒湾。古石埋香，金沙锁骨连环。南楼不恨吹横笛，恨晓风、千里关山。半飘零，庭院黄昏，月冷阑干。"又云："细雨归鸿，孤山无限春寒。"《瑞鹤仙》云："断柳凄花，似曾相识，西风破屐。林下路，水边石。"《祝英台近·除夜立春》云："剪红情，裁绿意，花信上钗股。残日东风，不放岁华去。"又《春日客·龟溪游废园》云："绿暗长亭，归梦趁风絮。"《水龙吟·惠山酌泉》云："艳阳不到青山，淡烟冷翠成秋苑。"《满江红·淀山湖》云："对两蛾犹锁，怨绿烟中。秋色未教飞尽雁，夕阳长是坠疏钟。"《点绛唇·试灯夜初晴》云："情如水，小楼薰被，春梦笙歌里。"又云："征衫贮，旧寒一缕，泪湿风帘絮。"《八声甘州·游灵岩》云："箭径酸风射眼，腻水染花腥。"又云："连呼酒，上琴台去，秋与云平。"俱能超妙入神。

周密

字公谨，号草窗，济南人，流寓吴兴，居弁山，自号弁阳啸翁，又号萧斋，又号四水潜夫。淳祐中为义乌令。有《蜡屐集》《草窗词》二卷，一名《蘋洲渔笛谱》。录词一首：

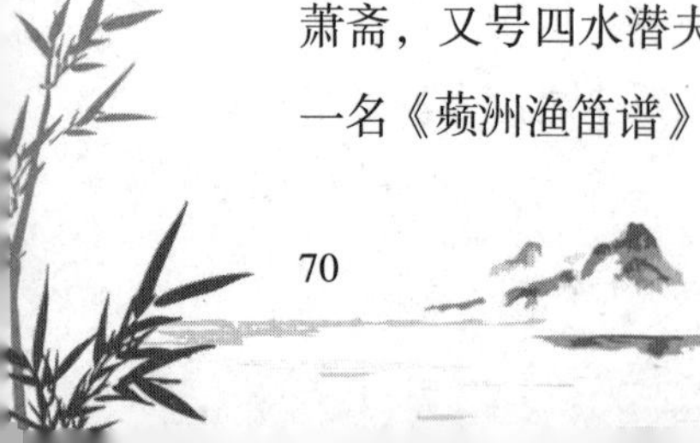

曲游春

禁苑东风外，飏暖丝晴絮，春思如织。燕约莺期，恼芳情、偏在翠深红隙。漠漠香尘隔，沸十里、乱丝丛笛。看画船、尽入西泠，闲却半湖春色。

柳陌，新烟凝碧。映帘底宫眉，堤上游勒。轻暝笼烟，怕梨云梦冷，杏香愁幂。歌管酬寒食，奈蝶怨、良宵岑寂。正凭醉月摇花，怎生去得？

按草窗词，尽洗靡曼，独标清丽，有葱茜之色，有绵缈之思，与梦窗旨趣相侔。二窗并称，允矣无忝。其于词律，亦极严谨。盖交游甚广，深得切劘之益。如集中所称霞翁，乃杨守斋也。守斋名缵，字继翁，又号紫霞翁，善弹琴，明宫调词法。周美成有《紫霞洞箫谱》，尝著《作词五要》，于填词按谱，随律押韵二条详言之，守律甚细，一字不苟作。草窗与之交，宜其词律之细矣。观其《一萼红·登蓬莱阁有感》一阕，苍茫感慨，情见乎词，当为草窗集中压卷。虽使美成、白石为之，亦无以过，惜不多觏耳。词云："步深幽，正云黄天淡，雪意未全休。鉴曲寒沙，茂林烟草，俯仰今古悠悠。岁华晚、飘零渐远，谁念我、同载五湖舟。磴古松斜，崖阴苔老，一片清愁。回首天涯归梦，几魂飞西浦，泪洒东州。故国山川，故园心眼，还似王粲登楼。最负他、秦鬟妆镜，好江山、何事此时游。为唤狂吟老监，共赋销忧。"又《法曲献仙音·吊香雪亭梅》云："一片古今愁，但废绿、平烟空远。无语消魂，对斜阳、衰草泪满。又西泠残笛，低送数声春怨。"即杜诗"回首可怜歌舞地"之意，以词发之，更觉凄惋。《水龙吟·白莲》云："擎露盘深，忆君凉夜，时倾铅水。想鸳鸯正结，梨云好梦，西风冷，还惊起。"词意兼胜，似此亦不亚碧山也。

右七家皆南宋词坛领袖，历百世不祧者也。其他潜研音吕，敷陈华藻，正不乏人。复择其善者，附录之，得十四家。

陆游

字务观，山阴人。以荫补登仕郎。隆兴初，赐进士出身。范成大帅蜀，为参议官。人讥其颓放，因自号放翁。有《剑南集》，词二卷。录《水龙吟·春日游摩诃池》一首：

摩诃池上追游路，红绿参差春晚。韶光妍媚，海棠如醉，桃花欲暖。挑菜初闲，禁烟将近，一城丝管。看金鞍争道，香车飞盖，争先占、新亭馆。

惆怅年华暗换，黯消魂、雨收云散。镜奁掩月，钗梁折凤，秦筝斜雁。身在天涯，乱山孤垒，危楼飞观。叹春来只有，杨花和恨，向东风满。

刘潜夫云："放翁、稼轩，一扫纤艳，不事斧凿，但时时掉书袋，要是一癖。"余谓务观与稼轩，不可并列。放翁豪放处不多，今传诵最著者，如《双头莲》《鹊桥仙》《真珠帘》等，字字馨逸，与稼轩大不相同。至《南园》一记，蒙垢今古，《钗头》别凤，寄慨家庭。平生家国间，真有隐痛矣。

张孝祥

字安国，历阳人。绍兴二十四年，廷试第一，历官至显谟阁直学士。有《于湖词》一卷。录《念奴娇·过洞庭》一首：

洞庭青草，近中秋、更无一点风色。玉界琼田三万顷，着我扁舟一叶。素月分辉，明河共影，表里俱澄澈。悠然心会，妙处难与君说。

应念岭表经年，孤光自照，肝胆皆冰雪。短鬓萧疏襟袖冷，稳泛沧溟空阔。尽吸西江，细斟北斗，万象为宾客。叩舷独啸，不知今夕何夕。

此作《绝妙好词》冠诸简端，其气象固是豪雄，惟用韵不甚合耳。于湖他作，如《西江月》之"东风吹我过湖船，杨柳丝丝拂面"，《满江红》之"点点不离杨柳外，声声只在芭蕉里"，皆俊妙可喜。陈郡汤衡序《于湖词》云："元祐诸公，嬉弄乐府，寓以诗人句法，无一毫浮靡之气，实自东坡发之也。于湖紫微张公之词，同一关键。"以于湖并东坡，论亦不误，惟才气较薄弱耳。

陈亮

字同甫，婺州人。绍熙四年，擢进士第一。有《龙川集》，词三卷。录《水龙吟》一首：

闹花深处层楼，画帘半卷东风软。春归翠陌，平莎茸嫩，垂杨金浅。迟日催花，淡云阁雨，轻寒轻暖。恨芳菲世界，游人未赏，都付与莺和燕。

寂寞凭高念远，向南楼、一声归雁。金钗斗草，青丝勒马，风流云散。罗绶分香，翠绡封泪，几多幽怨。正消魂、又是疏烟淡月，子规声断。

叶水心云："同甫长短句四卷，每一章成，辄自叹曰：'平生经济之怀，略已陈矣。'"周草窗云："龙川好谈天下大略，以节气自居，而词亦疏宕有致。"毛子晋云："龙川词读至卷终，不作一妖语媚语，殆所称不受人怜者欤。"余谓龙川与幼安，往来至密，集中《贺新郎》三首，足见气谊，故词境亦近之。而如此作，又复幽秀妍丽，能者固无所不能也。

刘过

字改之，太和人。尝伏阙上书，请光宗过宫，复以书抵时宰，陈恢复方略，不报，放浪湖海间。有《龙洲词》一卷。录《沁园春·寄辛稼轩》一首：

古岂无人可以似吾，稼轩者谁。拥七州都督，虽然陶侃，机明神鉴，未必能诗。常衮何如，公羊聊尔，千骑东方候会稽。中原事，总匈奴未灭，毕竟男儿。

平生出处天知，算整顿乾坤终有时。问湖南宾客，侵寻去矣，江西户口，流落何之。尽日楼台，四边屏幛，目断江山魂欲飞。长安道，算世无刘表，王粲畴依。

改之词学幼安，而横放杰出，尤较幼安过之，叫嚣之风，于此开矣。黄花庵云："如'别妾'《天仙子》、'咏画眉'《小桃红》诸阕，稼轩集中能有此纤秀语耶？"毛子晋又述此语为改之辩护。余以为改之诸作，如"美人指甲""美人足"，虽传述人口，实是秽亵，不足为法，至豪迈处又一放不可收。盖学幼安而不从沉郁二字着力，终无是处也。集中《沁园春》至多，“斗酒彘肩”一首尤著名，亦谰语耳。细检一过，惟《贺新郎·老去相如》一阕，是其最胜者矣。

卢祖皋

字申之，永嘉人，与四灵相唱和，盛称江湖间。庆元五年进士，为军器少监。嘉定十四年，擢直学士。有《蒲江词》。录《水龙吟·淮西重午》一首：

会昌湖上扁舟，几年不醉西山路。流光又是，宫衣初试，安榴半吐。千里江山，满川烟草，薰风淮楚。念离骚恨远，独醒人去，阑干外，谁怀古。

亦有鱼龙戏舞，艳晴川、绮罗歌鼓。乡情节意，尊前同是，天涯羁旅。涨绿池塘，翠阴庭院，归期无据。问明年此夜，一眉新月，照人何处？

《蒲江词》仅二十五阕，而佳者颇多。如《贺新郎》之“钓雪亭”，《倦寻芳》之“春思”，《西江月》之“中春”，《清平乐》之“春恨”，字字工协。毛子晋谓其有古乐府佳句，犹在字句间求之。论其词境，可与玉田、草窗并美云。

高观国

字宾王，山阴人。有《竹屋痴语》一卷。录《解连环·春水》一首：

浪摇新绿。漫芳洲翠渚，雨痕初足。荡霁色、流入横塘，看风外漪漪，皱纹如縠。藻荇萦回，似留恋、鸳飞鸥浴。爱娇云蘸色，媚日挼蓝，远迷心目。

仙源漾舟岸曲。照芳容几树，香浮红玉。记那回、西泠桥边，裙翠传情，玉纤轻掬。三十六陂，锦鳞渺、芳音难续。隔垂杨、故人望断，浸愁万斛。

宾王与梅溪交谊颇挚，词亦各有长处。集中如《贺新郎》之“赋梅”，《喜迁莺》之“秋怀”，《花心动》之“梅意”，《解连环》之“咏柳”，《瑞鹤仙》之“筇枝”，皆情意悱恻，得少游之意。陈慥序其词云：“高竹屋与史梅溪皆出周、秦之词，所作要是不经人道语，

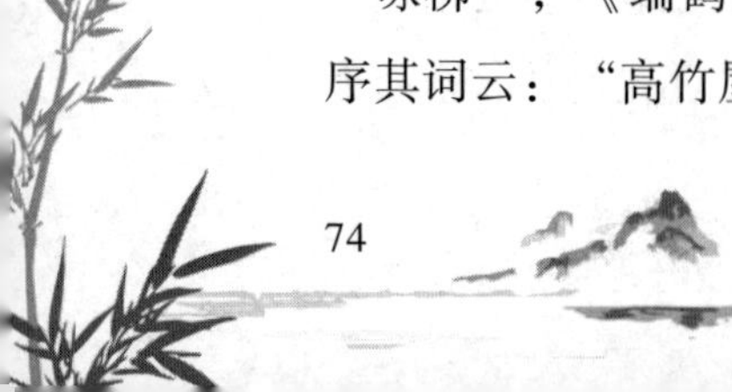

其妙处，少游、美成亦未及也。”此论虽推崇过当，惟以竹屋为周、秦之词，是确有见地。大抵南宋以来，如放翁，如于湖，则学东坡；如龙川，如龙洲，则学稼轩；至蒲江、宾王辈，以江湖叫嚣之习，非倚声家所宜，遂瓣香周、秦，而词境亦闲适矣。诸家造诣，固有不同。论其大概，不外乎此。

张辑

字宗瑞，号东泽，鄱阳人，冯深居目为东仙。有《欸乃集》《东泽绮语债》二卷。录《疏帘淡月》一首：

梧桐雨细，渐滴作秋声，被风惊碎。润逼衣篝，线袅蕙炉沉水。悠悠岁月天涯醉，一分秋、一分憔悴。紫箫吹断，素笺恨切，夜寒鸿起。

又何苦、凄凉客里，负草堂春绿，竹溪空翠。落叶西风，吹老几番尘世。从前谙尽江湖味，听商歌、归兴千里。露侵宿酒，疏帘淡月，照人无寐。

东泽得诗法于姜尧章，词亦学之，但少尧章清刚之气耳。集中词共二十三首，皆摘取词中语标作牌名，与方回《寓声》正同。顾贺、张二家则可，今人则万不能学也。诸作中亦有效苏、辛者，如《貂裘换酒》（即《贺新郎·乙未冬别冯可久》）、《淮甸春》（即《念奴娇·访淮海事迹》）、《东仙》（即《沁园春·冯可迁号余为东仙，故赋》），皆雄健可喜，不似《疏帘淡月》之婉约矣。惟《杏梁燕》（即《解连环》）则与“梧桐雨细”情韵相类，盖东泽能融合豪放婉丽为一也。

刘克庄

字潜夫，号后村，莆田人。以荫仕，淳祐中赐同进士出身，官至龙图阁直学士。有《后村别调》一卷。录《满江红》一首：

赤日黄埃，梦不到、清溪翠麓。空健美、君家别墅，几株幽独。骨冷肌清偏要月，天寒日暮尤宜竹。想主人、杖履绕千回，山南北。

宁委涧，嫌金屋。宁映水，羞银烛。叹出群风韵，背时装束。竞爱东邻姬傅粉，谁怜空谷人如玉。笑林逋、何逊漫为诗，无人读。

《后村别调》，张叔夏谓直致近俗，乃效稼轩而不及者，洵然。集中《沁园春》二十五首，《念奴娇》十九首，《贺新郎》四十二首，《满江红》三十一首，可云多矣，而奔放跅弛，殊无含蕴。且寿人自寿诸作，触目皆是，词品实不高也。《古今词话》以《清平乐》“贪与萧郎眉语，不知舞错伊州”二句为妙语，亦不过聪俊人口吻，非词家之极则。惟《南岳》一稿，几兴大狱，诏禁作诗，词学遂盛，此则于倚声家颇有关系。今读“访梅”绝句，虽可发一粲，而当时禁网可知矣。（后村《贺新郎》云：“君向柳边花底问，看贞元、朝士谁存者。桃满观，几开谢。”又云：“老子平生无他过，为梅花、受取风流罪。”皆为《江湖集》狱而发。）

蒋捷

字胜欲，阳羡人。德祐进士，自号竹山，遁迹不出，有《竹山词》。录《高阳台·送翠英》一首：

燕卷晴丝，蜂黏落絮，天教绾住闲愁。闲里清明，匆匆粉涩红羞。灯摇缥缈茸窗冷，语未阑、娥影分收。好伤春，春也难留，人也难留。

芳尘满目悠悠。问萦云佩响，还绕谁楼。别酒才斟，从前心事都休。飞莺纵有风吹转，奈旧家苑已成秋。莫思量，杨柳湾西，且棹吟舟。

竹山词亦有警策处，如《贺新郎》之“浪涌孤亭起”“梦冷黄金屋”二首，确有气度。竹垞《词综》推为南宋一家，且谓源出白石，亦非无见。惟其学稼轩处，则叫嚣奔放，与后村同病。如《水龙吟·落梅》一首，通体用些字韵，无谓之至。《沁园春》云：“若有人寻，只教童道，这屋主人今自居。”又“次强云卿韵”云：“结算平生，风流债负，请一笔勾。盖攻性之兵，花围锦阵，毒身之鸩，笑齿歌喉。”又云：“迷因底叹，晴干不去，待雨淋头。”《念奴娇·寿薛稼堂》云：“进退行藏，此时正要，一着高天下。”又云：“自古达官酣富贵，往往遭人描画。”《贺新郎·饯狂士》云：“据我看来何所似，一任韩家五鬼，又一似、杨家风子。”此等处令人绝倒，学稼轩至此，真属下下乘矣。大抵后村、竹山未尝无笔力，而风骨气度，全不讲究，是心余、板桥辈所祖，乃词中左道。有志复古者，当从梅溪、碧山用力也。

陈允平

字君衡，四明人。有《日湖渔唱》二卷、《继周集》一卷。录《酹江月》一首：

霁空虹雨，傍啼螀莎草，宿鹭汀洲。隔岸人家砧杵急，微寒先到帘钩。步幄尘高，征衫酒润，谁暖玉香篝。风灯微暗，夜长频换更筹。

应是雁柱调筝，鸳梭织锦，付与两眉愁。不似尊前今夜月，几度同上南楼。红叶无情，黄花有恨，孤负十分秋。归心如醉，梦魂飞趁东流。

张叔夏云："词欲雅而正，志之所之。一为情所役，则失其雅正之音。近代陈西麓所作平正，亦有佳者。"夫平正则难见其佳，平正而有佳者，乃真佳也。其词取法清真，刻意摹效。《继周》一集，皆和周韵，多至百二十一首（《继周集》共词百二十三首，和周韵者百二十一首，惟《过秦楼》前一首，《琴调相思引》，并非周韵。疑宋本《片玉词》别有存此二首者也）。其倾倒美成，可与方千里、杨泽民并传。然其面目，并不十分相似。此即脱胎法，可见古人用力之方矣。集中诸词，喜改平韵，如《绛都春》《永遇乐》及此词，别具幽秀之致，亦白石法也。"西湖十咏"，多感时之语，时时寄托，忠厚和平，真可亚于中仙，非草窗所可及。其词作于景定癸亥岁，阅十余年宋亡矣。是故读西麓词，一切流荡忘返之失，自然化去耳。

施岳

字仲山，号梅川，吴人。其词无专集。录《曲游春·清别湖上》一首：

画舸西泠路，占柳阴花影，芳意如织。小楫冲波，度麹尘扇底，粉香帘隙。岸转斜阳隔，又过尽别船箫笛。傍断桥、翠绕红围，相对半篙晴色。

顷刻，千山暮碧。向沽酒楼前，犹系金勒。乘月归来，正梨花夜缟，海棠烟幂。院宇明寒食，醉乍醒一庭春寂。任满身、露湿东风，欲眠未得。

梅川词见于《绝妙好词》者，止有六首。其词亦法清真，如《水龙吟》《兰陵王》二作可知也。此清明词，盖与草窗同作者。草窗和词有“看画船、尽入西泠，闲却半湖春色”之句，为一时传诵。此云“相对半篙晴色”，可云工力悉敌。《西湖游幸记》云：“西湖，杭人无时不游。凡缔姻赛社，会亲送葬，经会献神，无不在焉。故杭谚有销金锅之号。”观草窗、梅川二词，可见盛况矣。沈义甫云：“梅川音律有源流，故其声无舛误，读唐诗多，故语雅淡。”此数语论梅川至当。

孙惟信

字季蕃，号花翁，开封人。尝有官，弃去不仕。录《烛影摇红·牡丹》一首：

一朵鞓红，宝钗压髻东风溜。年时也是牡丹时，相见花边酒。初试夹纱半袖，与花枝、盈盈斗秀。对花临景，为景牵情，因花感旧。

题叶无凭，曲沟流水空回首。梦云不到小山屏，真个欢难偶。别后知他安否？软红街、清明还又。絮飞春尽，天远书沉，日长人瘦。

花翁集今不传，其词仅见《绝妙好词》所录五首而已。刘后村《花翁墓志》云：“始昏于婺，后去婺游，留苏杭最久。一榻之外无长物，躬爨而食，书无乞米之帖，文无逐贫之赋，终其身如此。”是花翁平生亦略见矣。沈伯时云：“孙花翁有好词，亦善运意，但雅正中时有一二市井语。”余谓翁集既佚，无可评骘，就弁阳所录，固无此病。

李清照

自号易安居士，济南人。格非女，赵明诚妻。有《漱玉集》。录《壶中天》一首：

萧条庭院，又斜风细雨，重门须闭。宠柳娇花寒食近，种种恼人天气。险韵诗成，扶头酒醒，别是闲滋味。征鸿过尽，万千心事谁寄。

楼上几日春寒，帘垂四面，玉阑干慵倚。被冷香消新梦觉，不许愁人不起。清露晨梳，新桐初引，多少游春意。日高烟敛，更看今日晴未。

易安词最传人口者，如《如梦令》之“绿肥红瘦”，《一剪梅》之“红藕香残”，《醉花阴》之“帘卷西风”，《凤凰台》之“香冷金猊”，世皆谓绝妙好词也。其《声声慢》一首，尤为罗大经、张端义所激

赏。其实此词收二语，颇有伧气，非易安集中最胜者。大抵易安诸作，能疏俊而少沉着，即如《永遇乐·元宵》词，人咸谓绝佳，此词感怀京洛，须有沉痛语方佳。词中如“如今憔悴，风鬟雾鬓，怕向夜间重去”，固是佳语，而上下文皆不称。上云：“铺翠冠儿，燃金雪柳，簇带争济楚。”下云：“不如向帘儿底下，听人笑语。”皆太质率，明者自能辨之。惟其论词语绝精，因摘录之。其言曰：“本朝柳屯田永，变旧声作新声，出《乐章集》，大得声称于世，虽协音律，而词语尘下。又有张子野、宋子京兄弟，沈唐、元绛、晁次膺辈继出，虽时时有妙语，而破碎何足名家？至晏丞相、欧阳永叔、苏子瞻，学际天人，作为小歌词，直如酌蠡水于大海，然皆句读不葺之诗耳，又往往不协音律。（中略）王介甫、曾子固文章似西汉，若作小歌词，则人必绝倒，不可读也。乃知词别是一家，知之者少。后晏叔原、贺方回、黄鲁直出，始能知之。而晏苦无铺叙，贺苦少典重。秦少游专主情致，而少故实，譬如贫家美女，虽极妍丽丰逸，而终乏富贵态。黄即尚故实，而多疵病，譬如良玉有瑕，价自减半矣。”其讥弹前辈，能切中其病，世不以为刻论也。至玉壶献金之疑，汝舟改嫁之谬，俞理初、陆刚甫、李莼客辈论之详矣，不赘述。

朱淑真

自号幽栖居士，钱塘人，世居姚村，不得志殁。宛陵魏仲恭辑其诗，名《断肠集》。录《清平乐》一首：

恼烟撩露，留我须臾住。携手藕花湖上路，一霎黄梅细雨。

娇痴不怕人猜，随群暂遣愁怀。最是分携时候，归来懒傍妆台。

居士《生查子》一词，为升庵诬谤，今已大白于世，无庸赘论矣。余按《断肠词》止三十一首，且非全真，安得魏端礼原辑，及稽瑞楼注本，重付校雠也。就此三十一首中论之，如《菩萨蛮》之“湿云不度”，《忆秦娥》之“弯弯曲”，《柳梢青》之“玉骨冰肌”，《蝶恋花》之“楼外垂杨”，皆谐婉可诵。朱文公谓本朝妇人能文者，唯魏夫人及李易安，而不及淑真。今魏夫人词，仅有《菩萨蛮》一首，无可评论。而淑真尚存数十首，足资研讨，余故录以为殿焉。

上十四家，南宋词之著者略具矣。竹山、后村，仍复论列者，盖以见苏、辛词，实不可学，虽宋人且不能佳也。至南宋词人之盛，实多不胜数。讲学家如朱元晦、胡澹庵辈，亦有小词流传。（朱有《水调歌头》，胡有《醉落魄》。）大臣如真德秀、魏了翁、周必大等，又各有乐府名世。（真有《蝶恋花》，魏有《寿词》一卷，周有《省斋近体乐府》。）缁流如仲殊、祖可，羽流如葛长庚、丘长春，所作亦冲雅俊迈。（仲殊有《诉衷情》，祖可有《小重山》，长庚有《酹江月》，长春有《无俗念》。）名妓如苏琼、严蕊，复通词翰，斯已奇矣。（苏有《西江月》，严有《卜算子》《鹊桥仙》等。）至《词苑丛谈》载，李全之子璮《水龙吟》一首，有“投笔书怀，枕戈待旦，陇西年少”之语，是绿林之豪，亦知柔翰，更不胜胪举也。余故约略论之，聊疏流别而已。

宋词的两股潮流

龙榆生

一般词的批评家，爱把宋词分作豪放和婉约两派。前者以苏轼作为代表人物，后者以秦观作为代表人物。这种就风格上的分法，虽是出于明人张綖；但据南宋俞文豹《吹剑续录》的记载：

东坡在玉堂，有幕士善讴，因问："我词比柳词何如？"对曰："柳郎中词，只好十七八女孩儿，执红牙拍板，唱'杨柳外，晓风残月'。学士词，须关西大汉，执铁板，唱'大江东去'。"公为之绝倒。

可见这个差别之说是由来已久的。但为什么会有这两种不同风格和流派呢？因两者写作的动机和作用各不相同，当然就会产生和他的内容相适应的不同风格。我们知道，词在宋代是配合着管弦来唱的，当然首先就得讲究协律，从而达到"音节谐婉"的地步。而且这种唱词，大多数流行于都市，为了迎合市民心理，就得偏于描摹男女恋慕和伤离念远的情感。当时这类作品，就是王世贞所说的"香而弱"（《艺苑卮言》）的一派。这一派的特点，就是一要音节和谐，二要情调软美。由于这两个条件的限制，就很难容纳丰富的内容和表达豪爽的气概，使作者只在音律和技巧上打圈子，陷身于泥淖而不能自拔。但这些作品的"语工而入律"（《避暑录话》卷三记当时赞美秦观词的话），在当时是最受歌者和听众欢迎的，所以一直成为所谓词的正宗。它的远源，是从花间一派来的。我们与其说它是婉约派，不如说它是正统派，而把以苏轼为首的豪放派称作革新派。

正统派的特征就是特别重视协律。从北宋的柳永、秦观、周邦彦以至南宋的姜夔、吴文英，虽然面目各有不同，而步趋却是一致的。

柳永以后，一般称秦七（观）、黄九（庭坚）为当代词首（见陈师道《后山诗话》）。秦词受柳永影响，曾被他的老师苏轼所讥评，至作为“山抹微云秦学士，露花倒影柳屯田”的对句（见《避暑录话》卷三），并且当面斥责他：“不意别后，公却学柳七作词！”（见《高斋诗话》）正因为秦词的和婉缠绵，所以能盛行于淮、楚（今苏北）一带。他的代表作如《满庭芳》：

山抹微云，天粘衰草，画角声断谯门。暂停征棹，聊共引离尊。多少蓬莱旧事，空回首、烟霭纷纷。斜阳外，寒鸦万点，流水绕孤村。

销魂！当此际，香囊暗解，罗带轻分。漫赢得青楼，薄幸名存。此去何时见也？襟袖上、空惹啼痕。伤情处，高城望断，灯火已黄昏。

它所表现的只是一个风流才子的感伤情绪，没有什么值得称道的。但就它的描写手法看，他把一种凄黯的江天景色和难分难舍的离情巧妙地结合起来，在彼时彼地，确也有几分迷人的魅力。至于他在贬谪之后，就全变为凄厉之音。在封建社会制度下，士大夫的苦闷心情，除了运用这种含蓄的笔调，是没法发泄的。例如《阮郎归》：

湘天风雨破寒初，深沉庭院虚。丽谯吹罢《小单于》，迢迢清夜徂。

乡梦断，旅魂孤，峥嵘岁又除。衡阳犹有雁传书，郴阳和雁无！

在开拓词的领域方面有功勋的，柳永以后，就得数周邦彦。他出生于湖山秀丽的杭州，对文学有深厚的基础，又好音乐，能自度曲（见《宋史》卷四百四十四《文苑传》）。徽宗（赵佶）设大晟府，作为整理创作乐曲的机关，曾要他做提举官。他和音乐家万俟咏、田为等“讨论古音，审定古调……又复增演慢曲、引、近，或移宫换羽，为三犯、四犯之曲”（张炎《词源》卷下）。他的《清真集》有不少创调；也有宫廷中流传下来的古曲，如《兰陵王慢》的谱子，后来还流传到南方来（参考毛幵《樵隐笔录》）。近人王国维曾经说过：“读先生之词，于文字之外，须更味其音律。今其声虽亡，读其词者，犹觉拗怒之中，自饶和婉，曼声促节，繁会相宣，清浊抑扬，辘轳交往。”（《清真先生遗事》）周邦彦词值得

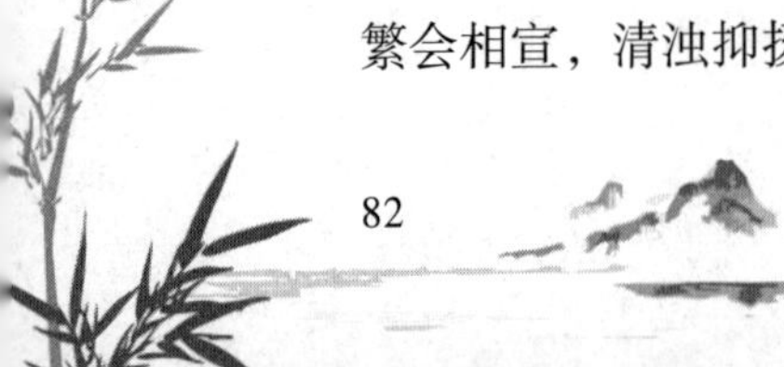

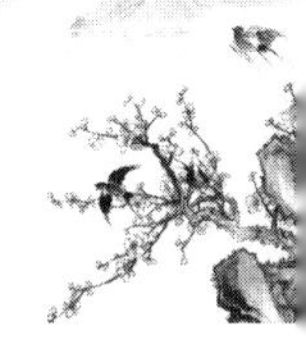

我们借鉴的，这音律的运用要算首要部分。它那句法节奏，都是随着声情变化的。例如《兰陵王》：

柳阴直，烟里丝丝弄碧。隋堤上，曾见几番，拂水飘绵送行色。登临望故国。谁识，京华倦客？长亭路，年去岁来，应折柔条过千尺。

闲寻旧踪迹。又酒趁哀弦，灯照离席。梨花榆火催寒食。愁一箭风快，半篙波暖，回头迢递便数驿，望人在天北。

凄恻，恨堆积。渐别浦萦回，津堠岑寂。斜阳冉冉春无极。念月榭携手，露桥闻笛。沉思前事，似梦里，泪暗滴。

又如《绕佛阁》：

暗尘四敛，楼观迥出，高映孤馆。清漏将短，厌闻夜久签声动书幔。桂华又满，闲步露草，偏爱幽远。花气清婉，望中迤逦城阴度河岸。

倦客最萧索，醉倚斜桥穿柳线。还似汴堤虹梁横水面，看浪飐春灯，舟下如箭。此行重见。叹故友难逢，羁思空乱，两眉愁、向谁舒展？

且看他的四声安排和句式长短以及使用韵脚，都有很多变化。上一首三段各不相同，下一首则前两段全同而后一段自异。这两个曲调，有的句子特别长，有的运用许多偶句，全靠领格字负起转身换气的职责，使全局振奋起来，音节是异常激越的。前人称清真为“集大成”的作者（见周济《宋四家词选》序论）。单从音律和技巧上说，他的词有很多特点，是值得我们学习的。

自从金兵南侵，汴京沦陷之后，大晟遗谱和教坊伎人，都随着政治中心的转移而大部散失了。虽然民间艺人又有不断的创作，也有流落在北方的歌女，经过金、元的改朝换代，还能唱清真词的（见张炎《意难忘》词）；但从整个的发展情况来说，文人所写的歌词，是渐渐脱离音乐而自成其为“长短不葺”的新体诗了。南宋偏安杭州，不再有教坊的设置；只少数大官僚大地主家还养着歌女，习歌舞以资娱乐。例如退老石湖的范成大，就曾叫家伎学唱姜夔创作的《暗香》《疏影》（见《白石道人歌曲》卷四）；南宋大将张俊的孙儿张镃也在海盐营有别墅，常叫“歌儿衍曲，务为新声”（见李日华《紫桃轩杂缀》卷三），形成所谓海盐腔，它的初起，正是为了少数人宴会亲朋，作为娱乐的。

姜夔原籍鄱阳，生长于湖北，成年以后，尝往来于金陵、扬州、合肥和吴兴、苏、杭之间。他自己既长于音律，五、七言诗和长短句词都写得很好。因为常去范、张两家做客，接触歌舞伎人的机会也就多了起来。这些大官僚地主家由于主人好尚风雅，而且自己也都能作诗、填词，从而他们家里所养歌伎所唱的，对文学艺术上的要求，必然趋向于典雅一路。姜夔恰是一个最适当的创作家。夔自称：“予颇喜自制曲。初率意为长短句，然后协以律。”（《白石道人歌曲》卷四《长亭怨慢》小序）他的《夜过垂虹》绝句又有“自作新词韵最娇，小红低唱我吹箫”的句子。可见他所创作的新曲，是用管乐来伴奏的，和北宋词用弦索伴奏的有所不同。它的声情是比较清越的。现存白石自度曲十七支，每个字旁边都缀有音谱，是研究南宋词乐的唯一完整资料。近人把它译作工尺谱或五线谱者，已有多人。我这里只就它在文字上的音节和技法来讲。他的词虽没有多少反映当时民族矛盾和阶级矛盾的思想内容，却也不是什么靡靡之音。例如《扬州慢》：

淮左名都，竹西佳处，解鞍少驻初程。过春风十里，尽荠麦青青。自胡马、窥江去后，废池乔木，犹厌言兵。渐黄昏、清角吹寒，都在空城。

杜郎俊赏，算而今、重到须惊。纵豆蔻词工，青楼梦好，难赋深情。二十四桥仍在，波心荡、冷月无声。念桥边、红药年年，知为谁生？

这词描写金兵南下后的扬州，是何等荒凉景象！后半阕借用杜牧的“十年一觉扬州梦”来反映都市繁华转眼成空，借以寄托金兵侵凌、故国丘墟的沉痛心情，不是对青楼薄幸的放荡生活有所留恋。

清初浙西词派极度尊崇姜夔，说“词莫善于姜夔，宗之者张辑、卢祖皋、史达祖、吴文英、蒋捷、王沂孙、张炎、周密、陈允平、张翥、杨基，皆具夔之一体”（朱彝尊《黑蝶斋词序》）。这是从他的风格和技法上来说的。我们现在对姜词的注意点，可以主要放在他的自度曲上。

在这所谓正统派中，虽然作者甚多，弥漫于赵宋一代，而且影响及于清末；但就协律方面来说，也只有柳永、周邦彦、姜夔三家发挥过一些创

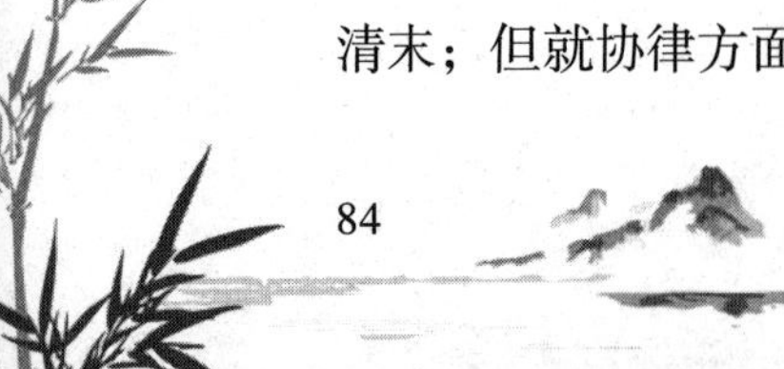

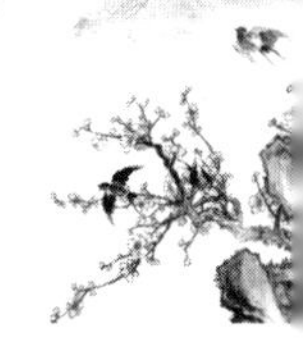

造性，为填词家开辟了不少田地，这一点是应该予以肯定的。

词的形式，虽然一样也可以反映社会现实，表达广大人民的思想感情，而且唐、五代时的民间作者已经这样利用过它，后来的诸宫调和戏文等也都运用过这些曲调来歌唱一些为群众所喜闻乐见的故事；然而所有诗人为什么不这样做，而仅仅局限在这小圈子内呢？过去我国的士大夫都是保守性很强的。他们以为文各有体，要反映现实，为广大人民说话，或者抒写个人悲壮感慨的思想感情，尽有元稹、白居易一派的新乐府和历来诗人用惯的五、七言古、近体诗，可供运用，而这个新兴入乐的长短句是只适宜描写男女恋慕和伤离念远之情的。这只要看看欧阳修写的诗和词，在内容和风格上两者都截然不同，这消息就不难猜透了。但一种新形式到了十分成熟的时候，就有人会打破清规戒律，给它拓大范围，革新内容。以苏轼为首的革新派，就是这样应运而生的。

在苏轼之前，已有范仲淹的《渔家傲》：

塞下秋来风景异，衡阳雁去无留意。四面边声连角起。千嶂里，长烟落日孤城闭。

浊酒一杯家万里，燕然未勒归无计。羌管悠悠霜满地。人不寐，将军白发征夫泪。

王安石的《桂枝香》：

登临送目，正故国晚秋，天气初肃。千里澄江似练，翠峰如簇。征帆去棹残阳里，背西风、酒旗斜矗。彩舟云淡，星河鹭起，画图难足。

念往昔、繁华竞逐。叹门外楼头，悲恨相续。千古凭高对此，漫嗟荣辱。六朝旧事随流水，但寒烟衰草凝绿。至今商女，时时犹唱，《后庭》遗曲。

像这种悲壮豪迈的格调，是过去和当时流行的歌词中所没有的。

苏轼在过去文人中，具有豪迈直爽的性格和关怀民生的政治抱负。虽然他在政治路线上是属于代表大地主阶级的保守派，但他在实际政治生活中，也替人民做了不少好事，基本上是同情劳动人民的。由于他的豪迈性格，不惜冲破一切罗网，开径独行。他不满足于那种一味香软的歌词，而又感到这个新形式大有足供驰骋的余地，就毫无顾虑地把这小圈子的门限打开了。他从范仲淹、王安石初步踏出的道路，尽量向前发展，以自成其为一种“句读不葺”的新体格律诗（李清照对苏词的评语）。王灼说得好：“东坡先生非心醉于音律者，偶尔作歌，指出向上一路，新天下耳目，弄笔者始知自振。”（《碧鸡漫志》卷二）南宋胡寅也说：“眉山苏氏，一洗绮罗香泽之态，摆脱绸缪宛转之度，使人登高望远，举首高歌，而逸怀浩气，超然乎尘垢之外，于是花间为皂隶，而柳氏为舆台矣！”（《酒边词序》）这都是作者发挥创造性，敢于冲破罗网的结果。他所选用的曲调，都是比较适宜于抒写豪情的，如《水龙吟》《念奴娇》《贺新郎》《满江红》《永遇乐》《八声甘州》之类。他单刀匹马，纵横驰突于纪律森严的行阵中，右折左旋，无不如志。这是东坡词的特点，为后来爱国词人辛弃疾开辟了广阔的道路。他的代表作，如题为“赤壁怀古”的《念奴娇》：

大江东去，浪淘尽、千古风流人物。故垒西边，人道是、三国周郎赤壁。乱石穿空，惊涛拍岸，卷起千堆雪。江山如画，一时多少豪杰。

遥想公瑾当年，小乔初嫁了，雄姿英发。羽扇纶巾，谈笑间、樯橹灰飞烟灭。故国神游，多情应笑我，早生华发。人间如梦，一尊还酹江月。

像这样轰轰烈烈的大战役，作者运用重点突出和环境烘托的手法，把它有声有色地描绘出来，一直为当时及后来读者所共传诵。他的襟怀坦荡，无往而不自得，也充分表现在他的小词中。例如《临江仙》：

夜饮东坡醒复醉，归来仿佛三更。家童鼻息已雷鸣。敲门都不应，倚杖听江声。

长恨此身非我有，何时忘却营营？夜阑风静縠纹平。小舟从此逝，江海寄余生。

这是他谪贬在黄州时的作品，写得何等洒脱！他也比较接近农民。且看他在做徐州太守时所作《浣溪沙》中对农村生活的描写：

旋抹红妆看使君，三三五五棘篱门。相排踏破茜罗裙。

老幼扶携收麦社，乌鸢翔舞赛神村。道逢醉叟卧黄昏。

麻叶层层苘叶光，谁家煮茧一村香？隔篱娇语络丝娘。

垂白杖藜抬醉眼，捋青捣麨软饥肠。问言豆叶几时黄？

写出了农村中的熙攘景象以及他和农民接触时的情景。这种作品，是在东坡以前的词里所看不到的。

苏轼打破了词的清规戒律，不拘什么样的思想内容，都可以运用这种新形式表达出来。这就为长短句歌词注入了新生命，而为一般豪杰之士所共欢迎，使它在脱离音乐之后，仍能保持它的清新活泼姿态，活跃于我国文学园地中，起着激发爱国热情和鼓舞人心的作用。这一业绩的开创，是不能不首先归功于苏轼的。

与苏轼同时的黄庭坚、晁补之都是跟着苏轼走的。还有贺铸也受他们的影响，发挥豪迈作风。这样发展下来，恰当金兵南下，北宋王朝遭到颠覆，民族矛盾日益加深，于是若干爱国词人和民族英雄，将一腔热忱借这一文学形式尽情发泄。于是东坡一脉，由黄庭坚、晁补之、贺铸以至陈与义、叶梦得、朱敦儒、张孝祥、张元幹、陆游等人，绵延而下，以迄南、北宋之际而风起云涌，不可复遏。而岳飞的《满江红》，更是广大读者传诵不衰的。当时风气，填词趋向东坡一路，确是实际情形。不但宋人如此，金人如蔡松年等也都一脉相承，发挥这种豪迈作风。

这一派词人中，特别值得重视的是辛弃疾。他出生在早已沦陷的济南，在文学修养上早就接受了这种豪迈作风。他怀抱恢复失地的雄心，十八岁就参加耿京的农民起义军，劝耿京决策南向。二十三岁独自回到建康（今江苏南京），一直想大举北伐，以雪国耻。而满腔热血，不得有所发挥，悲愤之余，乃托于歌词，用来排遣胸中抑郁不平的气闷。他曾有一首追念少年时事的《鹧鸪天》：

壮岁旌旗拥万夫，锦襜突骑渡江初。燕兵夜娖银胡䩮，汉箭朝飞金仆姑。

追往事，叹今吾，春风不染白髭须。都将万字平戎策，换得东家种树书！

这烈士暮年的感慨，也概括了他的一生，音调沉雄，辞句简练，确不愧为一时的杰作。他的《稼轩长短句》，使人一气读下，真有“大声镗鞳，小声铿鍧，横绝六合，扫空万古”（《后村大全集》卷九十八《辛稼轩集序》）的感觉。总的说来，大部分都是他的爱国主义思想的表现。可惜他的毕生壮志，被一班主和派所扼杀，从而表现在他的作品上，又多属沉郁悲壮的凄音。例如“淳熙己亥，自湖北漕移湖南”时所写的《摸鱼儿》：

更能消、几番风雨，匆匆春又归去。惜春长怕花开早，何况落红无数。春且住！见说道、天涯芳草无归路。怨春不语。算只有殷勤，画檐蛛网，尽日惹飞絮。

长门事，准拟佳期又误。蛾眉曾有人妒。千金纵买相如赋，脉脉此情谁诉？君莫舞！君不见、玉环飞燕皆尘土。闲愁最苦。休去倚危栏，斜阳正在，烟柳断肠处。

他把南宋偏安的危险局面和小朝廷中互相倾轧的内部矛盾，运用比兴手法，尽情表露出来，千回百折，而归结于国事的难以挽救。这和屈原的《离骚》是异曲同工的。

稼轩词的内容，是过去词家所不曾有的。内容决定形式，因而他所选用的调子，也就多属于格局开张和音响悲壮的一路，如《贺新郎》《满江红》《念奴娇》《沁园春》等，都是他所最爱使用的。他在晚年饱经忧患之后，渐渐接受庄周的达观思想，也最爱读陶潜的田园诗。但他的爱国热忱，却始终压抑不下去。尽管他寄情山水，陶醉于农村生活，但梦寐不忘少年鞍马，一直抱着积极态度，到死方休。且看他的《清平乐·独宿博山王氏庵》：

绕床饥鼠，蝙蝠翻灯舞。屋上松风吹急雨，破纸窗间自语。

平生塞北江南，归来华发苍颜。布被秋宵梦觉，眼前万里江山。

这胸次是何等壮阔！再看他的《沁园春·灵山齐庵赋，时筑偃湖未成》：

叠嶂西驰，万马回旋，众山欲东。正惊湍直下，跳珠倒溅；小桥横截，缺月初弓。老合投闲，天教多事，检校长身十万松。吾庐小，在龙蛇影外，风雨声中。

争先见面重重，看爽气朝来三数峰。似谢家子弟，衣冠磊落；相如庭

户，车骑雍容。我觉其间，雄深雅健，如对文章太史公。新堤路，问偃湖何日，烟水濛濛？

你看他把自然界的景物，当作战阵中的部队一样指挥运用，使人感到生气勃勃，波澜壮阔。这替后来所有豪杰之词，开辟了无穷的新天地。

辛弃疾政治失意后，长期闲居乡村，经常接触农民，熟悉农村生活。他对农民的深厚感情，时时流露在他的小词里面。例如他的两首《清平乐》：

柳边飞鞚，雾湿征衣重。宿鹭窥沙孤影动，应有鱼虾入梦。　一川明月疏星，浣纱人影娉婷。笑背行人归去，门前稚子啼声。

茅檐低小，溪上青青草。醉里吴音相媚好，白发谁家翁媪？　大儿锄豆溪东，中儿正织鸡笼。最喜小儿无赖，溪头卧剥莲蓬。

这对农村生活的体会，是十分真实的，而且用的全是朴素的语言，何等亲切有味！

词，发展到了辛弃疾，完全成为一种新体的格律诗了。它渐渐和音乐脱离，而仍保持着它的音乐性。这样就使词的形式，长远作为英雄豪杰用以抒写热烈感情的特种工具，放射出无限的光芒。这开端于苏轼，而扩展于辛弃疾的伟大事业，是值得大书特书的。

与辛弃疾同时的作家，还有刘过、陈亮。宋末则刘克庄、刘辰翁、汪元量、文天祥等，在民族矛盾日益加深之际，也都能以沉雄激壮的作风，发扬民族正气，为历史生色。

元人词略

吴　梅

元人以北词登场，而歌词之法遂废。其时作者，如许鲁斋之《满江红》，张弘范之《临江仙》，不过余技及之，非专家之业。即如刘太保之《干荷叶》，冯子振之《鹦鹉曲》，亦为北词小令，非真两宋人之词也。盖入元以来，词曲混而为一。（始自董《西厢》，如《醉落魄》《点绛唇》《哨遍》《沁园春》之类，皆取词名入曲。元人杂剧，仍之不变。）而词之谱法，存者无多，且有词名仍旧，而歌法全非者。是以作家不多，即作亦如长短句之诗，未必如两宋之可按管弦矣。至如解语花之歌《骤雨打新荷》，陈凤仪之歌《一络索》，殊不可见也。总一朝论之，开国之初，若燕公楠、程钜夫、卢疏斋、杨西庵辈，偶及倚声，未扩门户；逮仇仁近振起于钱塘，此道遂盛。赵子昂、虞道园、萨雁门之徒，咸有文彩，而张仲举以绝尘之才，抱忧时之念，一身耆寿，亲见盛衰。故其词婉丽谐和，有南宋之旧格。论者谓其冠绝一时，非溢美也。其后如张埜、倪瓒、顾阿瑛、陶宗仪，又复赓续雅音，缠绵赠答。及邵复孺出，合白石、玉田之长，寄“烟柳斜阳”之感，其《扫花游》《兰陵王》诸作，尤近梦窗，殿步一朝，良无愧怍，此其大较也。爰分述之如下。

燕公楠

字国材，江州人。至元初，辟赣州通判，累官至湖广行中书省右丞。

摸鱼儿·答程雪楼见寿

又浮生、平头六十，登楼怅望荆楚。出山小草成何事，闲却竹松烟雨。空自许，早摇落江潭，一似琅玡树。苍苍天路。漫伏枥心长，衔图志短，岁晏欲谁与？

梅花赋，飞堕高寒玉宇。铁肠还解情语。英雄操与君侯耳，过眼群儿谁数？霜鬓缕，只梦听、枝头翡翠催归去。清觞飞羽。且细酌盱泉，酣歌郢雪，风致美无度。

按公楠即芝庵先生也。芝庵有《唱论》行世，历论古帝王善音律者，自唐玄宗至金章宗，得五人。又谓近世大曲，为苏小小《蝶恋花》、邓千江《望海潮》等十词，陶宗仪《辍耕录》所载，即本芝庵旧说也。又论歌之格调、节奏、门户、题目等，皆当行语。又云“词山曲海，千生万熟，三千小令，四十大曲”，亦为明李中麓所本。盖公深通音律，故议论亲切不浮如是也。其词不多见，所著《五峰集》，复不传。元人盛推刘太保、卢疏斋，盖就北曲言，非论词也。（刘秉忠有《三奠子》词，张弘范有《鹧鸪天》词，皆非当行语，不备录。）

程钜夫

以字行，建昌人。仕世祖，官至翰林学士承旨，谥文宪。有《雪楼集》。

摸鱼子·次韵卢疏斋题岁寒亭

问疏斋、湘中朱凤，何如江上鹦鹉。波寒木落人千里，客里与谁同住。茅屋趣。吾自爱吾亭，更爱参天树。劳君为赋。渺雪雁南飞，云涛东下，岁晚欲何处。

疏斋老，意气经文纬武。平生握手相许。江南江北寻芳路，共看碧云来去。黄鹄举。记我度秦淮，君正临清句（原注：宣城水名）。歌声缓与。怕径竹能醒，庭花起舞，惊散夜来雨。

按钜夫宏才博学，被遇四朝，忠亮耿直，为时名臣。所传《雪楼集》，春容大雅，有北宋馆阁风。所作词不多，《词综》所录，尚有《摸鱼儿·寿燕五峰》《点绛唇·送王荩臣》《清平乐·答西野使君》三首。

杨果

字西庵，蒲阴人。金正大中进士。入元为北京宣抚使，出为淮孟路总管，谥文献。

摸鱼儿·同遗山赋雁邱

恨千年、雁飞汾水，秋风依旧兰渚。网罗惊破双栖梦，孤影乱翻波素。还碎羽。算古往今来，只有相思苦。朝朝暮暮。想塞北风沙，江南烟月，争忍自来去。

埋恨处。依约并州旧路。一邱寂寞寒雨。世间多少风流事，天也有心相妒。休说与。还怕却、有情多被无情误。一杯待举。待细读悲歌，满倾清泪，为尔酹黄土。

遗山雁邱词见前，此为西庵和作。同时和者甚多，不让双蕖怨故事也。李仁卿亦有和作，见遗山词集中。西庵词无集，而其北词小令，散见《阳春白雪》《太平乐府》中者至多。

如《小桃红》云：

采莲人和采莲歌，柳外兰舟过。不管鸳鸯梦惊破，应如何，有人独上江楼卧。伤心莫唱，南朝旧曲，司马泪痕多。

又云：

玉箫声断凤凰楼，憔悴人非旧。留得啼痕满罗袖，去来休。楼前风景浑依旧，当初只恨无情烟柳，不解系行舟。

清新俊逸，不亚东篱、小山也。

仇远

字仁近，钱塘人，官溧阳州儒学教授，有《山村集》。

齐天乐·赋蝉

夕阳门巷荒城曲，清音早鸣秋树。薄剪绡衣，凉生影鬓，独饮天边风露。朝朝暮暮。奈一度凄吟，一番凄楚。尚有残声，蓦然飞过别枝去。

齐宫前事漫省，行人犹说与，当日齐女。雨歇空山，月笼古柳，仿佛旧曾听处。离情正苦。甚懒拂冰笺，倦拈琴谱。满地霜红，浅莎寻蜕羽。

按远有《金渊集》，皆官溧阳日所作，故取投金濑事以为名。远在宋末，与白珽齐名，号曰仇白。厥后张翥、张羽，以诗词鸣于元代者，皆出其门。他所与唱和者，如周密、赵孟頫、吾丘衍、鲜于枢、方回、黄溍等，皆一时有名之士。故其所作，格律高雅，往往颉颃古人。其词亦清俊拔俗，与南宋诸公相类。盖远虽为元人，而所居在南方，且往来酬酢，多宋代遗臣，故所作与北人不同也。此词见《乐府补题》，是书皆宋代遗民唱和之作，共十三人，中如王沂孙、周密，唐珏、张炎为尤著称。论元词者，当以远为巨擘焉。

王恽

字仲谋，汲县人。官至翰林学士承旨，谥文定。有《秋涧集》，词四卷。

水龙吟·赋秋日红梨花

纤苞淡贮幽香，玲珑轻锁秋阳丽。仙根借暖，定应不待，荆王翠被。潇洒轻盈，玉容浑是，金茎露气。甚西风宛转，东阑暮雨，空点缀，真妃泪。

谁遣司花妙手，又一番、角奇争异。使君高卧，竹亭闲寂，故来相慰。燕几螺屏，一枝披拂，绣帘风细。约洗妆快写玉屏，芳酒枕秋蟾泪。

按恽有《秋涧集》百卷，皆以论事见长。盖恽之文章，源出元好问，故其波澜意度，皆不失前人矩矱。其所作《中堂事纪》《乌台笔补》《玉堂嘉话》，皆足备一朝掌故。文章经济，照耀一时，不徒以词章著焉。其词精密弘博，自出机杼。《春从天上来》一支，尤多故国之感。自制腔如《平湖乐》，直是小令；而《后庭花》《破阵子》，即为北词《仙吕·后庭花》之滥觞。

词云：

绿树远连洲，青山压树头。落日高城望，烟霏翠满楼。木兰舟，彼汾一曲，春风佳可游。

较吕止庵小令无异。元人词中，往往有与曲相混处，不可不察，非独《天净沙》《翠裙腰》而已也。（赵子昂亦有此调，较多一衬字。）

赵孟頫

字子昂，宋宗室，侨湖州。至元中，以程钜夫荐，授兵部郎中，累官至翰林学士承旨，谥文敏。有《松雪斋词》一卷。

蝶恋花

侬是江南游冶子，乌帽青鞋，行乐东风里。落尽杨花春满地，萋萋芳草愁千里。

扶上兰舟人欲醉，日暮青山，相映双蛾翠。万顷湖光歌扇底，一声吹下相思泪。

按孟頫以宋朝皇族，改节事元，遂不谐于物议。然其晚年和姚子敬诗，有"同学少年今已稀，重嗟出处寸心违"之句，是未尝不知愧悔。且风流文采，冠绝当时，不独翰墨为元代第一，即其文章亦揖让于虞、杨、范、揭之间，固非陋儒所可议也。其词迢逸，不拘于法度，而意之所至，时有神韵。邵复孺云："公以承平王孙而婴世变，黍离之感，有不能忘情者。故长短句深得骚人意度。"其在李叔固席上赠歌者贵贵，有《浣溪沙》一首云：

满捧金卮低唱词，尊前再拜索新诗。老夫惭愧鬓成丝。

罗袖染将修竹翠，粉香须上小梅枝。相逢不似少年时。

说者谓承平结习，未能尽除，不知此正杜牧之鬓丝禅榻，粉碎虚空时也。读公词，宜平恕。

詹正

字可大，一号天游，郢人。官翰林学士。

霓裳中序第一·古镜

一规古蟾魄，瞥过宣和几春色。知那个、柳松花怯，曾搓玉团香，

涂云抹月。龙章凤刻，是如何、儿女消得。便孤了、翠鸾何限，人更在天北。

磨灭，古今离别，幸相从蓟门仙客。萧然林下秋叶，对云淡星疏，眉青影白。佳人已倾国，漫赢得痴铜旧画。兴亡事，道人知否？见了也华发。

按此词天游至元间监醮长春宫，见羽士丈室古镜，妆似秋叶，背有金刻宣和御宝四字，因赋此阕也。余见天游诸作，如《三姝媚》题云“古卫舟子谓曾载钱塘宫人”，《齐天乐》题云“赠童瓮天兵后归杭”，其故国之思，时流露于笔墨间，盖亦由宋入元者矣。

虞集

字伯生，号邵庵，崇仁人。累官至翰林直学士，兼国子祭酒。有《道园集》。

苏武慢·和冯尊师

放棹沧浪，落霞残照，聊倚岸回山转。乘雁双凫，断芦飘苇，身在画图秋晚。雨送滩声，风摇烛影，深夜尚披吟卷。算离情何必，天涯咫尺，路遥人远。

空自笑、洛阳书生，襄阳耆旧，梦底几时曾见。老矣浮邱，赋诗明月，千仞碧天长剑。雪霁琼楼，春生瑶席，容我故山高宴。待鸡鸣日出，罗浮飞度，海波清浅。

按公诗文，为四家之冠，当时虞、杨、范、揭，并见称一时，而伯生自评所作，拟诸老吏断狱，则其自信有素也。词不多作，《辍耕录》载其《短柱折桂令》，极险窄之苦，而能挥翰自如，不为韵缚。才大者亦工小技，信为一代宗匠焉。

萨都刺

字天锡，雁门人。登泰定进士，官镇江录事，终河北廉访经历。萨都刺者，汉言犹济善也。有《雁门集》，尚书干文传为之序。词学东坡，颇有豪致。

满江红·金陵怀古

六代豪华，春去也、更无消息。空怅望、山川形胜，已非畴昔。王谢堂前双燕子，乌衣巷口曾相识。听夜深、寂寞打孤城，春潮急。

思往事，愁如织。怀故国，空陈迹。但荒烟衰草，乱鸦斜日。玉树歌残秋露冷，胭脂井坏寒螀泣。到如今、惟有蒋山青，秦淮碧。

天锡词不多作，而长调有苏、辛遗响。大抵元词之始，实皆受遗山之感化。子昂以故国王孙，留意词翰，涵养既深，英才辈出。云石、海涯，以绮丽清新之派，振起于前，而天锡继之。元词以此时为盛矣。天锡小词，亦有法度。

如《小阑干》云：

去年人在凤凰池，银烛夜弹丝。沉水消香，梨云梦暖，深院绣帘垂。

今年冷落江南夜，心事有谁知？杨柳风柔，海棠月澹，独自倚阑时。

殊清婉可诵。余按天锡以宫词得盛名，其诗清新绮丽，自成一家。虞道园作《傅若金诗序》，亦盛推之，而独不言其词。独明宁献王曾品评其词格，盖词为诗名所掩矣。

张翥

字仲举，晋宁人。至正初，以荐为国子助教，累官至河南行省，平章政事，兼翰林学士承旨。有《蜕岩词》三卷。

多丽·西湖泛舟

晚山青，一川云树冥冥。正参差、烟凝紫翠，斜阳画出南屏。馆娃归、吴台游鹿；铜仙去、汉苑飞萤。怀古情多，凭高望极，且将尊酒慰飘零。自湖上、爱梅仙远，鹤梦几时醒。空留得、六桥疏柳，孤屿危亭。

待苏堤、歌声散尽，更须携妓西泠。藕花深、雨凉翡翠，菰蒲软、风弄蜻蜓。澄碧生秋，闹红驻景，采菱新唱最堪听。见一片、水天无际，渔火两三星。多情月，为人留照，未过前汀。

仲举此词，气度冲雅，用韵尤严，较两宋人更细。《多丽》一词，终以此

为正格。仲举他作皆佳，至此调三首，亦以此为首也。仲举少时，负才不羁，好蹴鞠，喜音乐，不以家业屑意。一旦翻然悔悟，受业于李存之门，又学于仇仁近，由是以诗文知名。薄游扬州，众闻其名，争延致之。仲举肢体昂藏，行则偏竦一肩，韩介玉以诗嘲之云："垂柳阴阴翠拂檐，倚阑红袖玉纤纤。先生掉臂长街上，十里朱帘尽下帘。"坐中皆失笑。晚年尝集兵兴以来死节之人为一编，曰《忠义录》，识者韪之。仲举词为元一代之冠，树骨既高，寓意亦远，元词之不亡，赖有此耳。其高处直与玉田、草窗相骖靳，非同时诸家所及。如《绮罗香》云："水阁云窗，总是惯曾经处。曾信有、客里关河，又怎禁、夜深风雨。"刻意学白石，冲淡有致。又《水龙吟·蓼花》云："瘦苇黄边，疏蘋白外，满汀烟穟。"用黄边白外四字殊新。又云："船窗雨后，数枝低入，香零粉碎。不见当年，秦淮花月，竹西歌吹。"系以感慨，意境便厚；船窗数语，更合蓼花神理，此等处皆仲举特长。规抚南宋诸家，可云神似。

倪瓒

字元镇，无锡人。有《清閟阁集》，词一卷。

人月圆

伤心莫问前朝事，重上越王台。鹧鸪啼处，东风草绿，残照花间。

怅然孤啸，青山故国，乔木苍苔。当时明月，依依素影，何处飞来。

此词沉郁悲壮，即南宋诸公为之，亦无以过。吴彦高以此调得盛名，实不及元镇作也。他词如《江城子·感旧》《柳梢青》《小桃红》诸作，亦蕴藉可喜。盖元镇先世以赀雄于乡，元镇不事生产，强学好修，藏书数千卷，手自勘定，性又好洁，避俗若浼，故所作无尘垢气。句曲张雨、钱塘俞和尝缮录其稿，论者谓如白云流天，残雪在地，洵合其高洁也。元镇与陆友仁善，因得其词学，集中有《怀友仁》诗云："归扫松阴苔，迟君践幽约。"可见两人之交谊，无怪其词之雅洁也。

顾阿瑛

字仲瑛，昆山人。举茂才。署会稽教谕，力辞不就，后以子官封武略将军，钱塘县男。晚称金粟道人。有《玉山草堂集》。

青玉案

春寒恻恻春阴薄。整半月，春萧索。晴日朝来升屋角。树头幽鸟，对调新语，语罢还飞却。

红入花腮青入萼。尽不爽，花期约。可恨狂风空自恶。朝来一阵，晚来一阵，难道都吹落。

阿瑛世居界溪之上，轻财结客。年三十，始折节读书，购古今名画。三代以来，彝鼎秘玩，集录鉴赏，殆无虚日。筑玉山草堂，园池亭馆，声伎之盛，甲于天下。四方名人，如张仲举、杨廉夫、柯九思、倪元镇，方外张伯雨辈，常住其家。日夜置酒赋诗，风流文雅，著称东南焉。淮张据吴，遁隐嘉兴之合溪，母丧归。绰溪张氏再辟之，断发庐墓，翻阅释典，自称金粟道人云。其词不多作，竹垞《词综》仅录三首，《青玉案》外，尚有《蝶恋花》《清平乐》二支。词境虽不高，而风趣特胜。遭世乱离，壮怀消歇，尝自题其像云：

儒衣僧帽道人鞋，天下青山骨可埋。若说当时豪侠兴，五陵鞍马洛阳街。其晚境亦可悲焉。

白朴

字太素，又字仁甫，真定人。有《天籁集》。

水龙吟

遗山先生有醉乡一词，仆饮量素悭，不知其趣，独闲居嗜睡有味，因为赋此。

醉乡千古人行，看来直到亡何地。如何物外，华胥境界，升平梦寐。鸾驭翩翩，蝶魂栩栩，俯观群蚁。恨周公不见，庄生一去，谁真解，黑甜味。

闻说希夷高卧，占三峰、华山重翠。寻常羡杀，清风岭上，白云堆里。不负平生，算来惟有，日高春睡。有林间剥啄，忘机幽鸟，唤先生起。

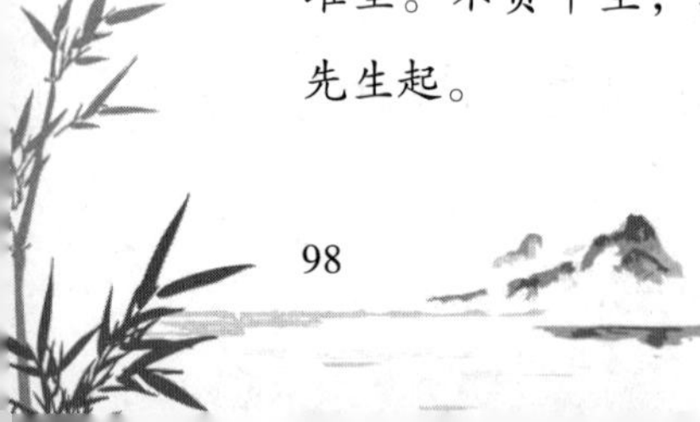

太素少时，鞠养于元遗山，元白为中州世契，两家子弟，每举长庆故事，以诗文相往还。太素为寓斋仲子，于遗山为通家侄。甫七岁，遭壬辰之难，寓斋以事远适。明年春，京城变，遗山遂挈以北渡。自是不茹荤血，人问其故，曰："俟见吾亲，即如故。"尝罹疫，遗山昼夜抱持，凡六日，竟于臂上得汗而愈。盖视亲子弟不啻过之。读书颖悟异常儿，日亲炙遗山謦欬谈笑，悉能默记。数年，寓斋北归，以诗谢遗山云："顾我真成丧家狗，赖君曾护落巢儿。"居无何，父子卜居于滹阳。律赋为专门之学，而太素有能声，号后进之翘楚者。遗山每过之，必问为学次第，尝赠之诗曰："元白通家旧，诸郎独汝贤。"未几，生长见闻，学问博览，然自幼经丧乱，仓皇失母，便有山川满目之叹。逮亡国，恒郁郁不乐，以故放浪形骸，期于适意。中统初，开府史公，将以所业力荐之于朝。再三逊谢，栖迟衡门，视荣利蔑如也。

其词出语遒上，寄情高远，音节协和，轻重稳惬。凡当歌对酒，感事兴怀，皆自肺腑流出，真如天籁，因以"天籁"名集。江阴孙大雅云："先生少有志于天下，已而事乃大谬。顾其先为金世臣，既不欲高蹈远引，以抗其节，又不欲使爵禄以干其身，于是屈己降志，玩世滑稽，徙家金陵，从诸遗老，放情山水间，日以诗酒优游，用示雅志，以忘天下。"是仁甫身世亦可惋也。词中如"咸阳怀古""感南唐故宫"诸作，颇多故国之感，赋咏金陵名胜，亦有狡童禾黍之意；而《沁园春·辞谢辟召》一词，竟拟诸嵇康、山涛绝交故事，是其志尚，非同时诸子所能默契也。今人读仁甫《梧桐雨》杂剧，仅目为词人，又乌知先生出处之大节哉！

邵亨贞

字复孺，号清溪，华亭人。著有《野处集》及《蛾术词选》四卷。

兰陵王·岁晚忆王彦强而作

暮天碧，长是登临望极。松江上，云冷雁稀，立尽斜阳耿相忆。凭阑起太息，人隔吴王故国。年华晚，烟水正深，难折梅花寄寒驿。

东风旧游历。记草暗书帘，苔满吟屐，无情征旆催离席。嗟月堕寒影，夜移清漏，依稀曾向梦里识，恍疑见颜色。

空惜，鬓毛白，恨莫趁金鞍，犹误尘迹。何时弭棹苏台侧。共漉酒纱帽，放歌瑶瑟。春来双燕，定到否，旧巷陌。

按复孺以眉目《沁园春》二词，得盛名于时，实是侧艳语，不足见复孺之真面也。其自序云：“龙洲先生以此词咏指甲、小脚，为绝代脍炙，继其后者，独未之见。”是复孺仅学龙洲耳。不知龙洲二词，亦非刘改之最得意作，而世顾盛推之。世人遂以二词概复孺，亦可谓不知复孺者矣。复孺通博敏赡，虽阴阳医卜佛老书，靡弗精核。元时训导松江府学，以子诖误戍颍上，久乃赦还，入明方卒，年九十三。其词如拟古十首，凡清真、白石、梅溪、稼轩，学之靡不神似，即此可见词学之深。又和赵文敏十词，自序云：“余生十有四年而公薨，每见先辈谈公典型学问，如天上人，未尝不神驰梦想。昔东坡先生自谓不识范文正公为平生遗恨，其意盖可想见。”是复孺托契古人，足征微尚，岂仅词章云尔哉！

论元人散曲

龙榆生

散曲起源于金、元间普遍流行的民间小调，又叫“清唱”，是对有科白、动作的杂剧来说的。魏良辅《曲律》说：“清唱，俗语谓之冷板凳，不比戏场借锣鼓之势。全要闲雅整肃，清俊温润。”它的体制和词的小令大致相同，不过用的都是新兴曲调而已。

一般分散曲为小令和套数两种。单作一支小曲，叫作小令。联用若干支同一宫调的曲牌，组成一套，叫作套数或散套。这套数有些像唐、宋大曲和鼓子词，也有些接近诸宫调。它可以用同一宫词的各个不同曲调组成，也可以一支曲子重叠几次，叫作幺篇或前腔；但每套例有尾声，并且要押同部的韵脚，这规矩是得严格遵守的。燕南芝庵的《唱论》说：“成文章曰乐府，有尾声名套数，时行小令唤叶儿。”我们看了元代典雅作家如张可久等的小令都题名乐府，可见乐府和叶儿的两种名称，只在风格上有雅、俗之分，其实都是时行小令。

现在保存金、元散曲最多的本子，要数杨朝英编辑的《朝野新声太平乐府》和《阳春白雪》；而《阳春白雪》又有前后集各五卷本和九卷本的不同。南陵徐氏影元刊本卷首有贯云石的序，又冠以燕南芝庵的《唱论》，次以苏轼的《念奴娇》，无名氏的《商调・蝶恋花》，晏几道的《大石调・鹧鸪天》，邓千江的《望海潮》，吴激的《春草碧》，辛弃疾的《摸鱼儿》，柳永的《双调・雨霖铃》，朱淑真的《大石・生查子》，蔡松年的《石州慢》，张先的《中吕・天仙子》，都把它叫作“大乐”。

从前集第二卷起至后集第一卷都标小令，后集第二卷以后并是套数。这些小令、套数都用新兴曲牌，与唐、宋以来的词牌完全两样。这些曲牌，必然是金、元两朝首都所在地（现在的北京）的时行小曲，所以一般文士，不论在朝在野，都异口同声地使用这些小曲来发抒自己的感情。到蒙古族全部统治了南中国以后，许多北方作家如贯云石等人都跑到杭州来，把北方的时行小令带到南方，又接受一些南方的时行小曲，于是到了元末，就有所谓南北合套的出现。这种错综复杂的交流关系和词曲递嬗的历史条件，是值得我们深入探讨的。在戏曲音乐发展史上所重视的海盐腔，据传和贯云石就有密切关系。贯云石是维吾尔族，在元代为色目人。他跟着父亲阿里海涯移住杭州，就专以教歌、填曲作为个人的事业。《盐邑志林》上说："云石翩翩公子，无论所制乐府散套，骏逸为当行之冠，即歌声高亢，可彻云汉；而惠康（杨梓）独得其传……以故杨氏家僮千指，无有不善歌南、北调者。由是州人往往得其家法，以能歌名于浙右云。"从这些话里可以看出元人散曲是怎样的讲究唱法和它流行的广远。直到魏良辅，还很注意这种清唱。他说："其有专于摩拟腔调，而不顾板眼；又有专主板眼，而不审腔调；二者病则一般。惟腔与板两工者，乃为上乘。至如面上发红，喉间筋露，摇头摆足，起立不常，此自关人器品，虽无与于曲之工拙，然去此方为尽善。"（《曲律》）雪蓑钓隐所著的《青楼集》，品评元代勾栏中人的技艺，也把善小唱作为特种技能。散曲唱者既多，专家们也乐于创作。这种新形式，很快就取词的地位而代之，是与当时歌伎们的竞相传唱，有着不可分割的关系。

元代统治者执行民族歧视政策，对汉人，尤其对南人中的知识分子特别歧视，有所谓九儒、十丐的说法。当时，民族矛盾非常尖锐，加以政治黑暗，贪污腐化，压迫得老百姓透不过气来。汉人没有机会参与政权，即令有少数人取得官位，也不敢替人民代诉冤屈，而且随时有杀身之祸；因而表现在文艺上的思想感情，总是消极玩世的居多。这样一个暗无天日的时代，不但汉人看不顺眼，就是比较有良心和骨气的蒙古人或色目人中的知识分子，也不免寒心。且看孛罗御史的《辞官》散套：

［南吕一枝花］懒簪獬豸冠，不入麒麟画。旋栽陶令菊，学种邵平瓜。觑不的闹穰穰蚁阵蜂衙。卖了青骢马，换耕牛，度岁华。利名场再不行踏，风波海其实怕它。

［梁州］尽燕雀喧檐聒耳，任豺狼当道磨牙。无官守无言责相牵挂。春风桃李，夏月桑麻。秋天禾黍，冬月梅茶。四时景物清佳，一门和气欢洽。叹子牙渭水垂钓，胜潘岳河阳种花，笑张骞河汉乘槎。这家，那家，黄鸡白酒安排下。撇会顽，放会耍。拼着老瓦盆边醉后扶，一任它风落了乌纱。

［牧羊关］王大户相邀请，赵乡司扶下马。则听得扑冬冬社鼓频挝。有几个不求仕的官员，东庄措大。他每都招手歌丰稔，俺再不想巡案去奸猾。御史台开除我，尧民图添上咱。

［贺新郎］奴耕婢织足生涯。随分村疃人情，赛强如宪台风化。趁一溪流水浮鸥鸭，小桥掩映蒹葭。芦花千顷雪，红树一川霞。长江落日牛羊下。山中闲宰相，林外野人家。

［隔尾］诵诗书稚子无闲暇，奉甘旨萱堂到白发。伴辘轳村翁，说一会挺脖子话。闲时节笑咱，醉时节睡咱。今日里，无是无非快活煞。

由于这位御史以大官僚的身份，告老回乡，做他的大地主，有了“奴耕婢织”，才能够度着他那“黄鸡白酒”的清闲自在生活，而不为“当道磨牙”的豺狼所吞噬。御史原来是专管检举贪污、为民请命的风宪官，而他的态度是这般消极，这黑暗的社会现状，也就间接地反映出来了。

元代的散曲作家，过去都推重张可久和乔吉。但这张可久的作品，只是轻倩婉美而已，没有多大内容。乔吉字梦符，太原人，也会作杂剧。他的散曲，比较有些豪迈气象。例如题为“登江山第一楼”的《殿前欢》：

拍阑干，雾花吹鬓海风寒，浩歌惊得浮云散。细数青山，指蓬莱一望间。纱巾岸，鹤背骑来惯。举头长啸，直上天坛。

还有题为“冬日写怀”的《山坡羊》：

朝三暮四，昨非今是，痴儿不解荣枯事。攒家私，宠花枝，黄金壮起荒淫志。千百锭买张招状纸。身，已至此；心，犹未死。

这对一班富豪子弟，骂得相当深刻。但比起张养浩题为“潼关怀古”的《山坡羊》来，就又觉得乔吉的襟怀气概，逊色得多了。张养浩字希孟，济南人，著有《云庄休居自适小乐府》，全部都是闲适一类的小令。只这一首《山坡羊》：

峰峦如聚，波涛如怒，山河表里潼关路。望西都，意踌躇。伤心秦汉经行处，宫阙万间都做了土！兴，百姓苦！亡，百姓苦！

写出何等沉痛的心情！结尾八个字，说尽了几千年来阶级社会制度所加给劳动人民的苦难。像这样的警句，真可说是前无古人了！

关汉卿是最伟大的现实主义杂剧家。他的散曲，虽然没有反映什么社会现实，他的精神却是十分充沛的。他有一套自传式的《南吕一枝花·不伏老》，直把自己的豪情逸致，写得异常泼辣飞动。且看它的最后一支《黄钟尾》：

我是个蒸不烂、煮不熟、捶不扁、炒不爆、响当当一粒铜豌豆。恁子弟每，谁教你钻入他锄不断、斫不下、解不开、顿不脱、慢腾腾千层锦套头。我玩的是梁园月，饮的是东京酒，赏的是洛阳花，攀的是章台柳。我也会围棋，会蹴鞠，会打围，会插科，会歌舞，会吹弹，会咽作，会吟诗，会双陆。你便是落了我牙，歪了我口，瘸了我腿，折了我手，天与我这几般儿歹症候，尚兀自不肯休。则除是阎王亲自唤，神鬼自来勾，三魂归地府，七魄丧冥幽。天哪，那其间才不向烟花路儿上走。

像这样一气贯注，说得何等痛快淋漓！关汉卿是大都（今北京市）人，传说做过太医院尹。他的天才超绝，当然不是一个医官的职位所能拘缚得住；何况他所写的杂剧，如果不是深入群众，和人民的感情融成一片，也不会那么真切。他的《不伏老》虽然写的是“烟花路儿上”的放荡生活，而一种沉雄活泼的气概，可以看出这位作家的胸襟是何等壮阔豪迈！

马致远也是大都人，元杂剧四大家之一。他的《秋思》一套，恰好表现出元代知识分子的普遍思想，也就是“愤世嫉俗”者的心理反映：

［双调夜行船］百岁光阴如梦蝶，重回首往事堪嗟！昨日春来，今朝花谢，急罚盏、夜筵灯灭。

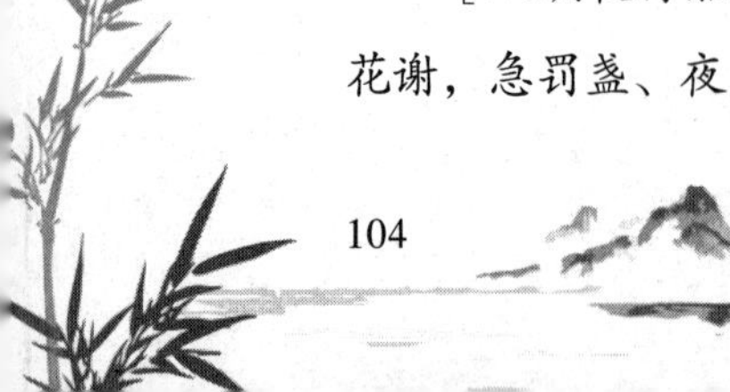

［乔木查］秦宫、汉阙，都做了衰草牛羊野。不恁渔樵无话说。纵荒坟横断碑，不辨龙蛇。

［庆宣和］投至狐踪与兔穴， 多少豪杰！鼎足三分半腰折。魏耶，晋耶？

［落梅风］天教富，莫太奢。无多时好天良夜。看钱奴硬将心似铁，空辜负锦堂风月！

［风入松］眼前红日又西斜，疾似下坡车。晓来清镜添白雪，上床和鞋履相别。莫笑鸠巢计拙，葫芦提一任妆呆。

［拨不断］利名竭，是非绝。红尘不向门前惹，绿树偏宜屋上遮，青山正补墙头缺，竹篱茅舍。

［离亭宴歇］蛩吟一觉才宁贴，鸡鸣万事无休歇。争名利何年是彻？密匝匝蚁排兵，乱纷纷蜂酿蜜，闹穰穰蝇争血。裴公绿野堂，陶令白莲社。爱秋来那些：和露摘黄花，带霜烹紫蟹，煮酒烧红叶。人生有限杯，几个登高节？嘱咐俺顽童记者：便北海探吾来，道东篱醉了也！

周德清把它附载在《中原音韵》的卷尾，并加评语："此方是乐府，不重韵，无衬字，韵险，语俊。谚曰百中无一，余曰万中无一。看他用蝶、穴、杰、别、竭、绝字，是入声作平声；阙、说、铁、雪、拙、缺、贴、歇、彻、血、节字，是入声作上声；灭、月、叶，是入声作去声。无一字不妥，后辈学去。"他纯从作品的下字押韵处着想，极口称赞它的形式之美，确也值得后人学习。从内容看，这套散曲所反映的是封建社会的丑恶面貌和由此产生的达观遗世的消极思想。由于元散曲作家大多数出身于下层地主阶级，就不能要求他们会有积极斗争的精神，但把个人名利看淡些，不去做上层统治阶级的帮凶，就可以对人民少做一点坏事，在那个社会，也还不是全无意义的。

元散曲作家中最为关心人民疾苦，颇具现实主义思想的，要数到一位不很知名的江西人刘时中。他有两套"上高监司"的《正宫端正好》，把饥民的艰苦生活，刻画得淋漓尽致。节录前套中的几段如下：

［正宫端正好］众生灵遭魔障，正值着时岁饥荒。谢恩光拯济皆无

恙。编做本词儿唱。

［滚绣球］去年时，正插秧，天反常，那里取若时雨降？旱魃生，四野灾伤。谷不登，麦不长，因此万民失望。一日日物价高涨。十分料钞加三倒，一斗粗粮折四量，煞是凄凉。

［倘秀才］殷实户欺心不良，停塌户瞒天不当，吞象心肠歹伎俩，谷中添秕屑，米内插粗糠。怎指望它儿孙久长？

［滚绣球］甑生尘，老弱饥，米如珠，少壮荒。有金银那里每典当？尽枵腹高卧斜阳。剥榆树餐，挑野菜尝。吃黄不老胜如熊掌，蕨根粉以代糇粮。鹅肠苦菜连根煮，荻笋芦蒿带叶哇，则留下杞柳株樟。

［倘秀才］或是捶麻柘稠调豆浆，或是煮麦麸稀和细糠。他每早合掌擎拳谢上苍。一个个黄如经纸，一个个瘦似豺狼，填街卧巷。

［滚绣球］偷宰了些阔角牛，盗斫了些大叶桑。遭时疫无棺活葬，贱卖了些家业田庄。嫡亲儿共女，等闲参与商，痛分离是何情况？乳哺儿没人要，撇入长江。那里取厨中剩饭杯中酒，看了些河里孩儿岸上娘，不由我不哽咽悲伤！

［倘秀才］私牙子船湾外港，行过河中宵月朗。则发迹了些无徒米麦行，牙钱加倍解，卖面处两般装，昏钞早先除了四两。

［伴读书］磨灭尽诸豪壮，断送了些闲浮浪。抱子携男扶筇杖，尪羸伛偻如虾样，一丝好气沿途呛，阁泪汪汪。

［叨叨令］有钱的贩米谷，置田庄，添生放。无钱的少过活，分骨肉，无承望。有钱的纳宠妾，买人口，偏兴旺。无钱的受饥馁，填沟壑，遭灾障。小民好苦也么哥！小民好苦也么哥！便秋收，鬻妻卖子家私丧。

人民闹饥荒是这样的凄惨，却肥了一些奸商和富户，这是何等景象！作者抱着为民请命的精神，运用很朴素的语言，把它如实地唱了出来，怎不叫人听了伤心落泪？像这样深切同情劳动人民的作品，怕只有白居易的《秦中吟》才有些相仿吧？

此外，冯子振的小令，也有些关心农民生活的作品。例如他的《正宫鹦鹉曲·农夫渴雨》：

年年牛背扶犁住，近日最懊恼杀农父。稻苗肥恰待抽花，渴煞青天雷雨。

［幺］恨残霞不近人情，截断玉虹南去。望人间三尺甘霖，看一片闲云起处。

他又用同一曲牌，描写园父的生活：

柴门鸡犬山前住，笑语听伛背园父。辘轳边抱瓮浇畦，点点阳春膏雨。

［幺］菜花间蝶也飞来，又趁暖风双去。杏梢红韭嫩泉香，是老瓦盆边饮处。

这类作风，虽然在元散曲中也颇流行，但像前一支那样刻画农民心理，却是不多见的。

借古讽今，是我国文人惯用的一种手法。元杂剧应用这种手法，假托历史故事来指责当前社会现象的很多。散曲作家睢景臣，也是运用这手法来讽刺统治阶级的。他的《般涉调哨遍·高祖还乡》一套，尽情刻画了这位亭长出身的流氓皇帝如何扬威耀武地回到家乡，摆尽了他的臭架子，最后被一个乡老看出了他的面貌，想起了他的底细，给了他一顿臭骂：

［二煞］你须身姓刘，你妻须姓吕。把你两家儿根脚从头数：你本身做亭长，耽几盏酒。你丈人教村学，读几卷书。曾在俺庄东住，也曾与我喂牛切草，拽埧扶锄。

［一煞］春采了桑，冬借了俺粟，零支了米麦无重数。换田契强秤了麻三秤，还酒债偷量了豆几斛。有甚胡突处？明标着册历，见放着文书。

［尾］少我的钱，差发内旋拨还；欠我的粟，税粮中私准除。只道刘三，谁肯把你揪捽住？白甚么改了姓、更了名，唤做汉高祖！

这样淋漓痛快的笔墨，把专制皇帝的尊严都给赤裸裸地剥光了，读了会使人感到所谓真命天子不过是一个天大的谎言；这就给广大人民破除了对真命天子的迷信，是可以大伙儿起来和他算账的。

元人的散曲，是宋词的替身，为一般文人所喜爱。因为每一个曲牌，都只短短的几句，使人感到它的轻松灵巧，而且作者可以自由添上衬字，就容易表现得活泼有趣，不会感到呆板无聊。如果有的话长，又可以就同一宫调的曲牌，任取若干支组成散套，尽量抒写作者心中所要说的情事。用来清唱，也是怪有意思的。元曲作者很多，直到明代，也还有些专家出现。像这类的形式，我觉得对建立民族形式的新体歌词或新格律诗，是有很多地方可资借鉴的。

最后还得介绍一下那个对声乐有所贡献的维吾尔族作家贯云石。他的父亲叫贯只哥，就把贯字当作自己的姓。他是一个文武双全的世家子弟，也曾做过翰林侍读学士，但很快就托病辞掉了官，回到侨寓的杭州，卖药材过活，一意搞他的音乐文艺，诡名易服，自号芦花道人，又号酸斋，可以看出他的志行。可惜三十九岁就死了！他所写的《西湖十景》，还附着工尺谱，载在朱廷镠、廷璋重订的《太古传宗琵琶调宫词曲谱》里。它用的是《中吕粉蝶儿》套曲。摘录《好事近》一文：

漫说凤凰坡，怎比繁华江左？无穷千古，真个是胜迹极多。烟笼雾锁，绕六桥翠嶂如螺座。青蔼蔼山抹柔蓝，碧澄澄水泛金波。

他把祖国的美丽湖山，描写得多么细腻！这位维吾尔族的文学家兼声乐家在散曲的创作和歌唱上，都是值得赞许的。

明代的时曲

郑振铎

所谓时曲，指的便是民间的诗歌而言。凡非出于文人学士的创作，凡“不登大雅之堂”的小调，明人皆谥之曰“时曲”。故在时曲的一个名称之下，往往有最珍异的珠宝蕴藏在那里。冯梦龙尝搜集、刊印，乃至摹拟《挂枝儿》时曲。凌濛初在《南音三籁》所附的《论曲杂札》里，也极口恭维着流行于民间的时曲，以为有胜于陈陈相因，毫无生气的文人的散曲。连正宗派的王伯良见了他们也不能不为之心折：

小曲《挂枝儿》，即《打枣竿》，是北人长技，南人每不能及。昨毛允遂贻我吴中新刻一帙。中如《喷嚏》《枕头》等曲，皆吴人所拟。即韵稍出入，然措意俊妙，虽北人无以加之。故知人情原不相违也。

——王伯良《曲律》卷四

这里所谓“吴中新刻一帙”，大约指的便是冯生《挂枝儿》。所谓《枕头》，今惜不得见。《喷嚏》一首，今尚存，确是妙曲：

对妆台忽然间打个喷嚏。想是有情哥思量我寄个信儿。难道他思量我刚刚一次？

自从别了你，日日泪珠垂。似我这等把你思量也，想你的喷嚏常似雨。

《挂枝儿》的冯氏刊本，觅之已久而未得。惟明刊《浮白山人七种》里，有《挂枝儿》在着，又清初版的《万锦清音》里也附有《挂枝儿》数十首；大约便都是从冯氏的本子出来的罢。往年泰东书局出版《挂枝儿》

《夹竹桃》合刊，每首皆附有无聊的批语，殊为可厌。华通书局版的《挂枝儿》，所录凡四十首，无批语，比较的读得顺适些。如今此书并不难得。

在陈所闻的《南宫词纪》卷六里，录有汴省时曲（《锁南枝》）二首，其中的一首写得很生动！

傻俊角，我的哥，和块黄泥儿捏咱两个。捏一个儿你，捏一个儿我。捏的来一似活托，捏的来同床上歇卧。将泥人儿挣碎，着水儿重和过。再捏一个你，再捏一个我。哥哥身上也有妹妹，妹妹身上也有哥哥。

又同书同卷里录有孙百川的嘲妓《黄莺儿》二十九首，又亡名氏同题五首，气息却极为恶劣；都是就很可怜的无告人的缺点而加以嘲弄的。我不忍举出什么来。《浮白山人七种》中的《黄莺儿》一种，也便是孙氏诸人所作的嘲妓的总集。相传徐文长也作有嘲妓《黄莺儿》若干首，已佚。

明刊本（约万历时所刻）《摘锦奇音》里，也载有时兴各处讥妓《耍孩儿》歌数十首，自临清姐儿，扬州姐儿以至襄阳、汴梁、云南、广东、潭城等的妓女都曾被讥嘲到。大约明人对于妓女的嘲笑的时曲，是很流行的，也许便流行于妓院之中，以供嘲谑之资。

在万历间闽建书林叶志元刊行的《新刻京板青阳时调词林一枝》里载有新增《楚歌罗江怨》《时尚急催玉》《时尚闹五更哭皇天》及《劈破玉歌》四种，共凡一百余曲，其中尽有极隽妙的民间抒情歌曲在着。

青山在，绿水在，冤家不在；风常来，雨常来，情书不来；灾不害，病再不害，相思常害。

春去愁不去，花开闷未开！倚定着门儿，手托着腮儿。我想我的人儿。
泪珠儿汪汪滴，满了东洋海，满了东洋海！

——《时尚急催玉》

为冤家泪珠儿落了千千万，穿一串寄与我的心肝。
穿他恰是纷纷乱，哭也由他哭，穿时穿不成！
泪眼儿枯干，泪眼儿枯干；乖！你心下还不忖，你心下还不忖！

——《劈破玉歌》

万历版的《玉谷调簧》（书林廷礼梓行）也有所谓“时兴妙曲”“海内妙曲”几种；在《时尚古人劈破玉歌》里，大部分是咏古传奇，和古人的事迹的，无甚意义。但像娘骂女、女问卦等，也还写得不坏。

沈德符的《顾曲杂言》有一段关于时曲的很重要的记载（虽然他对于时曲并不是一位欣赏家）：

元人小令，行于燕、赵。后浸淫日盛。自宣、正至化、治后，中原又行《锁南枝》《傍妆台》《山坡羊》之属。李崆峒先生初自庆阳徙居汴梁，闻之，以为可继国风之后。何大复继至，亦酷爱之。今所传“泥捏人”及“鞋打卦”“熬鬏髻”三阕，为三牌名之冠，故不虚也。自兹以后，又有《耍孩儿》《驻云飞》《醉太平》诸曲，然不如三曲之盛。嘉、隆间，乃兴《闹五更》《寄生草》《罗江怨》《哭皇天》《乾荷叶》《粉红莲》《桐城歌》《银绞丝》之属，自两淮以至江南，渐与词曲相远。不过写淫媟情态，略具抑扬而已。比年以来，又有《打枣竿》《挂枝儿》二曲，其腔调约略相似。则不问南北，不问男女，不问老幼良贱，人人习之，亦人人喜听之，以至刊布成帙，举世传诵，沁人心腑。其谱不知从何来，真可骇叹！

这位“道学先生”的这一席话，把明代时曲流行的情形，说得总算是有头有绪的了。《傍妆台》，嘉靖时最流行。李开先尝作了百首，王九思也和之百首，今有刊本传于世。（李氏原刊本，未见，今有崇祯张宗孟刊《王渼陂全集》本。）《驻云飞》《耍孩儿》等，《盛世新声》《词林摘艳》《雍熙乐府》诸散曲总集中多载之。成化间，金台鲁氏尝刊行单本时曲不少，每本约十五六页，共约一二百首。民国二十一年春间，北平图书馆曾以高价购得鲁氏在成化七年所刊的《驻云飞》《赛驻云飞》《赛赛驻云飞》等四种，可算是见存的最早之单刊本的时曲集了。

散曲之衰敝

龙榆生

清代词盛而曲衰。盖自明梁、沈以来，曲体已日趋于凝固，专崇韵律，气象雕枯；民间小曲流行，渐有“取而代之”之势。清初作者，承梁、沈遗风，多所拘牵，劣能自振。康熙、雍正而后，家伶日少，台阁巨公，不憙声乐，歌场奏艺，仅习旧词（参看吴梅《中国戏曲概论》）。新声肄习无人，即为散曲，亦不必播诸弦管。士大夫之爱好文艺，崇尚骚雅者，乃群趋于词之复兴运动，而散曲遂一蹶而不复振矣。作家间出，大都以诗词余力为之，罕有专诣，亦一时风会使然也。

清初专尚南曲，作者如沈谦（字去矜，仁和人）、尤侗（字展成，号悔庵，长洲人），下逮康熙、乾隆间之吴绮（字薗次，江都人）、蒋士铨（字定甫，铅山人）、吴锡麒（字穀人，一字圣徵，钱塘人），合为一派；而沈谦《东江别集》多集曲、翻谱之作，梁、沈之嫡传也。尤、蒋特善杂剧，散曲亦偶为之。二吴所作较多，而锡麒尤胜。其《八月十八日秋涛宫观潮》一套，气象壮阔，非梁、沈所能范围，亦一时名制也。迻录如下：

［南中吕好事近］斜照送登楼，拓开胸底清秋。千樯荠簇，全教拢了沙洲。飕飕，闪过空江风色，堕凉雪先有飞鸥。霎时间天容变也，看青连大地，我亦如浮。

［锦缠道］者前头，似银潢从空倒流，斜界一条秋。倏灵蛇东奔西掣，接著难休。响硠硠雷车碾骤，高矗矗雪山飞陡，四面撼危楼。渐离却

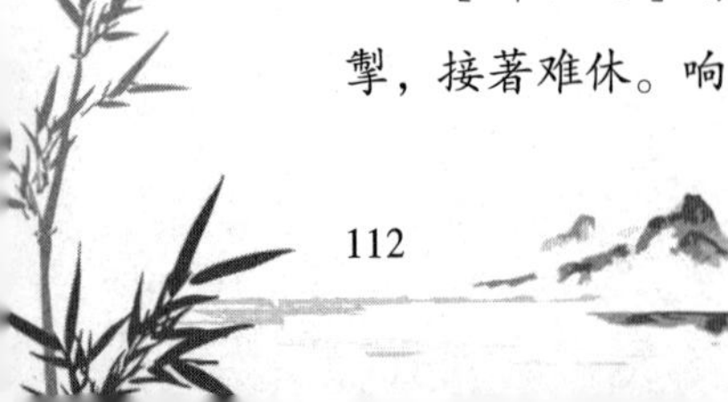

樟亭赤岸，一路的和沙折柳。更道凭仗鸱夷势，水犀军浑不怕婆留。

［普天乐］羽林枪前驱走，佽习队中权守。折波涛颠倒天吴，逐风云上下阳侯。青天湿透。惹乌啼兔泣，鼍愤龙愁。

［榴花泣］（石榴花首至四）一声弹指重见涌琼楼。湘女倚，虙妃游，神仙缥缈数螺浮，度匆匆羽葆霞斿。（泣颜回五至末）珠玑乱丢，杂冰涎喷出龙公口，猛淋侵帕渍鲛绡，忒模糊锦涴鱼油。

［古轮台］问根由，古来曾阅几春秋？却烦寿酒今番酹。大江依旧，呼吸神通，过了天长地久。有甚难平？一番息后，但听伊呜咽过津头。叹则叹茫茫世宙，也等闲消长如沤。残山剩水，荷花桂子，故宫回首，寂寞付寒流。看来去，只铜驼无语铁幢愁。

［尾声］朝又夕，春复秋，能唱到风波定否？怪不得回转严滩总白头。

浙派词人朱彝尊，兼填北曲小令，以元人乔吉、张可久为宗。其论词主姜、张，专尚清空骚雅。乔、张散曲，风格略同。彝尊并力追踪，以自成其“词人之曲”。所为《叶儿乐府》，多清丽之音，洵词人吐属也。录《一半儿》“灵隐”一段：

冷泉亭子面山崖，萧九娘家沽酒牌，垆畔碧桃花乱开。到重来，一半儿依然，一半儿改！

厉鹗与彝尊同调，所为《北乐府小令》，闲效康浒东体，大部风格皆近张小山。录《柳营曲》“寻秦淮旧院遗址”一段：

支瘦筇，访城东，板桥夕阳依旧红。名士词工，狎客歌终。醉卧锦胭丛，闲愁埋向其中，温柔老却吴侬。香销南国尽，花落后庭空。风，吹梦去无踪。

朱、厉二家之后，宗乔、张者，有刘熙载（号融斋，兴化人）、许光治等。熙载俯就南曲，求合昆腔。光治心好乔、张，自谓：“情之所宣，每为邯郸之步；然音律未娴，其声之高下不入格者，当复不少。然第寄意云耳，于声律固不计也。”（《江山风月谱散曲自序》）录《庆东原》一段：

云低宇，风满庐，阴晴天气商量雨。林鸦新乳，桑鸠剩语，梁燕刚雏。人困也日初长：花谢了春归去。

赵庆熹（字秋舲，仁和人）约与蒋士铨等同时；而刻意学施绍莘，不为上述两派所囿。其《香销酒醒曲》，能融元人北曲之法入南词，在清代确为当行作家。庆熹以《对月有感》套中之《江儿水》一支负盛名，特为节录；并举《谢文节公遗琴》全套如下：

［江儿水］自古欢须尽，从来满必收。我初三瞧你眉儿斗，十三窥你妆儿就，二三觑你庞儿瘦，都在今宵前后。何况人生，怎不西风败柳？

［南商调二郎神］天风大，猛吹来琴声入破，弹落的冬青花万朵。愁宫怨羽，是当时铁马金戈。这瘦玉条条忠胆做，合配那麻衣泪裹。待摩挲，还只怕海潮飞溅起红波。

［前腔换头］山河！君弦断了问谁人担荷？把浩劫红羊愁里过。燕云去后，看看没处腾挪。听塞鼓边笳声四合，冷照着僧房暗火。漫延俄，眼见得没黄沙荆棘铜驼。

［集贤宾］有多少宫车细马结队过。他斜抱云和，似这短调凄凉何处可？算知音只有曹娥。余生菜果，干守定几时清饿。真坎坷！料独自囊琴悲卧。

［黄莺儿］壮志已消磨，剩枯桐三尺多，松风一曲有人儿和。痛江山奈何！恋生涯怎么？泪珠儿齐向冰弦堕。可怜他，一声声应是，应是《采薇歌》。

［琥珀猫儿坠］六陵火后，余响振蛟鼍。回首崖山日易矬，瑶花死后葬云窝。搜罗，亏得剔苔封款字无讹。

［尾声］奇珍未许浮尘涴，算今日人琴证果，只是落叶商声绕指多！

清人散曲之差强人意者，略尽于上述诸家。此外如吴绮之《林蕙堂填词》，陈栋之《北泾草堂北乐府》，赵对澂之《小罗浮馆杂曲》，许宝善之《自怡轩乐府》，毛莹之《晚宜楼杂曲》，魏熙元之《玉玲珑曲存》，石韫玉之《花韵庵南北曲》，谢元淮之《养默山房散套》，杨恩寿之《坦园词余》，秦云之《花间剩谱》，凌廷堪之《梅边吹笛谱》，沈清瑞之

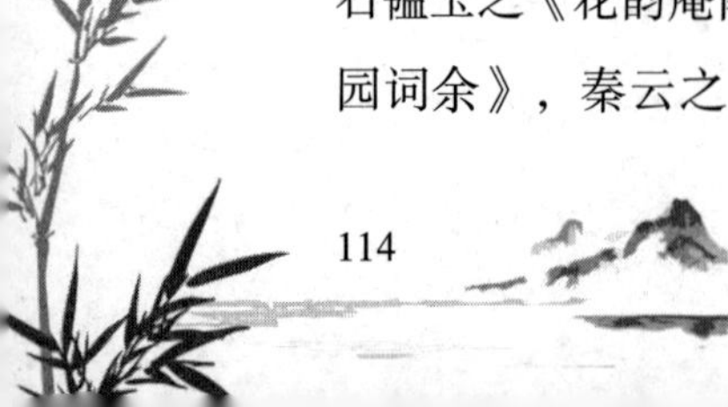

《樱桃花下银萧谱》，虽各具规模，而能卓然自立者鲜矣！

散曲衰而民间盛行道情之体，盖亦散曲之支流。文人如郑燮（号板桥，兴化人）、徐大椿（字灵胎，吴江人）皆有创制。大椿通音律，尝称道情“乃曲体之至高至妙者”；而“时俗所唱之《要孩儿》《清江引》数曲，卑靡庸浊，全无超世出尘之响，其声竟不可录”，引以为惜。因“即今所存《要孩儿》诸曲，究其端倪，推其本初，沿其流派，似北曲仙吕入双调之遗响。乃推广其音，令开合弛张；显微曲折，无所不畅。声境一开，愈转而愈不穷，实有移情易性之妙”（《洄溪道情自序》）。大椿既创新腔，又以“有声无辞，可饷知音，难以动众”；乃更撰为新词，“半为警世之谈，半写闲游之乐”，语浅而情挚，亦曲体之风格特殊者也。因附及之，兼录《戒争产》一首为例：

争田地，终日喧。锦江山，不要钱。人生何苦把家园恋？昆仑在右边，沧海在左边。那其间千村万落，奇花异卉，舟车士女，尢万尢千。你把轻舟挂了帆，骏马加了鞭，便走到五载三年，也怕你游他不遍。何苦将这破屋荒田，与旁人争长论短？你说道传与子孙，只怕你的子孙败得来身上无绵，手里无钱；得了人几串青蚨，几片银边，把笔来写得根根固固，杜杜绝绝，土无一寸，瓦无半片。那时节你在黄泉，方晓得枉抛了十万倍锦绣乾坤，又保不住一角儿土缺墙圈。

明清词人与词

吴 梅

明词芜陋，清词则中兴时也。流派颇繁，疏论如下。

明人词略

论词至明代，可谓中衰之期，探其根源，有数端焉。开国作家，沿伯生、仲举之旧，犹能不乖风雅。永乐以后，两宋诸名家词，皆不显于世，惟《花间》《草堂》诸集，独盛一时。于是才士模情，辄寄言于闺闼，艺苑定论，亦揭橥于香奁。托体不尊，难言大雅。其弊一也。明人科第，视若登瀛，其有怀抱冲和，率不入乡党之月旦，声律之学，大率扣槃。迨夫通籍以还，稍事研讨，而艺非素习，等诸面墙。花鸟托其精神，赠答不出台阁。庚寅揽揆，或献以谀词；俳优登场，亦宠以华藻。连章累篇，不外酬应。其弊二也。又自中叶，王、李之学盛行，坛坫自高，不可一世。微吾、长夜、于鳞，既跋扈于先；才胜、相如、伯玉，复簸扬于后，品题所及，渊膝随之。谀闻下士，狂易成风。守升庵《词品》一编，读弇州《卮言》半册，未悉正变，动肆诋諆。学寿陵邯郸之步，拾温、韦牙后之慧。衣香百合（用修《如梦令》），止崇祚之余音；落英千片（弇州《玉蝴蝶》），亦草堂之坠响。句摭宇掇，神明不属。其弊三也。况南词歌讴，遍于海内；白苎新奏，盛推昆山；宁庵吴歈，蚤传白下。一时才士，竞尚侧艳。美谈极于利禄，雅情拟诸桑濮。以优孟缠达之言，作乐府风雅之什。小虫机杼，义仍只工回文；细雨窗纱，圆海惟长绮语。好行小慧，无

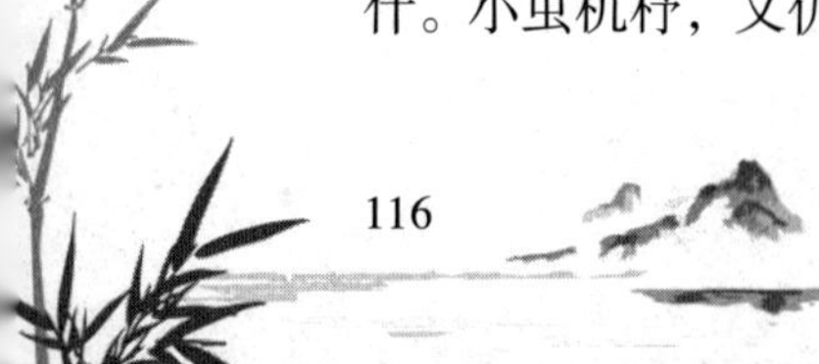

当雅言。其弊四也。作者既雅郑不分，读者亦泾渭莫辨。正声既绝，繁响遂多，删汰之责，是在后贤。爰自青田、青邱而下，及于卧子，略为论次之。

刘基

字伯温，青田人，元进士。洪武初，官至御史中丞，论佐命功，封诚意伯，为胡惟庸毒死。正德中追谥文成。有《覆瓿集》《犁眉公集》。

千秋岁

淡烟平楚，又送王孙去。花有泪，莺无语。芭蕉心一寸，杨柳丝千缕。今夜雨，定应化作相思树。

忆昔欢游处，触目成前古。口良会，知何许。百杯桑落酒，三叠阳关句。情未与，月明潮上迷津渚。

公诗为开国第一，词则与李迪并称。其佳处虽不逮宋人，固足为朱明冠冕也。小令颇有思致，如《临江仙》《小重山》《少年游》诸作，清逸可诵，惟气骨稍薄耳。盖明初诸家，尚不失正宗。所可议者，气度之间，终不如两宋。降至升庵辈，句琢字炼，枝枝叶叶为之，益难语于大雅。自马浩澜、施阆仙辈，淫词秽语，无足置喙。词至于此，风雅扫地矣。迨季世陈卧子出，能以秾丽之笔，传凄婉之神，始可当一代高手。此明词大略矣。公词于长调不擅胜场，小令如《谒金门》云："风袅袅，吹绿一庭春草。"《转应曲》云："秋雨秋雨，门外白杨自语。"《青门引》云："相怜自有明月，照人肺腑清如水。"《渔家傲》云："乱鸦啼破楼头鼓。"《踏莎行》云："愁如溪水暂时平，雨声一夜依然满。"《渡江云》云："定巢新燕子，睡起雕梁，对立整乌衣。"此皆清俊绝伦者也。公在元时，有和王文明诗云："夜凉月白西湖水，坐看三台上将星。"好事者遂傅会之，谓公望西湖云气，语坐客云："后十年有帝者起，吾当辅之。"此妄也。当公羁管绍兴时，感愤至欲自杀，藉门人密里沙抱持，得不死。明祖既定婺州，犹佐石抹宜孙相守，是岂预计身为佐命者耶？其《题太公钓渭图》云："偶应飞熊兆，尊为帝者师。"则公自道也。世多以前知目公，至凡纬谶堪舆，动多妄托，岂其然乎？

高启

字季迪，长洲人，隐吴淞江之青邱，自号青邱子。洪武初，召修《元史》，授编修，擢户部侍郎，坐魏观苏州府《上梁文》罪腰斩。有《扣舷词》一卷。

沁园春·雁

木落时来，花发时归，年又一年。记南楼望信，夕阳帘外；西窗惊梦，夜雨灯前。写月书斜，战霜阵整，横破潇湘万里天。风吹断，见两三低去，似落筝弦。

相呼共宿寒烟，想只在芦花浅水边。恨呜呜戍角，忽催飞起，悠悠渔火，长照愁眠。陇塞间关，江湖冷落，莫恋遗粮犹在田。须高举，教弋人空慕，云海茫然。

青邱乐府，大致以疏旷见长。《行香子·赋芙蓉》，亦一时传诵者也。世传青邱贾祸，因题宫女图，其诗云："女奴扶醉踏苍苔，明月西园侍宴回。小犬隔花空吠影，夜深宫禁有谁来。"孝陵猜忌，容或有之，然集中又有《题画犬》诗云："猧儿初长尾茸茸，行响金铃细草中。莫向瑶阶吠人影，羊车半夜出深宫。"此则不类明初掖庭事。二诗或刺庚申君而作，好事者因之傅会也。总之明祖猜疑群下，恐有不臣之心，故于魏观罪且不赦，因波及青邱耳。假令观建府治，不在淮张故基，虽有谗者，亦未必入太祖之耳也。吾乡明初有北郭十友之名，今传者无一二矣。

杨基

字孟载，嘉州人，大父仕江左，遂家吴中。洪武初，知荥阳县，历山西按察副使。有《眉庵集》，词附。

烛影摇红·帘

花影重重，乱纹匝地无人卷。有谁惆怅立黄昏，疏映宫妆浅。只有杨花得见。解匆匆、寻芳觅便。多情长在，暮雨回廊，夜香庭院。

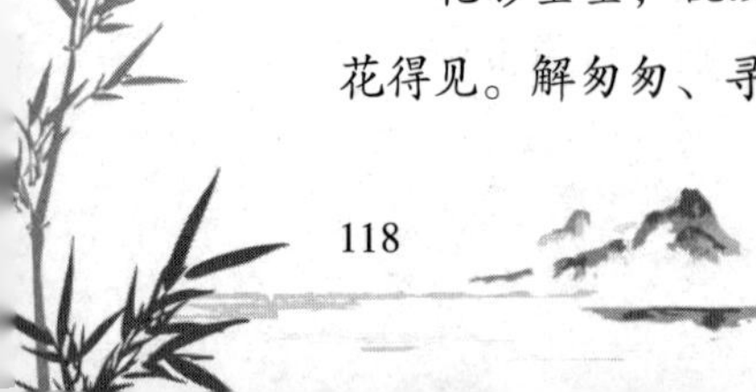

曾记扬州，红楼十里东风软。腰肢半露玉娉婷，犹恨蓬山远。闲闷如今怎遣，看草色青青似翦。且教高揭，放数点残春，一双新燕。

孟载少时，曾见杨廉夫，命赋铁笛诗成，廉夫喜曰："吾意诗境荒矣，今当让子一头地。"当时因有老杨小杨之目。眉庵词更新俊可喜，尤宜于小令，如《清平乐》《浣溪沙》诸调，更为擅场。盖眉庵聪慧，故出语便媚，其佳处并不摹临《花间》《草堂》，与中叶后元美、升庵诸作，不可同日语矣。《静志居诗话》云："孟载诗'芳草渐于歌馆密，落花偏向舞筵多''细柳已黄千万缕，小桃初白两三花''布谷雨晴宜种药，葡萄水暖欲生芹''雨颉风颃枝外蝶，柳遮花映树头莺''燕子绿芜三月雨，杏花春水一群鹅''江浦荷花双鹭雨，驿亭杨柳一蝉风'诸联，试填入《浣溪沙》，皆绝妙好词也。"洵然。

瞿佑

字宗吉，钱塘人。洪武中，以荐历仁和、临安、宜阳训导，升周府长史。永乐间谪保安，洪熙元年放还。有《乐府遗音》五卷，《余情词》一卷。

摸鱼子·苏堤春晓

望西湖、柳烟花雾，楼台非远非近。苏堤十里笼春晓，山色空濛难认。风渐顺，忽听得、鸣榔惊起沙鸥阵。瑶阶露润。把绣幕微搴，纱窗半启，未审甚时分。

凭阑处，水影初浮日晕，游船未许开尽。卖花声里香尘起，罗帐玉人犹困。君莫问，君不见、繁华易觉光阴迅。先寻芳信。怕绿叶成阴，红英结子，留作异时恨。

宗吉风情丽逸，著《剪灯新话》及乐府歌词，多偎红倚翠之语，为时传诵。及谪戍保安，当兴安失守，边境萧条。永乐己亥，降佛曲于塞外，选子弟唱之。时值元宵，作《望江南》五首，词旨凄绝，闻者皆为泣下。又凌彦翀于宗吉为大父行，曾作"梅词"《霜天晓角》、"柳词"《柳梢青》各一百首，号梅柳争春。宗吉一日尽和之，彦翀大惊叹，呼为小友。

宗吉以此知名。后彦翀自南荒归葬西湖，宗吉以诗送之云：“一去西川隔夜台，忽看白璧瘗苍苔。酒朋诗友凋零尽，只有存斋冒雨来。”其敦友谊如此。词不多作，四声平仄，时有舛失，而琢语固精胜也。

王九思

字敬夫，鄠县人。弘治丙辰进士，选庶吉士，授检讨，调吏部主事，升郎中，坐刘瑾党，降寿州同知，寻勒致仕。有《碧山乐府》。

蝶恋花·夏日

门外长槐窗外竹。槐竹阴森，绕屋重重绿。人在绿阴深处宿，午风枕簟凉如沐。

树底辘轳声断续。短梦惊回，石鼎茶方熟。笑对碧山歌一曲，红尘不到人间屋。

敬夫与德涵，俱以词曲见长。德涵之《中山狼》，敬夫之《杜甫游春》，皆盛年屏弃、无聊泄愤之作，而敬夫尤称能手，词则多酬应率意。集中寿词多至数十首，亦可知其颓唐不经意矣。此《蝶恋花》一首，虽随笔所之，而集中尚是上乘者。大抵康、王虽以词曲著名，实皆注意散套，故论曲家则不可不推上座，论词则未曾升堂也。世传敬夫将填词，以厚赀募国工，杜门学习琵琶三弦，熟按诸曲，尽其技而后出之。故其词雄放奔肆，俨然有关马之遗。余读其《游春记》及康德涵《中山狼》，嬉笑谑浪，力诋西涯，无怪为世人诟病也。德涵小令云：“真个是不精不细丑行藏，怪不得没头没脑受灾殃。从今后花底朝朝醉，人间事事忘。刚方，奚落了膺和滂，荒唐，周旋了籍与康。”颇有东篱遗响，词亦不称盛名云。

杨慎

字用修，新都人。正德辛未赐进士第一，授翰林修撰，以议大礼泣谏，杖谪永昌。天启初，追谥文宪。有《升庵集》。

水调歌头·牡丹

春宵微雨后，香径牡丹时。雕阑十二，金刀谁剪两三枝。六曲翠屏深

掩，一架银筝缓送，且醉碧霞卮。轻寒香雾重，酒晕上来迟。

席上欢，天涯恨，雨中姿。向人欲诉飘泊，粉泪半低垂。九十春光堪惜，万种心情难写，彩笔寄相思。晓看红湿处，千里梦佳期。

用修所著书百余种，号为“百洽金华”。胡应麟嫌其熟于稗史，不娴于正史，作《笔丛》以驳之。然杨所辑《百琲真珍》《词林万选》，亦词家功臣也。所著《词品》，虽多偏驳，顾考核流别，研讨正变，确有为他家所不如者。在永昌日，曾红粉傅面，作双丫髻插花，令诸妓扶觞游行，了不愧怍。吴江沈自晋曾为谱《簪花髻》杂剧，词场艳称之。大抵用修文学，一依茶陵衣钵。自北地哆言复古，力排茶陵，用修乃沉酣六朝，览采晚唐，创为渊博靡丽之词，其意欲压倒李、何，为茶陵别张壁垒。其用力固至正也。惟措辞运典，时出轻心，援据博则乖误良多，摹仿惯则瑕疵互见，窜改古人，假托往籍，英雄欺人，亦时有之。要其钩索渊深，藻彩繁会，自足牢笼一世。即以词曲论之，如《转应曲》云：“花落花落，日暮长门寂寞。”又：“门掩门掩，数尽寒城漏点。”《昭君怨》云：“楼外东风到早，染得柳条黄了。低拂玉阑干，怯春寒。”皆不弱两宋人之作。他如《陶情乐府》，警句尤多。如：“费长房缩不尽相思地，女娲氏补不完离恨天。”又：“别泪铜壶共滴，愁肠兰焰同煎。”又：“和愁和闷，经岁经年。”又：“傲霜雪镜中紫髯，任光阴眼前赤电。仗平安头上青天。”诸语皆未经人道者。

王世贞

字元美，太仓州人。嘉靖丁未进士，历官至刑部尚书。有《弇州四部稿》。

渔家傲

细雨轻烟装小暝，重衾不耐春寒横。袅尽博山孤篆影。闲自省，天涯有个人同病。

十二巫峰围昼永，黄莺可唤梨花醒。雨点芳波揩不定。临晚镜，真珠簌簌胭脂冷。

《弇州四部稿》，盛行海内，毁誉翕集，弹射四起，实则晚年亦自深悔也。世皆以王李并称，然元美才气，十倍于鳞。惟病在爱博，笔削千兔，诗载两牛，自以为靡所不有，方成大家，究之千篇一律，安在其靡所不有也！

《艺苑卮言》为弇州少作，其中论词诸篇，颇多可采。其自言云："作《卮言》时，年未四十，与于鳞辈是古非今，此长彼短，未为定论。行世已久，不能复秘，惟有随事改正，勿误后人。"元美之虚心克己，不自掩护如此。又《自述》诗云："野夫兴就不复删，大海回风生紫澜。"言虽夸大，亦实语也。其词小令特工，如《浣溪沙》云："权把来书钩午梦，起沽村酿泼春愁。"《虞美人》云："鸭头虚染最长条，酝造离亭清泪几时消。"又："珊瑚翠色新丰酒，解醉愁人否。"皆当行语。独世传《鸣凤记》，谱介溪相国杨忠愍公事，则时有失律欠当处。或云，为同时人假托者，要亦可信也。

张綖

字世文，高邮人。正德癸酉举人，官武昌通判，迁知光州。有《南湖集》。

风流子

新阳上帘幕，东风转，又是一年华。正驼褐寒侵，燕钗春袅，句翻词客，簪斗宫娃。堪娱处，林莺啼暖树，渚鸭睡晴沙。绣阁轻烟，剪灯时候，青旗残雪，卖酒人家。

此时应重省，瑶台畔，曾遇翠盖香车。惆怅尘缘犹在，密约还赊。念鳞鸿不见，谁传芳信，潇湘人远，空采蘋花。无奈疏梅风景，碧草天涯。

世文学词曲于王西楼。西楼名磐，亦高邮人，为南湖外舅。今南湖《西楼乐府》弁言所云"不肖甥张守中者"，即綖也。中论西楼家世甚详，不啻王博文之序《天籁集》也。南湖词所可见者，仅《词综》所录《风流子》《蝶恋花》两首。《古今词话》亦盛推之，目为风流蕴藉，足以振起一时，亦非溢美。惟所著《诗余图谱》一书，略有可议而已。《四

库提要》云："是编取宋人歌词，择声调合节者一百十首，汇而谱之。各图其平仄于前，而缀词于后，有当平当仄、可平可仄二例，而往往不据古词，意为填注。于古人故为拗句，以取抗坠之节者，多改谐诗句之律。又校雠不精，所谓黑围为仄、白围为平、半黑半白为平仄通者，亦多混淆，殊非善本。"此言确中张氏之弊，宜为万氏所讥也。

马洪

字浩澜，仁和人。有《花影集》三卷。

东风第一枝·梅花

饵玉餐香，梦云惜月，花中无此清莹。俨然姑射仙人，华珮明珰新整。五铢衣薄，应怯瑶台凄冷。自骖鸾来下人间，几度雪深烟暝。

孤绝处，江波流影。憔悴也，春风销粉。相思千种闲愁，声声翠禽啼醒。西湖东阁，休说当时风景。但留取一点芳心，他日调羹翠鼎。

《词品》云："鹤窗善咏诗，尤工长短句。虽皓首韦布，而含吐珠玉，锦绣胸肠，褎然若贵介王孙也。词名《花影》，盖取月下灯前，无中生有之意。"余案，明有二《花影集》，一为鹤窗，一为施子野也。鹤窗气度春容，不入小家态。子野则流于纤丽矣。鹤窗《少年游》云："原来却在瑶阶下，独自踏花行。笑摘朱樱，微揎翠袖，枝上打流莺。"《行香子》云："惜月前宵，病酒今朝。"《满庭芳·落花》云："谁道天机绣锦，都化作、紫陌尘埃。"颇有隽永意味，非子野所及也。

陈子龙

字卧子，青浦人。崇祯十年进士，官兵科给事中，进兵部侍郎。明亡殉节，清谥忠裕。有《湘真阁词》。

蝶恋花

雨外黄昏花外晓。催得流年，有恨何时了？燕子乍来春又老，乱红相对愁眉扫。

午梦阑珊归梦杳。醒后思量，踏遍闲庭草。几度东风人意恼，深深院落芳心小。

大樽文宗西汉，诗轶三唐，苍劲之色，与节义相符。乃《湘真》一集，风流婉丽，言内意外，已无遗议。柴虎臣所谓华亭肠断，宋玉魂销，惟卧子有之。所微短者，长篇不足耳。余尝谓明词非用于酬应，即用于闺闼。其能上接风骚，得倚声之正则者，独有大樽而已。三百年中，词家不谓不多，若以沉郁顿挫四字绳之，殆无一人可满意者。盖制举盛而风雅衰，理学炽而词意熄，此中消息，可以参核焉。至卧子则屏绝浮华，具见根柢，较开国时伯温、季迪，别有沉着语，非用修、弇州所能到也。他作如《山花子》云：

杨柳凄迷晓雾中，杏花零落五更钟。寂寂景阳宫外月，照残红。

蝶化彩衣金缕尽，虫衔画粉玉楼空。惟有无情双燕子，舞东风。

凄丽近南唐二主，词意亦哀以思矣。又《江城子》后半叠云：

楚宫吴苑草茸茸，恋芳丛，绕游蜂。料得来年相见画屏中。人自伤心花自笑，凭燕子，骂东风。

亦绵邈凄恻，不落凡响。先生于诗学至深，曾选明人诗，其自序略云："一篇之收，互为讽咏，一韵之疑，互相推论。览其色矣，必准绳以观其体；符其格矣，必吟诵以求其音；协其调矣，必渊思以研其旨。"论诗能于色泽气韵中辨之，自是深得甘苦语，宜其词之渊懿大雅，为一代知音之殿也。丹徒陈亦峰云："明末陈人中，能以浓艳之笔，传凄惋之神，在明代便算高手。然视国初诸老，已难同日而语，更何论唐宋哉！"寓贬于褒，持论未免过刻矣。

清人词略

词至清代，可谓极盛之期，惟门户派别，颇有不同。二百八十年中，各遵所尚，虽各不相合，而各具异采也。其始沿明季余习，以《花》《草》为宗，继则竹垞独取南宋，而分虎、符曾佐之，风气为之一变，至樊榭而浙中诸子，咸称彬彬焉。皋文、朗甫，独工寄托，去取之间，号为严密，于是毗陵遂树帜骚坛矣。鹿潭雄才，得白石之清，而俯仰身世，动

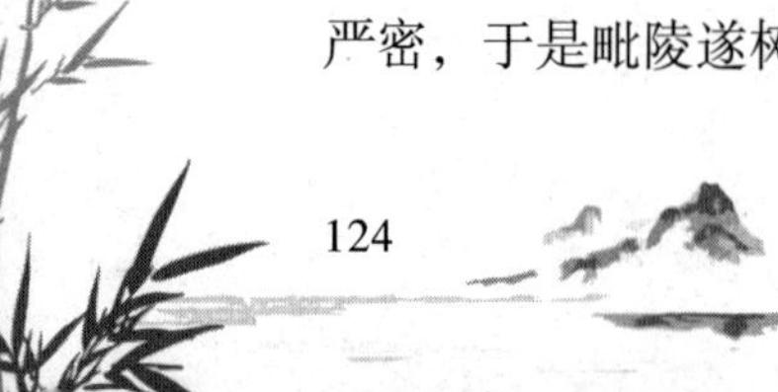

多感喟。庾信萧瑟，所作愈工，别裁伪体，不附风气，骎骎入两宋之室。幼霞之与小坡，南北不相谋也，而幼霞之严，小坡之精，各抒称心之言，咸负出尘之誉。风尘澒洞，家国飘摇，读其词者，即可知其身世焉。一代才彦，迥出朱明之上。迨及季世，彊村、夔笙，并称瑜亮，而新亭故国之感，尤非烟柳斜阳所可比拟矣。（朱、况两家，以人皆生存，未便辑入云。）盖尝总而论之：清初辇毂诸公，尊前酒边，借长短句以吐其胸中之气。始而微有寄托，久则务为谐啓。而吴越操觚家闻风竞起，选者、作者，妍媸糅杂。渔洋数载广陵，实为此道总持。迨纳兰容若才华门地，直欲牢笼一世，享年不永，同声悲惋，此一时也。

竹垞以出类之才，平生宗尚，独在乐笑，江湖载酒，尽扫陈言，而一时裙屐，亦知趋武姜、张，叫嚣奔放之风，变而为敦厚温柔之致。二李继轨，更畅宗风，又得太鸿羽翼，如万花谷中，杂以芳杜。扬州二马，太仓诸王，具臻妙品。而东坡词诗，稼轩词论，肮脏激扬之调，遂为世所垢病。此一时也。自樊榭之学盛行，一时作家，咸思拔帜于陈、朱之外。又遇大力者负之以趋，窈曲幽深，词格又非昔比。武进张氏，别具论古之怀，大汰言情之作，词非寄托不入。皋文已揭橥于前，言非宛转不工，子远又联骖于后，而黄仲则、左仲甫、恽子居、张翰风辈，操翰铸辞，绝无饾饤之习。又有介存周子，接武毗陵，标赵宋为四家，合诸宗于一轨。其壮气毅力，有非同时哲匠可并者。此一时也。

洪、杨之乱，民苦锋镝。《水云》一卷，颇多伤乱之语。以南宋之规模，写江东之兵革，平生自负，接步风骚。论其所造，直得石帚神理。复堂雅制，品骨高骞，窥其胸中，殆将独秀。而艺非专嗜，难并鹿潭。《箧中词》品题所及，亦具巨眼。开比兴之端，结浙中之局，礼义不愆，根柢具在。月坡樵风，无所不赅。持较半塘，未云才弱。其精到之处，雅近玉田。而《苕雅》一卷，又有《狡童》《离黍》之悲焉。此又一时也。至于论律诸家，亦以清代为胜，红友订词，实开橐钥；顺卿论韵，亦推输墨。而其所作，率皆颓唐，不称其才。岂知者未必工，工者未必尽知之欤？于是综核一代之言，复为论次之。

曹溶

字洁躬，嘉兴人。崇祯十年进士，清官至户部侍郎。有《静惕堂集》，词附。

满江红·钱塘观潮

浪涌蓬莱，高飞撼、宋家宫阙。谁激荡、灵胥一怒，惹冠冲发。点点征帆都卸了，海门急鼓声初发。似万群、风马骤银鞍，争超越。

江妃笑，堆成雪。鲛人舞，圆如月。正危楼湍转，晚来愁绝。城上吴山遮不住，乱涛穿到严滩歇。是英雄、未死报仇心，秋时节。

先生为浙词之最先者，故竹垞最为心折，其言曰："余壮日从先生南游岭表，西北至云中，酒阑灯炧，往往以小令慢词更迭唱和。念倚声虽小道，当其为之，必崇尔雅，斥淫哇，极其能事，则亦以宣昭六义，鼓吹元音。往者明三百祀，词学失传，先生搜辑遗传，余曾表而出之。数十年来，浙西填词者，家白石而户玉田，春容大雅，风气之变，实由于此。"观竹垞此言，亦犹惜抱之与海峰也。其词虽不尽工，然颇得空灵之趣。如"题静志居琴趣后"《凤凰台上忆吹箫》云："无限柔肠，宛转秋雨，夜想朱唇。"又："真真者番瘦也，酒醒后，新词只索休频。"雅有玉田遗意。

王士祯

字贻上，号阮亭，新城人。顺治十八年进士，官至刑部尚书。有《衍波词》。

浣溪沙·红桥

北郭清溪一带流，红桥风物眼中秋。绿杨城郭是扬州。

西望雷塘何处是，香魂零落使人愁。澹烟芳草旧迷楼。

渔洋小令，能以风韵胜，仍是做七绝惯技耳。然自是大雅，但少沉郁顿挫之致。昔人谓渔洋词为诗掩，非笃论也。词固以含蓄为主，惟能含蓄，而不能深厚，亦是无益。若谓北宋皆如是，为文过之地，正清初诸子

之失，不独渔洋也。长调殊不见佳，《词综》所录，《拜星月·踏青》一首，亦非《衍波》集中妙文，惟《凤凰台上忆吹箫》一首和漱玉韵者，可云集中之冠，因并录之：

镜影圆冰，钗痕却月，日光又上楼头。正罗帏梦觉，红褪绸钩。睡眼初睄未起，梦里事、寻忆难休。人不见，便须含泪，强对残秋。

悠悠。断鸿南去，便潇湘千里，好为侬留。又斜阳声远，过尽西楼。颠倒相思难写，空望断、南浦双眸。伤心处，青山红树，万点新愁。

思深意苦，几欲驾易安而上之。《衍波集》中，仅见此篇。

曹贞吉

字升六，安邱人。顺治十七年举人，官礼部郎中。有《珂雪词》二卷。

水龙吟·白莲

平湖烟水微茫，个人仿佛横塘住。碧云乍起，羽衣初试，靓妆楚楚。露下三更，月明千里，悄无寻处。想芦花蘋叶，空濛一色，迷玉井，峰头路。

莫是苎萝未嫁，曳明珰、若耶归去。游仙梦杳，瑶天笙鹤，凌波微步。宿鹭飞来，依稀难认，风吹一缕。泛木兰舟小，轻绡掩映，问谁家女。

浙派词喜咏物，征故实，为后人操戈之地在此，升六固不居此例。然如“龙涎香”“白莲”“莼”“蝉”等篇，嘉道以后，词家率喜学步，而所作未必工也。余故谓律不可不细，咏物题可不作。至于借守律之严，恕临文之拙，吾不愿士夫效之。清初诸老，惟《珂雪》最为大雅，才力虽不逮朱、陈，而取径则正大也。其词大抵风华掩映，寄托遥深，古调之中，纬以新意。盖其天分于此事独近耳。至咏物诸作，为陈迦陵推挹者，吾甚无取也。

吴绮

字薗次，江都人。由选贡生官湖州知府。有《艺香词》。

钗头凤·冬闺

灯花滴，炉香熄，屏风静掩遥山碧。箫难弄，衾长空，五更帘幕，月和霜重。冻，冻，冻。

闲寻觅，无消息，泪痕冰惹红绵湿。愁难送，情还种，巫云昨夜，同骑双凤。梦，梦，梦。

小令学《花间》，长调学苏、辛，清初词家通例也。然能情语者，未必工壮语，蔺次则两者皆工，故竹垞论其词，谓选调寓声，各有旨趣，其和平雅丽处，绝似西麓，亦非溢美。余读其《满江红·醉吟》，有“髀肉晚销燕市马，乡心秋冷扬州鹤”，又云“海上文章苏玉局，人间游戏东方朔”，出语又近迦陵。盖蔺次与迦陵同为异姓昆季，是以词境有相同处。

顾贞观

字华峰，号梁汾，无锡人。康熙五年举人，官国史院典籍。有《弹指词》。

双双燕·用史邦卿韵

单衣小立，正秋雨槐花，鬓丝吹冷。屏山几曲，犹忆画眉人并。残叶暗飘金井，问燕子、归期未定。伤心社日辞巢，不是隔年双影。

碧甃生怜苔润。伴欲折垂条，越加轻俊。为他萦系，絮语一帘烟暝。容易雕梁占稳，待二十四番风信。重来唤取疏狂，半刻玉肩偷凭。

梁汾词，以《金缕曲》二首“寄汉槎”为最著，词云：

季子平安否。便归来、生平万事，那堪回首。行路悠悠谁慰藉，母老家贫子幼。记不起、从前杯酒。魑魅搏人应见惯，料输他，覆雨翻云手。冰与雪，周旋久。

泪痕莫滴牛衣透。数天涯、依然骨肉，几家能彀。比似红颜多薄命，更不如今还有。只绝塞、苦寒难受。廿载包胥承一诺，盼乌头马角终相救。置此札，君怀袖。

次章云：

我亦飘零久。十年来、深恩负尽，死生师友。夙昔齐名非忝窃，试看

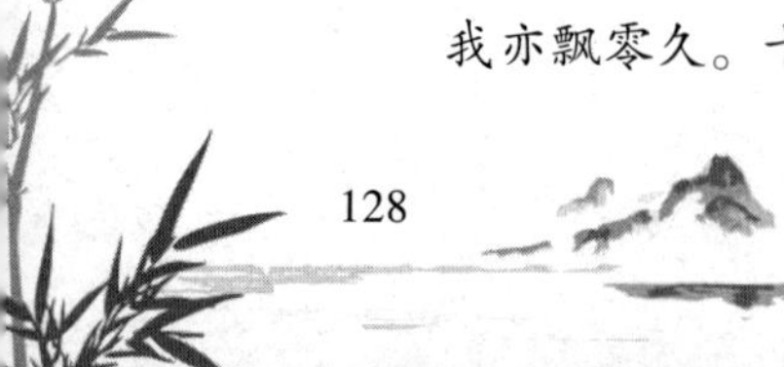

杜陵消瘦，曾不减、夜郎僝僽。薄命长辞知己别，问人生、到此凄凉否。千万恨，为兄剖。

兄生辛未吾丁丑。共些时、冰霜摧折，早衰蒲柳。词赋从今须少作，留取心魂相守。但愿得、河清人寿。归日急翻行戍稿，把空名、料理传身后。言不尽，观顿首。

二词纯以性情结撰而成，悲之深，慰之至，丁宁告语，无一字不从肺腑流出，此华峰之胜处也。惟不悟沉郁之致，终非上乘。

彭孙遹

字骏孙，号羡门，海盐人。康熙十八年鸿博第一，历官至吏部侍郎。有《延露词》三卷。

绮罗香·春尽日有寄

翠远浮空，红残欲滴，帘掩青山无数。旧事难寻，春色半归尘土。扑蝶会、如梦光阴，研花笺、相思图谱。怪东风、不为吹愁，凝眸又见碧云暮。

年来沦落已惯，任一身长是，飘零吴楚。珠泪缄题，恨字分明寄与。想南楼、柳絮飞时，是玉人、夜来凭处。应望断，远水归帆，濛濛江上雨。

清初诸家，羡门较为深厚。严绳孙云："羡门惊才绝艳，长调数十阕，固堪独步江左。至其小词啼香怨粉，怯月凄花，不减南唐风格。"此朋友标榜之语，原非定论。余谓羡门长调小令，咸有可观，惟不能沉着，故仍以聪明见长。盖力量未足，不得不以巧胜也。《忆王孙·寒食》《苏暮遮·娄江寄家信》等篇，颇得北宋人遗韵。

陈维崧

字其年，宜兴人。康熙十八年举鸿博，授检讨。有《迦陵词》三十卷。

江南春·和倪云林韵

风光三月连樱笋，美人踌躇白日静。小楼空翠飐东风，不见其余见衫影。无端料峭春闺冷，忽忆青骢别乡井。长将妾泪豌红巾，愿作征夫车畔尘。

人归迟，春去急，雨丝满院流光湿。锦书远道嗟奚及，坐守吴山一春碧。何日功成还马邑，双倚琵琶花树立。夕阳飞絮化为萍，揽之不得徒营营。

清初词家，断以迦陵为巨擘。曹秋岳云：“其年与锡鬯，并负轶世才，同举博学鸿词，交又最深。其为词，亦工力悉敌。《乌帽》《载酒》，一时未易轩轾也。”后人每好杨朱而抑陈，以为竹垞独得南宋真脉，盖亦偏激之论。世之所以抑陈者，不过诋其粗豪耳。而迦陵不独工于壮语也，《丁香·竹菇》《齐天乐·辽后妆楼》《过秦楼·疏香阁》《愁春未醒·春晓》《月华清》诸阕，婉丽娴雅，何亚竹垞乎？即以壮语论之，其气魄之壮，古今殆无敌手。《满江红》《金缕曲》多至百余首，自来词家有此雄伟否？虽其间不无粗率处，而波澜壮阔，气象万千，即苏、辛复生，犹将视为畏友也。短调《点绛唇》云：“悲风吼，临洺驿口，黄叶中原走。”《醉太平》云：“估船运租，江楼醉呼。西风流落丹徒，想刘家寄奴。”《好事近》云：“别来世事一番新，只吾徒犹昨。话到英雄失路，忽凉风索索。”平叙中峰峦叠起，力量最雄，非余子所能及也。长调《满江红》诸曲，纵笔所之，无不雄大。如“生子何须李亚子，少年当学王昙首”（“为陈九之字题扇”），又“被酒我思张子布，临江不见甘兴霸”。“汴京怀古樊楼”一章下半云：“风月不须愁，变换江山，到处堪歌舞。恰西湖甲第又连天，申王府。”此类皆极苍凉，又极雄丽。而老辣处几驾稼轩而上之，其年真人杰哉！至如《月华清》后半云：“如今光景难寻，似晴丝偏脆，水烟终化。碧浪朱阑，愁杀隔江如画。将半帙、南国香词，做一夕、西窗闲话。吟写，被泪痕占满，银笺桃帕。”《沁园春》“题徐渭文钟山梅花图”后半云：“如今潮打孤城，只商女、船头月自明。叹一夜啼乌，落花有恨，五陵石马，流水无声。寻去疑无，看来似梦，一幅生绡泪写成。携此卷，伴水天闲话，江海余生。”情词兼胜，骨韵都高，几合苏、辛、周、姜为一手矣。

性德

原名成德，字容若，满洲正白旗人。康熙十二年进士。有《饮水词》三卷。

一丛花·咏并蒂莲

阑珊玉珮罢霓裳，相对绾红妆。藕丝风送凌波去，又低头、软语商量。一种情深，十分心苦，脉脉背斜阳。

色香空尽转生香，明月小银塘。桃根桃叶终相守，伴殷勤、双宿鸳鸯。菰米漂残，沉云乍黑，同梦寄潇湘。

容若小令，凄惋不可卒读，顾梁汾、陈其年皆低首交称之。究其所诣，洵足追美南唐二主。清初小令之工，无有过于容若者矣。同时佟世南有《东白堂词》，较容若略逊，而意境之深厚，措词之显豁，亦可与容若相勒。然如《临江仙·寒柳》《天仙子·渌水亭秋夜》、《酒泉子·荼蘼谢后作》，非容若不能作也。又《菩萨蛮》云："杨柳乍如丝，故园春尽时。"凄惋闲丽，较驿桥春雨，更进一层。或谓容若是李煜转生，殆专论其词也。承平宿卫，又得通儒为师，搜辑旧籍，刊布艺林，其志尚自足千古，岂独琢词之工已哉。

朱彝尊

字锡鬯，号竹垞，秀水人。康熙十八年以布衣召试鸿博，授检讨。有《江湖载酒集》三卷、《静志居琴趣》一卷、《茶烟阁体物集》二卷、《蕃锦集》一卷。

解珮令·自题词集

十年磨剑，五陵结客，把平生涕泪都飘尽。老去填词，一半是、空中传恨，几曾围、燕钗蝉鬓。

不师秦七，不师黄九，倚新声、玉田差近。落拓江湖，且分付、歌筵红粉，料封侯、白头无分。

竹垞诸作，《载酒集》洒落有致，《茶烟阁》组织甚工，《蕃锦集》运用成语，别具匠心，皆无甚大过人处。惟《静志居琴趣》一卷，尽扫陈言，独出机杼，艳词有此，不独晏、欧所不能，即李后主、牛松卿，亦未易过之。生香真色，得未曾有。其前后次序，略可意会，不必穿凿求之也。余尝谓竹垞自比玉田，故词多浏亮；惟秦七与黄九，不可相提并论。秦之工处，北宋殆无与抗，非黄九所能望其肩背。竹垞不学秦，而学玉田，盖独标南宋之帜耳。然而竹垞词托体之不能高，即坐此病。知音者当以余言为然也。近人慑于陈、朱之名，以为国朝冠冕，不知陈、朱虽足弁冕一朝，究其所诣，尚未绝伦。有志于古者，当宜取法乎上也。

李良年

字符曾，秀水人。康熙十八年举鸿博。有《秋锦山房词》二卷。

疏影·黄梅

岁阑记否？著浅檀宫样，初染庭树。懒趁群芳，雪后春前，年年点缀寒圃。横斜月淡蜂黄影，长只傍、短垣低护。倚茜裙、欲捻苔枝，冻鸟一双飞去。

依约荷圆磬小，剪来越镜里，先映眉妩。蓓蕾匀拈，细绞银丝，钗冷玉鱼偏处。还愁羯鼓催无力，沸蟹眼、胆瓶新注。正暖香、梦惹江南，忘了陇头人苦。

秋锦论词，必尽扫蹊径，尝谓南宋词人，梦窗之密，玉田之疏，必兼之乃工。斯言最确。然秋锦自作诸词，不能践此言也。梦窗固密，惟有灵气往来；玉田固疏，而其沉着处，虽白石亦且不及。浙词专学玉田之疏，于是打油腔格，摇笔即来，如“别有一般天气”“禁得天涯羁旅”等语，一时词稿中，几几触目皆是。又好运用书卷，秋锦《催雪》之“红梅”，用《比红儿》诗，必注明罗虬；《解连环·送孙以恺使朝鲜》，用雌图别叙，又须注明《孝经纬》，不知词之佳处，不必以书卷见长。搬运类书，最无益于词境也。符曾所作，纯疵互见，如《好事近》云：“五十五船旧事，听白头人语。”《高阳台》云：“一笛东风，斜阳淡压荒烟。”《踏

莎行》云："游人休吊六朝春，百年中有伤心处。"胜国之感，妙于淡处描写，味隽意长，似非竹垞所能到者。

李符

字分虎，一字耕客，嘉兴人。布衣。有《耒边词》二卷。

齐天乐·苕南道中

野塘水漫孤城路，晓来载诗移槛。柳恽汀荒，邱迟宅坏，急雨鸣蓑千点。绿芜如染。映翠藻参差，鹈鹕能占。沽酒何村？花明独树小桥店。

昔游如昨日耳，记深深院宇，罗绮春艳。妆阁悬蛛，舞衫化蝶，满目繁华都减。湿云乍敛，露浮玉遥峰，相看无厌。渔唱沧浪，荻根灯又闪。

竹垞论分虎词云："分虎游屐所向，南朔万里，词帙繁富，殆善学北宋者。顷复示我近稿，益精研于南宋诸名家词，乃变而愈上矣。"斯言也，盖即为自己张旗鼓也。是时长调词学南宋者不多，分虎与竹垞同旨，宜其水乳交融矣。案南宋词，格律居音先，而《齐天乐》四处去上，分虎竟未遵守，是词律亦有舛误也。惟集中佳句颇多，赋物体亦有弦外意，较秋锦诚不愧弟兄耳。如《何满子·经阮司马故宅》云："惨淡君王去国，风流司马无家。歌扇舞衣行乐地，只余衰柳栖鸦。赢得名传乐部，春灯燕子桃花。"《疏影·帆影》云："忽遮红日江楼暗，只认是、凉云飞度。待翠蛾帘底凭看，已过几重烟浦。"《钓船笛》云："曾去钓江湖，腥浪黏天无际。浅岸平沙自好，算无如乡里。从今只住鸭儿边，远或泛苕水。三十六陂秋到，宿万荷花里。"此等随手挥洒，别具天然风骨。

厉鹗

字太鸿，钱塘人。康熙五十九年举人，乾隆元年荐举鸿博。有《樊榭山房词》二卷，续集二卷。

齐天乐·秋声馆赋秋声

簟凄灯暗眠还起，清商几处催发。碎竹虚廊，枯莲浅渚，不辨声来何叶。桐飙又接，尽吹入潘郎，一簪愁发。已是难听，中宵无用怨离别。

阴虫还更切切。玉窗挑锦倦，惊响檐铁。漏断高城，钟疏野寺，遥送凉潮呜咽。微吟渐怯，讶篱豆花开，雨筛时节。独自开门，满庭都是月。

清朝词人，樊榭可谓超然独绝者矣。论者谓其沐浴白石、梅溪，洵是至言。大抵其年、锡鬯、太鸿三人，负其才力，皆欲于宋贤外，别树一帜；而窈曲幽深，当以樊榭为最。学者循是以求深厚，则去姜、史不远矣。集中佳处，指不胜缕，如《国香慢·素兰》云："月中何限怨，念王孙草绿，孤负空香。冰丝初弄清夜，应诉悲凉。玉斫相思一点，算除是、连理唐昌。闲阶澹成梦，白凤梳翎，写影云窗。"声调清越，是其本色，亦是其所长。又《百字令》云："万籁生山，一星在水，鹤梦疑重续。拏音遥去，西岩渔父初宿。"无一字不清俊。下云："林净藏烟，峰危限月，帆影摇空绿。随风飘荡，白云还卧深谷。"炼字炼句，归于纯雅，此境亦未易到。至于造句之工，亦雅近乐笑翁，世有陆辅之，定录入《词眼》也。如《齐天乐》云："将花插帽，向第一峰头，倚空长啸。"《高阳台》云："秘翠分峰，凝花出土。"《忆旧游》云："溯溪流云去，树约风来，山翦秋眉。"又云："又送萧萧响，尽平沙霜信，吹上僧衣。凭高一声弹指，天地入斜晖。"诸如此类，是樊榭独到处。

江炳炎

字研南，钱塘人，有《琢春词》。江昱、江昉附。

垂杨·柳影

轻寒乍暖，算碧阴占地，昼闲庭院。欲折偏难，巧莺空送声千啭。休嫌云暗章台畔，怕纤雨楚腰吹断。正依稀低映江潭，共夕阳飘乱。

辛苦长亭夜半，是摇漾瘦魂，兔华初满。误了闺人，也曾描出春前怨。还教学缀修蛾浅，但漠漠、如烟一片。秋来待写疏痕，愁又远。

研南在清代不甚显，然学南宋处，颇有一二神解，与宾谷音趣相同。宾谷得南宋之意趣，研南得南宋之神理。若橙里则句琢字炼，归于纯雅，惟不能深厚。此三江词之工力，皆不能到沉郁地步也。清朝词家多犯此病，故骤览之，居然姜、史复生；深求之，皆姜、史之糟粕而已。

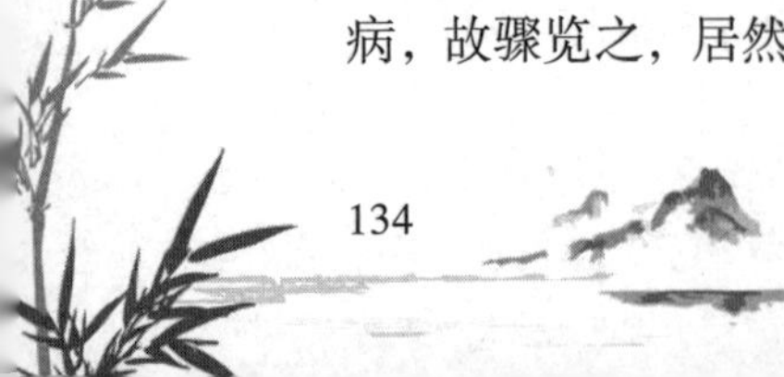

王策

字汉舒，太仓人。诸生。有《香雪词钞》二卷。时翔附。

薄幸

秋槎题余香雪词，似有宋玉之疑，赋此奉答。

心花落艳，似寂寞、枯禅退院。便吟出、晓风残月，那是兰陵真面。只钓天、一梦消魂，颜凭泪洗肠轮转。叹雨絮前缘，霜兰现业，负尽三生恩眷。

却是诗因墨果，休猜做、世间情恋。况天荒地老，名闻影隔，东风不认楼中燕。秋坟露溅，倘知音怜我，客嘲肯制招魂换。装来玳瑁，留抵返生香片。

太仓诸王，皆工词翰，汉舒尤为杰出。惜其享年不永，未尽所长，其笔分固甚高也。作词贵在悲郁中见忠厚，若悲怨而激烈，则其人非穷则夭。汉舒《念奴娇·秋思》一首，颇有衰飒气象。如“浮生皆梦，可怜此梦偏恶”，又云“看取西去斜阳，也如客意，不肯多耽搁”，皆悲惨语耳。卒至早夭，言为心声，便成词谶矣。汉舒外惟小山为佳，小山工为绮语，才不高而情胜，措语亦自婉雅，无绮罗恶态，如“病容扶起淡黄时”，又云“燕子寻人巷口，斜阳记不真”，又云“一双红豆寄相思，远帆点点春江路”，又云“灯微屏背影，泪暗枕留痕”，皆情词凄惋，晏、欧之流亚也。

史录谦

字位存，宜兴人。诸生。有《小眠斋词》四卷。

双双燕·过红桥怀立甫

春愁易满，记红到樱桃，乍逢欢侣。几番携手，醉里听残杜宇。曾向花源问渡，是水国、风光多处。可应酒滞香留，不记江南春雨。

南浦清阴如故。谁料得重来，暗添凄楚。月蓬烟棹，载了冷吟人去。可惜千条弱柳，更难系、轻帆频住。如今绿遍桥头，尽作情丝恨缕。

清词中其年雄丽，竹垞清丽，樊榭幽丽，位存则雅丽，皆一代艳才。位存稍得其正而已。如“团扇先秋生薄怨，小池风不断”，神似温、韦语，然非心中真有怨情，亦不能如此沉挚。他词如《采桑子》云：“泪滴寒花，渐渐逢人说鬓华。”《满江红》云：“更不推辞花下酒，最难消受黄昏雨。”非天才学力兼到者不能。同时如朱云翔、吴荀叔、朱秋潭、汪对琴诸君，皆以词名东南，然概不如位存也。

任曾贻

字淡存，荆溪人。诸生。有《矜秋阁词》一卷。

百字令·立春前一日寄怀储文滆津

短篷听雨，共江干秋晚，几番潮汐。不道烟帆分别浦，一水迢迢长隔。贳酒当垆，敲诗午夜，弹指成今昔。双鱼何处？飘摇尺素难觅。

又是雪霁明窗，炉温小阁，残腊余今夕。想到南枝初破蕊，一点新春消息。稳卧湖林，鬓丝无恙，肯使闲吟笔。甚时花底，玉尊同醉春碧。

储长源云：“淡存词删削靡曼，独抒性灵，于宋人不沾沾袭其面貌，而能吸其神髓。一语之工，令人寻味无穷。”余按淡存与位存、遂佺（朱云翔，字遂佺，元和人，有《蝶梦词》），工力相等。《矜秋》一集，卓有声誉，而律以沉着两字，尚未能到，一览便知清人之词，然其用力亦勤矣。宜兴多彦，二史储任，皆负清才。承红友之律，而能以妍丽语出之，至周介存，遂得独辟奥窍，自抒伟论，其于阳湖，洵可揖让坛坫，不得以附庸目之也。淡存他作如《临江仙》云：“砧声今夜月，灯影昔年情。”《高阳台》云：“何因得似红襟燕，认朱楼飞入伊家。”《西子妆》云：“相思一点落谁家，叹匆匆、欲留难住。”皆佳。惟《买陂塘》云：“花开常怕春归早，那更几经烟雨。”《祝英台》云：“眼看红紫飘残，蔷薇开也，尚留得、春光几许。”则摹仿稼轩，太觉形似矣。

过春山

字葆中，吴县人。诸生。有《湘云遗稿》二卷。

倦寻芳·过废园见牡丹盛开有感

絮迷蝶径，苔上莺帘，庭院愁满。寂寞春光，还到玉阑干畔。怨绿空余清露泣，倦红欲倩东风浼。听枝头、有哀音凄楚，旧巢双燕。

漫伫立，瑶台路杳，月珮云裳，已成消散。独客天涯，心共粉香零乱。且共花前今夕酒，洛阳春色匆匆换。待重来、只有断魂千片。

湘云笔意骚雅，为吾乡词家之秀。论其品格，雅近樊榭。吴竹屿称其词如雪藕冰桃，沁人醉梦。此言是也。余谓湘云词，聪秀在骨，咀嚼无厌。其人独立不惧，当时坛坫，皆未尝附和，所谓不随风气者是也。吾乡词人至多，论不附声气，独行其是者，仅葆中一人而已。他如潘氏诸子，问梅七子，贵胄标榜，皆不如湘云矣。葆中词如《明月生南浦》云："几点萍香鸥梦稳，柳绵吹尽春波冷。"又："回首桃源仙路迥，一声欸乃川光暝。"《瑞鹤仙》云："凄恻，西泠春晚，天竺云深，空怀孤洁。荷衣未葺，天涯愁倚岩石。念幽人去后，峰南峰北，多少啼猿唤客。暗伤心、欲荐江蓠，夜凉露白。"皆不事雕琢，以气度胜者，是之谓大雅。

张惠言

字皋文，武进人。有《茗柯词》。琦附。

木兰花慢·杨花

尽飘零尽了，谁人解当花看。正风避重帘，雨回深幕，云护轻幡。寻他一春伴侣，只断红、相识夕阳间。未忍无声坠地，将低重又飞还。

疏狂情性，算凄凉、耐得到春阑。但月地和梅，花天伴雪，合称清寒。收得十分春恨，做一天、愁影绕云山。看取青青池畔，泪痕点点凝斑。

皋文《词选》一编，扫靡曼之浮音，接风骚之真脉，直具冠古之识力者也。词亡于明，至清初诸老，具复古之才，惜未能穷究源流。乾嘉以还，日就衰颓，皋文与翰风出，而溯源竟委，辨别真伪，于是常州词派成，与浙词分镳争先矣。皋文《水调歌头》五章，既沉郁，又疏快，最是高境。论者辄以为疏于律度，洵然，然不得以此少之。如首章云："难道春花开落，又是春风来去，便了却繁华。花外春来路，芳草不曾遮。"次章云："招手海边鸥鸟，看我胸中云梦，蒂芥近如何。楚越等闲耳，肝胆有风波。"三章云："珠帘卷春晓，胡蝶忽飞去。游丝飞絮无绪，乱点碧云钗。肠断江南春思，黏着天涯残梦，剩有首重回。银蒜且深押，疏影任徘徊。”五章云：“晓来风，夜来雨，晚来烟。是他酿就春色，又断送流年。”热肠郁思，全自风骚中来，所以不可及也。茗柯存词止四十六首，可谓简而又简。仁和谭仲修，拟为评注，而迄未能就，甚可惜也。

弟琦，字翰风，与皋文同撰宛邻《词选》，虽町畦未尽，而奥窔始开。其所作诸词，亦深美闳约，振北宋名家之绪，如《南浦》云：“惊回残梦，又起来、清夜正三更。花影一枝枝瘦，明月满中庭。道是江南绮陌，却依然、小阁倚银屏。怅海棠已老，心期难问，何处望高城。

忍记当时欢聚，到花时、长托此春酲。别恨而今谁诉，梁燕不曾醒。帘外依依香絮，算东风、吹到几时停。向鸳衾无奈，啼鹃又作断肠声。”妍丽流转，雅近少游，宜其负盛名于江南也。其子仲远，序《同声集》有云：“嘉庆以来名家，皆从此出。”信非虚语。周止斋益穷正变，潘四农又持异论，要之倚声之学，至二张而始尊，此可为定论耳。

周济

字保绪，荆溪人。有《止庵词》。

渡江云·杨花

春风真解事，等闲吹遍，无数短长亭。一星星是恨，直送春归，替了落花声。凭阑极目，荡春波、万种春情。应笑人、春粮几许，便要数征程。

冥冥，车轮落日，散绮余霞，渐都迷幻景。问收向、红窗画箧，可算飘零。相逢只有浮萍好，奈蓬莱东指，弱水盈盈。休更惜、秋风吹老莼羹。

茗柯《词选》出，倚声之学日趋正鹄。张氏甥董晋卿，亦能踵美。止庵又切磋于晋卿，而持论益精，其言曰：“慎重而后出之，驰骋而变化之，胸襟酝酿，乃有所寄。”又曰：“词非寄托不入，专寄托不出。一物一事，引伸触类，意感偶生，假类必达，斯入矣。万感横集，五中无主，赤子随母笑啼，乡人缘剧悲喜，能出矣。”至其所撰《词辨》，及《宋四

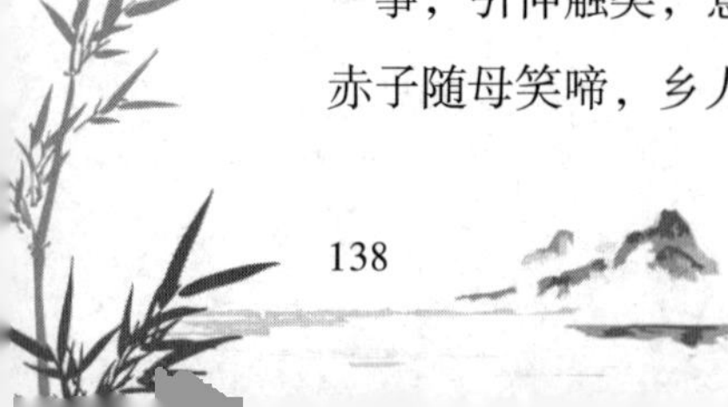

家词笺》，推明张氏之旨而广大之。此道遂与于著作之林，与诗赋文笔，同其正变也。止庵自作诸词，亦有寄旨，惟能入而不能出耳。如《夜飞鹊》之“海棠”、《金明池》之“荷花”，虽各有寓意，而词涉隐晦，如索枯谜，亦是一弊。余谓词本于诗，当知比兴，固已，究之《尊前》《花间》，岂无即景之篇？必欲深求，殆将穿凿。皋文与止庵，虽所造之诣不同，而大要在有寄托，尚蕴藉，然而不能无弊。故二家之说，可信而不可泥也。

项鸿祚

字莲生，钱塘人。有《忆云词》四卷。

兰陵王·春晚

晚阴薄，人在酴醾院落。秋千罢，还倚琐窗，花雨和烟冷银索。近来情绪恶。遮莫青春过却，单衣减、沉水自薰，酒病经年怯孤酌。

低低燕穿幕，任笺绿绡红，心事难托。柳丝系梦轻飘泊。叹衾凤羞展，镜鸾空掩。思量睡也怎睡着。恨依旧寂寞。

妆阁，闭鱼钥。怕唱到阳关，箫谱慵学。夜占蛛喜朝灵鹊。只目断千里，锦帆天角。玲珑帘月，照见我，又瘦削。

莲生词甲乙丙丁稿，意学梦窗，集中拟体至多。其才力固高人一等，持律亦细，惟其措辞终伤滑易。余始喜读之，与郭频伽等，继知频伽不可学，遂屏不复观，独爱《忆云》矣。又见同时词家推崇甚至，谭仲修云：“有白石之幽涩而去其俗；有玉田之秀折而无其率；有梦窗之深细而化其滞，殆欲前无古人。”黄韵甫曰：“《忆云词》古艳哀怨，如不胜情，猿啼断肠，鹃泪成血，不知其所以然也。”初不知一入其彀，必至儇薄矣。盖莲生天资聪俊，故出语能沁人心脾，且律度谐合，涩体诸词，一经炉锤，无不谐妥。于是论频伽则严，论忆云则宽。实则词律之细，固郭不如项，而词品之差，则相去无几也。（集中如《河传》云：“梧桐叶儿风打窗。”《南浦·咏柳》云：“且去西泠桥畔等。”《卜算子》云：“也似相思也似愁。”《减兰》云：“只有垂杨，不放秋千影过墙。”《百字令》云："归期自问，也应芍药开矣。"诸如此类，皆徒作聪明语，与南北曲几不能辨。）其丁稿自序云："不为无益之事，何以遣有涯之生。"亦可哀其志矣。以成容若之贵，项莲生之富，而词皆悲艳哀怨，所谓伤心人别有怀抱也。

蒋春霖

字鹿潭，江阴人。有《水云楼词》二卷。

扬州慢

癸丑十一月二十七日，贼趋京口，报官军收扬州

野幕巢乌，旗门噪鹊，谯楼吹断笳声。过沧桑一霎，又旧日芜城。怕双燕归来恨晚，斜阳颓阁，不忍重登。但红桥风雨，梅花开落空营。

劫灰到处，便遗民见惯都惊。问障扇遮尘，围棋赌墅，可奈苍生。月黑流萤何处，西风黯、鬼火星星。更伤心南望，隔江无限峰青。

嘉庆以前词家大抵为其年、竹垞所牢笼，皋文、保绪，标寄托为帜，不仅仅摹南宋之垒，隐隐与樊榭相敌，此清朝词派之大概也。至鹿潭而尽扫葛藤，不傍门户，独以风雅为宗，盖托体更较皋文、保绪高雅矣。词中有鹿潭，可谓止境。谭仲修虽尊庄中白，陈亦峰亦崇扬之，究其所诣，尚不足与鹿潭相抗也。词有律有文，律不细非词，文不工亦非词。有律有文矣，而不从沉郁顿挫上着力，或以一二聪明语见长，如《忆云词》类，尤非绝尘之技也。鹿潭律度之细，既无与伦，文笔之佳，更为出类，而又雍容大雅，无搔头弄姿之态。有清一代，以水云为冠，亦无愧色焉。复堂论水云曰："文字无大小，必有正变，必有家数。《水云楼词》，固清商变徵之声，而流别甚正，家数颇大，与成容若、项莲生，二百年中，分鼎三足。咸丰兵事，天挺此才，为倚声家老杜，而晚唐两宋，一唱三叹之意，则已微矣。"（《箧中词》五）余谓复堂以鹿潭得流别之正，此言极是，惟以成、项二君并论，则鄙意殊不谓然。成、项皆以聪明胜人，乌能与水云比拟？且复堂既以杜老比水云，试问成、项可当青莲、东川欤？此盖偏宕之论也。鹿潭不专尚比兴，《木兰花》《台城路》，固全是赋体。

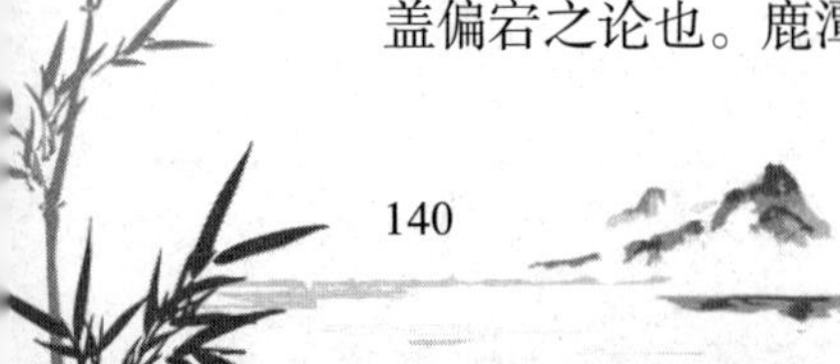

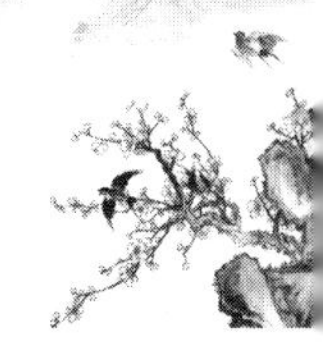

即一二小词，如《浪淘沙》《虞美人》，亦直言本事，经不寄意帷闼，是真实力量。他人极力为之，不能工也。至全集警策处，则又指不胜偻，如《木兰花慢》云："云埋蒋山自碧，打空城、只有夜潮来。"又云："看莽莽南徐，苍苍北固，如此山川。钩连，更无铁锁，任排空、樯橹自回旋。寂寞鱼龙睡稳，伤心付与秋烟。"又《甘州》云："避地依然沧海，随梦逐潮还。一样貂裘冷，不似长安。"又云："引吴钩不语，酒罢玉犀寒。总休问、杜鹃桥上，有梅花、且向醉中看。南云暗，任征鸿去，莫倚阑干。"《凄凉犯》云："疏灯晕结，觉霜逼帘衣自裂。"《唐多令》云："哀角起重关，霜深楚塞寒。背西风、归雁声酸。一片石头城上月，浑怕照旧江山。"皆精警雄秀，决非局促姜、张范围者，可能出此也。

周之琦

字稚圭，祥符人。嘉庆十三年进士，官广西巡抚。有《金梁梦月词》（应在鹿潭前）。

三姝媚·海淀集贤院

交枝红在眼。荡帘波香深，镜澜痕浅。费尽春工，占胜游惟许，等闲莺燕。步屟廊回，盈褪粉、蛛丝偷罥。小影玲㻪，冷到梨云，便成秋苑。

容易题襟吹散。又酒逐花迷，梦将天远。马系垂杨，但翠眉还识，旧时人面。暗数韶华，空笑我、樱桃三见。剩有盈盈胡蝶，西窗弄晚。

《梦月词》浑融深厚，语语藏锋。北宋瓣香，于斯未坠（黄韵甫语）。余谓稚圭词，托体至高，诚有如韵甫之言者。近时论者与鹿潭并称，似尚非确当。鹿潭集中，无酬应之作，《梦月》则社课特多，即此而论，已不如《水云》矣。且悼亡诸作，专录一卷，虽元相才多，未免士衡辞费。至心日斋《十六家词选》，截断众流，金针暗度，纵不如皋文、保绪之高，要亦倚声家疏凿手也。

戈载

字顺卿，吴县人。诸生。官国子监典簿。有《翠薇花馆词》三十九卷。

兰陵王·和周清真韵

画桥直，明镜波纹绉碧。轻烟绕，歌榭舞楼，一派迷离黯春色。东风遍故国。吹老关津怨客，长堤畔，千缕翠条，时见流莺度金尺。

萍踪半陈迹。记侧帽题襟，香蔼瑶席。天涯今又逢寒食。叹携手人远，俊游难再，飞花飞絮散旧驿，送潮过江北。

悲恻，乱愁积。对孤馆残灯，无限凄寂。青门望断情何极。乍倚枕寻梦，怕闻邻笛。那堪窗外，更细雨，夜半滴。

清代词集之富，莫如迦陵，顺卿《翠薇词》，乃更过之。而泥沙不除，亦与迦陵相等。集中佳构，如《山亭宴·秋晚游天平山》《霜叶飞·落叶》《垂杨·题吴伊人白门杨柳图》《春霁·柳影》《露华·苔痕》《南浦》“春水”“秋水”二首、《步月·春夜闲步》《惜红衣·皇甫墩观荷》《琐窗寒·秋晚》《秋宵引·题箨石老人秋叶图》等作，精心结撰，文字音律，两臻绝顶，宜其独步江东，一时无与抗衡也。顺卿论词律极精，于旋宫八十四调之旨，研讨至深。故其自称在能辨阴阳，能分宫调。又白石旁谱，当时词家，不甚明了，顺卿能一一按管。数百年聚讼纷如，望而却步者，一旦大畅其理，此诚绝顶聪明也。惟集中平庸芜浅诸作，触目皆是。读者亦以其守律之严，反恕其行文之劣，无怪为谢枚如所讥也。

顺卿词开卷即有“龙涎香”“白莲”“莼”“蝉”等题，此当日学南宋者几成例作习气，愈觉可厌。且顺卿一贡士耳，太学典簿，未尝一履任也，而自十三卷后，交游渐广，攀援渐高，中丞、方伯、观察、太守、司马、明府，历碌满纸，所作无非应酬，虚声愈大，心灵愈短，岂芝麓之于迦陵乎？抑何其不惮烦也？至为麟见亭河帅题《鸿雪因缘图》，前后合一百六十阕，多至四卷。观其自述，知配合雕镂，费尽苦心。然以《花间》《兰畹》之手笔，加以引商刻羽之工夫，乃为巨公谱荣华之录，摹德政之碑也。言之不足，又长言之，若以为有厚幸焉。此真极词场之变矣。

庄棫

字中白，丹徒人。有《蒿庵词》。

高阳台·长乐渡

长乐溪边，秦淮水畔，莫愁艇子曾携。一曲西河，尊前往事依稀。浮萍绿涨前溪遍，问六朝、遗迹都迷。映颇黎，白下城南，武定桥西。

行人共说风光好，爱沙边鸥梦，雨后莺啼。投老方回，练裙十幅谁题。相思子夜春还夏，到欢闻、先已凄凄。更休提，柳外斜阳，烟外长堤。

中白与谭复堂并称，其词穷极高妙，为道咸间第一作手。平生论词宗旨，见于《复堂词序》。其言云："夫义可相附，义即不深；喻可专指，喻即不广。托志房帷，眷怀身世，温、韦以下，有迹可寻。然而自宋及今，几九百载，少游、美成而外，合者鲜矣。又或用意太深、义为辞掩，虽多比兴之旨，未发缥缈之音。近世作者，竹垞撷其华，而未芟其芜；茗柯溯其源，而未竟其委。"又曰："自古词章，皆关比兴，斯义不明，体制遂舛。狂呼叫嚣，以为慷慨，矫其弊者，流为平庸，风诗之义，亦云渺矣。"（《谭复堂词序》）先生此论，实具冠古之识，非大言欺人也。其词深得比兴之致，如《蝶恋花》四章，即所谓托志房帷，眷怀身世也。

首章云：

城上斜阳依绿树，门外斑骓，过了偏相顾。玉勒珠鞭何处住，回头不觉天将暮。

"回头"七字，感慨无限。下云：

风里余花都散去。不省分开，何日能重遇。凝睇窥君君莫误，几多心事从君诉。

声情酸楚，却又哀而不伤。

次章云：

百丈游丝牵别院。行到门前，忽见韦郎面。欲待回身钗乍颤，近前却喜无人见。

心事曲曲传出，钗颤身回，见得非常周折。下云：

握手匆匆难久恋。还怕人知，但弄团团扇。强得分开心暗战，归时莫把朱颜变。

韬光匿彩，忧谗畏讥，可为三叹。

三章云：

绿树阴阴晴昼午。过了残春，红萼谁为主。宛转花旙勤拥护，帘前错唤金鹦鹉。

词殊怨慕，所遇而不合也。故下云：

回首行云迷洞户，不道今朝、还比前朝苦。

悲怨已极。结云：

百草千花羞看取，相思只有侬和汝。

怨慕之深，却又深信不疑，非深于风骚者，不能如此忠厚。

四章云：

残梦初回新睡足。忽被东风，吹上横江曲。寄语归期休暗卜，归来梦亦难重续。

决然舍去，中有怨情。下云：

隐约遥峰窗外绿。不许临行，私语频相属。过眼芳华真太促，从今望断横江目。

天长地久之情，海枯石烂之恨，不难得其缠绵沉着，而难得温厚和平耳。故先生之词，确自皋文、保绪中出，而更发挥光大之也。

谭廷献

字仲修，仁和人。有《复堂类稿》，词附。

金缕曲·唐栖月夜怀劳平甫

木叶飞如雨。绕空舟、惟闻暗浪，悄无人语。篷背新霜侵衣袂，冷压钉花不吐。料此际、微吟闭户。三径萧萧蓬蒿满，记往前、裙屐欢谁补。春去也，惜迟暮。

飘零我亦泥中絮。叹明明、入怀月色，夜深还去。芳草变衰浮云改，况复美人黄土。算生作、有情原误。莫倚平生丹青手，看寻常、颜面皆行路。哀与乐，等闲度。

仲修词取径甚高，源委深达，窥其胸中眼中，非独不屑为陈、朱，

抑且上溯唐五代。此浙词之变也。仲修之言曰："南宋词敝，琐屑饾饤，朱、厉二家，学之者流为寒乞。枚庵高朗，频伽清疏，浙词为之一变。"余谓吴、郭二子，不足当此语。变浙词者，复堂也。其《蝶恋花》六章，美人香草，寓意甚远。余最爱"玉枕醒来追梦语，中门便是长亭路"，又"惨绿衣裳年几许，争禁风日争禁雨"，又"语在修眉成在目，无端红泪双双落"，又"一握鬟云梳复裹，半庭残日忽忽过"，又"连理枝头侬与汝，千花百草从渠许"，又"遮断行人西去道，轻躯愿化车前草"，此等词直是温、韦，决非专学南宋者可拟，而又非迦陵、西堂辈轻率伎俩也。所录《箧中词》二集，搜罗富有，议论正大。其论浙词之病，尤为中肯。余故谓变浙词者复堂也。

王鹏运

字幼遐，临桂人。有《半塘词稿》。

齐天乐·秋光

新霜一夜秋魂醒，凉痕沁人如醉。叶染新黄，林凋暗绿，野色犹堪描绘。危楼倦倚，对一抹斜阳，冷鸦翻背。枨触愁心，莫烟明灭断霞尾。

遥山青到甚处，淡云低蘸影，都化秋水。蟹簖灯疏，雁汀月小，滴尽鲛人清泪。孤檠绽蕊。算夜读秋窗，尚饶滋味。秋落江湖，曙光摇万苇。

幼遐早岁官中书，与上元端木埰、吴县许玉瑑，临桂况周颐，更叠唱和，有《薇省同声集》之刻。其时子畴、鹤巢，年齿已高，夔笙最年少。继而子畴、鹤巢相继徂谢，幼遐又以直谏去官，客死吴下，独夔笙屑涕新亭，栖迟海澨，而身亦垂垂老矣。广西词境之高，实王、况二公之力也。《四印斋词刻》尚在京师，时仅有《东坡乐府》至戈顺卿《词林正韵》耳。其后日益增刊，遂成巨制。晚年又自订《半塘定稿》，体备众制，无一不工。近三十年中，南则小坡，北则幼遐，当时作者，未能或之先也。朱丈沤尹从半塘游，而专力梦窗，其所诣尤出夔笙之上。粤使归后，即息影吴门，尝与小坡往返酬和，极一时盍簪之乐。迨辛壬以后，身经丧乱，词不轻作。（朱丈尝谓"理屈词穷"，此虽戏言，亦寓感喟焉。）又值小坡作古，吟侣益稀，适夔笙寓沪，数过从谈艺。春江花月，间及倚声，无非汐社遗民之泪矣。因论幼遐，并及朱、况，籍见三十年来词学之消息焉。

郑文焯

字叔问，汉军。有《瘦碧》《冷红》《比竹余音》《苕雅》诸集。晚订《樵风乐府》。

寿楼春·秋感次冯梦华同年韵

听吴讴消魂。正江城角冷，雨驿灯昏。记得残鹃啼遍，乱山红春。明镜老，如花人。寄故裙，遥遥乌孙。念浊酒谁呼，零烟自语，愁满一筝尘。

沧波苑，空林曛。渐题香秀笔，不点歌尊。最忆烟沉荒戍，月孤长门。砧杵急，悲从军。赋楚萍、飘飘无根。怎说与黄华，西风泪痕吹满巾。

叔问于声律之学，研讨最深，所著《词源斠律》，取旧刻图表，一一厘正；又就八十四调住字，各注工尺，皆精审可从。至其所作词，炼字选声，处处稳洽。而语语缠绵宕动。清末论词笔之清，无逾叔问者矣。道咸以来，六十年中，南国才人，雅词日出，审音订律，独有翠薇。而孙月坡掉鞅词坛，分题唱和，不欲为筝琶俗响。叔问以承平贵胄，接继其武，虎山、邓尉间，时间吟屐，较枚庵、频伽，相去不可道里计也。先是，湘中王壬秋以文字雄一世，自负词笔不亚时彦。及见叔问作，遂敛手谢不及，始壹意于选诗。故湘社词人，如程子大、易实甫弟兄、陈伯弢辈，咸颊首请益，而叔问临文感发，不少假借。宦隐吴皋，声溢四宇。晚近词人之福，未有如叔问者也。小城葺宇，老鹤寄音，握手笑言，一如昨日。人琴俱杳，能无慨然。

清词之结局

龙榆生

自常州派崇比兴以尊词体，而佻巧浮滑之风息。同治、光绪以来，国家多故，内忧外患，更迭相乘。士大夫怵于国势之危微，相率以幽隐之词，藉抒忠愤。其笃学之士，又移其校勘经籍之力，以从事于词籍之整理与校刊。以是数十年间，词风特盛；非特为清词之光荣结局，亦千年来词学之总结束时期也。

庄、谭而后，主持风气者，有王鹏运（字佑霞，号半塘，又号鹜翁，广西临桂人）、文廷式（字道希，号芸阁，江西萍乡人）、郑文焯（字小坡，一字叔问，号大鹤，奉天铁岭人）、朱孝臧（一名祖谋，字古微，号沤尹，又号彊村，浙江归安人）、况周颐（字夔笙，号蕙风，临桂人）等；王、朱兼精校勘，郑、况并善批评；且作词宗尚略同；惟文氏微为别派耳。

鹏运官内阁时，与端木埰（字子畴，江宁人）论词至契；埰固笃嗜碧山者（《碧瀣词自序》）；鹏运浸润既深，不觉与之同化。孝臧为《半塘定稿序》，称："君词导源碧山，复历稼轩、梦窗，以还清真之浑化；与周止庵氏说，契若针芥。"据此，知鹏运实承常州派之系统，特其才力雄富，足以发扬光大之耳。鹏运论词，别标三大宗旨：一曰"重"，二曰"拙"，三曰"大"。其自作亦确能秉此标的而力赴之。庚子联军入京，鹏运陷危城中不得出，因与孝臧诸人，集四印斋，日夕填词以自遣，合刻《庚子秋词》；大抵皆感时抚事之作也。鹏运生平抑塞，恒自悼伤；既汇刻《四印斋词》，流布宋、元词籍；复“当沉顿幽忧之际，不得已而托之倚声”（《味梨集后序》），故其词多沉郁悲壮之音，自成其为“重”且“大”；同时作者如文焯、周颐辈，无此魄力也，录《浣溪沙》“题丁兵备丈画马”一阕：

苜蓿阑干满上林，西风残秣独沉吟，遗台何处是黄金？

空阔已无千里志，驰驱枉费百年心，夕阳山影自萧森。

廷式于光绪朝，锐意讲求新政。既为那拉后所忌，避走日本；旋归国，幽忧以死。其于清代词家，仅推许曹贞吉、纳兰性德、张惠言、蒋春霖四人，而于浙派排击甚力；谓：“自朱竹垞以玉田为宗，所选《词综》，意旨枯寂。后人继之，尤为冗漫。以二窗为祖祢，视辛刘若仇雠。家法若斯，庸非巨谬？”（《云起轩词自序》）其词极兀傲俊爽，聊以“写其胸臆”，风格在稼轩、须溪间。录《贺新郎》“赠黄公度观察”一阕：

辽东归来鹤，翔千仞、徘徊欲下，故乡城郭。旷览山川方圆势，不道人民非昨。便海水尽成枯涸。留取荆轲心一片，化虫沙不羡钧天乐。九州铁，铸今错。

平生尽有青松乐，好布被、横担榔栗，万山行脚。阊阖无端长风起，吹老芳洲杜若。抚剑脊苔花漠漠。吾与重华游玄圃，遭回车日色崦嵫薄。歌慷慨，南飞鹊。

文焯家门鼎盛，而被服儒雅，旅食苏州，近四十年。生平雅慕姜夔，亦精于音律；为词守律甚严，而萧疏俊逸之气，终不可掩。录《迷神引》一阕：

看月开帘惊飞雨，万叶战秋红苦。霜飙雁落，绕沧波路。一声声，催笳管，替人语。银烛金炉夜，梦何处？到此无聊地，旅魂阻。

眷想神京，缥缈非烟雾。对旧山河，新歌舞。好天良夕，怪轻换、华年柱。塞庭寒，江关暗，断钟鼓。寂寞衷镫侧，空泪注。迢迢云端隔，寄愁去。

孝臧受词学于鹏运，谊在师友之间。既迭与唱酬，复相共校勘《梦

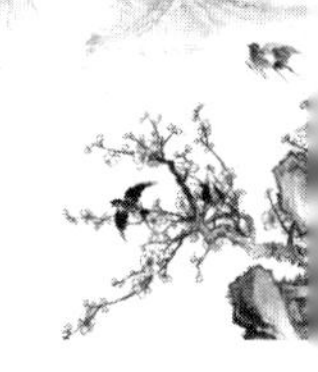

窗词集》。其为词亦自梦窗入，而兴寄遥深；于清季朝政得失，与变乱衰亡之由，咸多寓意。辛亥后，旅居沪渎，缵鹏运之绪，校刊宋、元人词集一百七十余家，为《彊村丛书》；比勘精严，洵宋、元词之最大结集。海内言词者，莫不推重之。陈三立称其词"幽忧怨悱，沉抑绵邈，莫可端倪"（《朱公墓志铭》）。张尔田又言：其晚年词，"苍劲沉着，绝似少陵夔州后诗"。兹录二阕如下：

声声慢

十一月十九日味聃以《落叶词》见示感和

鸣螀颓墄，吹蝶空枝，飘蓬人意相怜。一片离魂，斜阳摇梦成烟。香沟旧题红处，拚禁花、憔悴年年。寒信急，又神官凄奏，分付哀蝉。

终古巢鸾无分，正飞霜金井，抛断缠绵。起舞回风，才知恩怨无端。天阴洞庭波阔，夜沉沉、流恨湘弦。摇落事，向空山、休问杜鹃。（为德宗还宫后恤珍妃作）

小重山·晚过黄渡

过客能言隔岁兵。连村遮戍垒，断人行。飞轮冲暝试春程。回风起，犹带战尘腥。

日落野烟生。荒萤三四点，淡于星。叫群创雁不成声。无人管，收汝泪纵横。（齐卢战后作）

周颐学词最早，既入京，与鹏运同在内阁，益以此相切磋。鹏运较长，于周颐多所规诫，又令同校宋、元人词，如是数年，而造诣益进。其生性不甚耐于斠勘之学，而特善批评，颇与王、朱异趣。所为《蕙风词话》，孝臧推为绝作。周颐论词，于鹏运三大宗旨外，又益一"真"字；谓："真字是词骨。情真、景真，所作必佳。"周颐自言少作难免尖艳之讥，后虽力崇风骨，而仍偏于凄艳一路，或天性使然欤？录《浣溪沙》"听歌有感"一阕：

惜起残红泪满衣，他生莫作有情痴，人天无地著相思。

花若再开非故树，云能暂驻亦哀丝，不成消遣只成悲。

五家之外，有沈曾植（字子培，号乙庵，又号寐叟，嘉兴人），闻见博洽，冠于近代诸儒。余力填词，苍凉激楚，开秀水词家未有之境。于清季词人中，与文廷式之学稼轩，差相髣髴。录《浪淘沙》“题边景昭画鸡”一阕：

老作阘鸡翁，晦雨霾风，穷愁志就话笼东。任遣尸居还口数，窠下儿童。

虫蚁遍区中，啄啄何功？越家伏卵鲁家雄。赖有此君相慰藉，筛影玲珑。

词自宋末不复重被管弦，历元、明而就衰敝。清代诸家出，始崇意格，以自为其“长短不葺之诗”，性情抱负，藉是表现。中经常、浙二派之递衍，以迄晚近诸家之振发，舍音乐关系外，直当接迹宋贤，或且有宋贤未辟之境；孰谓宋以后无词哉？

下篇

中国古典词曲名家名作解析

词学绪论

吴　梅

词之为学，意内言外。发始于唐，滋衍于五代，而造极于两宋。调有定格，字有定音，实为乐府之遗，故曰诗余。惟齐梁以来，乐府之音节已亡，而一时君臣，尤喜别翻新调。如梁武帝之《江南弄》、陈后主之《玉树后庭花》、沈约之《六忆诗》，已为此事之滥觞。唐人以诗为乐，七言律绝，皆付乐章。至玄肃之间，词体始定。李白《忆秦娥》、张志和《渔歌子》，其最著也。或谓词破五七言绝句为之，如《菩萨蛮》是。又谓词之《瑞鹧鸪》即七律体，《玉楼春》即七古体，《杨柳枝》即七绝体，欲实诗余之名，殊非确论。盖开元全盛之时，即词学权舆之日。“旗亭”“画壁”，本属歌诗；“陵阙”“西风”，亦承乐府。强分后先，终归臆断。自是以后，香山、梦得、仲初、幼公之伦，竞相藻饰，《调笑》转应之曲，《江南》春去之词，上拟清商，亦无多让。及飞卿出而词格始成，《握兰》《金荃》，远接《骚》《辨》，变南朝之宫体，扬北部之新声。于是皇甫松、郑梦复、司空图、韩偓、张曙之徒，一时云起。“杨柳大堤”之句、“芙蓉曲渚”之篇，自出机杼，彬彬称盛矣。

作词之难，在上不似诗，下不类曲，不淄不磷，立于二者之间，要须辨其气韵。大抵空疏者作词，易近于曲；博雅者填词，不离乎诗。浅者深之，高者下之，处于才不才之间，斯词之三昧得矣。惟词中各牌，有与诗无异者。如《生查子》，何殊于五绝；《小秦王》《八拍蛮》《阿那曲》，何殊于七绝。此等词颇难着笔，又须多读古人旧作，得其气味，去

诗中习见辞语，便可避去。

至于南北曲，与词格不甚相远，而欲求别于曲，亦较诗为难。但曲之长处，在雅俗互陈，又熟谙元人方言，不必以藻缋为能也。词则曲中俗字，如“你我”“这厢”“那厢”之类，固不可用，即衬贴字，如“虽则是”“却原来”等，亦当舍去。而最难之处，在上三下四对句。如史邦卿《春雨》词云：“惊粉重、蝶宿西园，喜泥润、燕归南浦。”又：“临断岸、新绿生时，是落红、带愁流处。”此词中妙语也。汤临川《还魂》云：“他还有念老夫诗句男儿，俺则有学母氏画眉娇女。”又：“没乱里春情难遣，蓦忽地怀人幽怨。”亦曲中佳处，然不可入词。由是类推，可以隅反，不仅在词藻之雅俗而已。宋词中尽有俚鄙者，亟宜力避。

小令、中调、长调之目，始自《草堂诗余》，后人因之，顾亦略云尔。《词综》所云“以臆见分之，后遂相沿，殊属牵强”者也。钱塘毛氏云：“五十八字以内为小令，五十九字至九十字为中调，九十一字以外为长调，古人定例也。”此亦就《草堂》所分而拘执之。所谓定例，有何依据？若以少一字为短，多一字为长，必无是理。如《七娘子》有五十八字者，有六十字者，将为小令乎？抑中调乎？如《雪狮儿》有八十九字者，有九十二字者，将为中调乎？抑长调乎？此皆妄为分析，无当于词学也。况《草堂》旧刻，止有分类，并无小令、中调、长调之名。至嘉靖间，上海顾从敬刻《类编草堂诗余》四卷，始有小令、中调、长调之目，是为别本之始。何良俊序称“从敬家藏宋刻，较世所行本多七十余调”，明系依托。自此本行而旧本遂微，于是小令、中调、长调之分，至牢不可破矣。

词中调同名异，如《木兰花》与《玉楼春》，唐人已有之，至宋人则多取词中辞语名篇，强标新目。如《贺新郎》为《乳燕飞》，《念奴娇》为《酹江月》，《水龙吟》为《小楼连苑》之类。此由文人好奇，争相巧饰，而于词之美恶无与焉。又有调异名同者，如《长相思》《浣溪沙》《浪淘沙》，皆有长调。此或清真提举大晟时所改易者，故周集中皆有之。此等词牌，作时须依四声，不可自改声韵。缘舍此以外别无他词可证也，又如《江月晃重山》《江城梅花引》《四犯剪梅花》类，盖割裂牌名为之，此法南曲中最多。凡作此等曲，皆一时名手游戏及之，或取声律之美，或取节拍之和，如《巫山十二峰》《九回肠》之目，歌时最为耐听故也。词则万不能造新名，仅可墨守成格。何也？曲之板式，今尚完备，苟能遍歌旧曲，不难自集新声。词则节拍既亡，字谱零落，强分高下，等诸面墙，间释工尺，亦同向壁。集曲之法，首严腔格，亡佚若斯，万难整理。此其一也。六宫十一调，所隶诸曲，管色既明，部署亦审，各宫互犯，确有成法。词则分配宫调，颇有出入，管色高低，万难悬揣。而欲汇集美名，别创新格，既非惑世，亦类欺人。此其二也。至于明清作者，辄喜自度腔，几欲上追白石、梦窗，真是不知妄作。又如许宝善、谢淮辈，取古今名调，一一被诸管弦，以南北曲之音拍，强诬古人，更不可为典要。学者慎勿惑之。

沈伯时《乐府指迷》云："音律欲其协，不协，则成长短之诗。下字欲其雅，不雅，则近乎缠令之体。用字不可太露，露则直突而无深长之味。发意不可太高，高则狂怪而失柔婉之意。"此四语为词学之指南，各宜深思也。夫协律之道，今不可知。但据古人成作，而勿越其规范，则谱法虽逸，而字格尚存，揆诸按谱之方，亦云弗畔。若夫缠令之体，本于乐府相和之歌，沿至元初，其法已绝，惟董词所载，犹存此名。清代《大成谱》，备录董词，而于缠令格调，亦未深考。亡佚既久，可以不论。至用字发意，要归蕴藉。露则意不称辞，高则辞不达意。二者交讥，非作家之极轨也。故作词能以清真为归，斯用字发意，皆有法度矣。

咏物之作，最要在寄托。所谓寄托者，盖借物言志，以抒其忠爱绸缪之旨。《三百篇》之比兴，《离骚》之香草美人，皆此意也。沈伯时云："咏物须时时提调，觉不分晓，须用一两件事印证方可，如清真咏梨花《水龙吟》，第三第四句，须用'樊川''灵关'事；又'深闭门'及'一枝带雨'事。觉后段太宽，又用'玉容'事，方表得梨花。若全篇只说花之白，则是凡白花皆可用，如何见得是梨花？"（见《乐府指迷》）案，伯时此说，仅就运典言之，尚非赋物之极则。且其弊必至探索隐僻，满纸谰言，岂词家之正法哉？惟有寄托，则辞无泛设，而作者之意，自

见诸言外。朝市身世之荣枯，且于是乎觇之焉。如碧山咏蝉《齐天乐》，“宫魂”“余恨”，点出命意。“乍咽凉柯，还移暗叶”，慨播迁之苦。“西窗”三句，伤敌骑暂退，燕安如故。“镜暗妆残，为谁娇鬓尚如许”二语，言国土残破，而修容饰貌，侧媚依然。衰世君主，全无心肝，千古一辙也。“铜仙”三句，言宗器重宝，均被迁夺，泽不下逮也。“病翼”三句，更痛哭流涕，大声疾呼，言海岛栖迟，断不能久也。“余音”三句，遗臣孤愤，哀怨难论也。“漫想”二句，责诸臣苟且偷安，视若全盛也。如此立意，词境方高。顾通首皆赋蝉，初未逸出题目范围，使直陈时政，又非词家口吻。其他赋白莲之《水龙吟》，赋绿阴之《琐窗寒》，皆有所托，非泛泛咏物也。会得此意，则“绿芜台城”之路，“斜阳烟柳”之思，感事措辞，自然超卓矣。（碧山此词，张皋文、周止庵辈皆有论议余本端木子畴说诠释之，较为确切。他如白石《暗香》《疏影》二首，亦寄时事，惟语意隐晦，仅“江国，正寂寂。叹寄与路遥，夜雪初积”数语，略明显耳，故不具论。）

沈伯时云：“前辈好词甚多，往往不协律腔，所以无人唱。如秦楼楚馆所歌之词，多是教坊乐工及闹井做赚人所作，只缘音律不差，故多唱之。求其下语用字，全不可读。甚至咏月却说雨，咏春却说秋。”（《乐府指迷》）余案此论出于宋末，已有不协腔律之词，何况去伯时数百年，词学衰熄如今日乎？紫霞论词，颇严协律。然协律之法，初未明示也。近二十年中，如沤尹、夔笙辈，辄取宋人旧作，校定四声，通体不改易一音。如《长亭怨》依白石四声，《瑞龙吟》依清真四声，《莺啼序》依梦窗四声，盖声律之法无存，制谱之道难索。万不得已，宁守定宋词旧式，不致偭越规矩。顾其法益密，而其境益苦矣。（余案，定四声之法，实始于蒋鹿潭。其《水云楼词》，如《霓裳中序第一》《寿楼春》等，皆谨守白石、梅溪定格，已开朱、况之先路矣。）余谓小词如《点绛唇》《卜算子》类，凡在六十字下者，四声尽可不拘。一则古人成作，彼此不符；二则南曲引子，多用小令，上去出入，亦可按歌，固无须斤斤于此。若夫长调，则宋时诸家往往遵守。吾人操管，自当确从，虽难付管丝，而典型具在，亦告朔饩羊之意。由此言之，明人之自度腔，实不知妄作，吾更不屑辨焉。

杨守斋《作词五要》第四云：“要随律押韵，如越调《水龙吟》、商调《二郎神》，皆合用平入声韵，古词俱押去声，所以转折怪异，成不祥之音。昧律者反称赏之，真可解颐而启齿也。”守斋名缵，周草窗《蘋洲渔笛谱》中所称紫霞翁者即是。尝与草窗论五凡工尺义理之妙，未按管色，早知其误。草窗之词，皆就而订正之。玉田亦称其持律甚严，一字不苟作，观其所论可见矣。戈顺卿又从其言推广之，于学词者颇多获益。其言曰：“词之用韵，平仄两途。而有可以押平韵，又可以押仄韵者，正自不少。其所谓仄，乃入声也。如越调又有《霜天晓角》《庆春宫》，商调又有《忆秦娥》，其余则双调之《庆佳节》，高平调之《江城子》，中吕宫之《柳梢青》，仙吕宫之《望梅花》《声声慢》，大石调之《看花回》《两同心》，小石调之《南歌子》，用仄韵者，皆宜入声。《满江红》有入南吕宫，有入仙吕宫。入南吕宫者，即白石所改平韵之体，而要其本用入声，故可改也。

外此又有用仄韵，而必须入声者，则如越调之《丹凤吟》《大酺》，越调犯正宫之《兰陵王》，商调之《凤凰阁》《三部乐》《霓裳中序第一》《应天长慢》《西湖月》《解连环》，黄钟宫之《侍香金童》《曲江秋》，黄钟商之《琵琶仙》，双调之《雨霖铃》，仙吕宫之《好事近》《蕙兰芳引》《六幺令》《暗香》《疏影》，仙吕犯商调之《凄凉犯》，正平调近之《淡黄柳》，无射宫之《惜红衣》，正宫、中吕宫之《尾犯》，中吕商之《白苎》，夹钟羽之《玉京秋》，林钟商之《一寸金》，南吕商之《浪淘沙慢》，此皆宜用入声韵者，勿概之曰仄而用上去也。其用上去之调，自是通叶，而亦稍有差别。如黄钟商之《秋宵吟》，林钟商之《清商怨》，无射商之《鱼游春水》，宜单押上声。仙吕调之《玉楼春》，中吕调之《菊花新》，双调之《翠楼吟》，宜单押去声。复有一调中必须押上、必须押去之处，有起韵结韵，互皆押上、宜皆押去之处，不能一一胪列。”（《词林正韵·发凡》）顺卿此论，可云发前人所未发，

应与紫霞翁之言相发明。作者细加考核，随律押韵，更随调择韵，则无转折怪异之病矣。

择题最难，作者当先作词，然后作题。除咏物、赠送、登览外，必须一一细讨，而以妍雅出之。又不可用四六语（间用偶语亦不妨），要字字秀冶，别具神韵方妙。至如有感、即事、漫兴、早春、初夏、新秋、初冬等类，皆选家改易旧题，别标一二字为识，非原本如是也。《草堂诗余》诸题，皆坊人改易，切不可从。学者作题，应从石帚、草窗。石帚题如《鹧鸪天》“予与张平甫自南昌同游”云云，《浣溪沙》“予女须家沔之山阳”云云，《霓裳中序第一》“丙午岁留长沙”云云，《庆宫春》“绍熙辛亥除夕，予别石湖”云云，《齐天乐》“丙辰岁与张功甫会饮张达可之堂”云云，《一萼红》“丙午人日予客长沙别驾之观政堂”云云，《念奴娇》“予客武陵，湖北宪治在焉”云云，草窗题如《渡江云》“丁卯岁未除三日”云云，《采绿吟》“甲子夏霞翁会吟社诸友”云云，《曲游春》“禁烟湖上薄游”云云，《长亭怨》“岁丙午丁未，先君子监州太末”云云，《瑞鹤仙》“寄闲结吟台”云云，《齐天乐》“丁卯七月既望”云云，《乳燕飞》“辛未首夏以书舫载客”云云，叙事写景，俱极生动，而语语研炼，如读《水经注》，如读柳州游记，方是妙题，且又得词中之意。抚时感事，如与古人晤对。（清真、梦窗，词题至简，平生事实，无从讨索，亦词家憾事。）而平生行谊，即可由此考见焉。若通本皆书感、漫兴，成何题目？意之曲者词贵直，事之顺者语宜逆，此词家一定之理。千古佳词，要在使人可解。尝有意极精深，词涉隐晦，翻绎数过，而不得其意之所在者，此等词在作者固有深意，然不能日叩玄亭问此盈篇奇字也。近人喜学梦窗，往往不得其精，而语意反觉晦涩。此病甚多，学者宜留意。

“词”的存在问题

郑振铎

词是什么？从前名之曰“诗余”，曰“长短句”，而今日则皆知其为“诗”的一支；其和五七言诗的区别，正像唐代律诗之和汉、魏古诗或周、秦四言诗的区别，毫无二致。

所以当胡适之提倡诗的解放的时代，是连词也被解放在内的。不料事隔多年，竟又有什么可笑的“词的解放”运动产生！

根本上不明了什么是词，什么是诗，还恋恋着“词牌”的空壳子，而仅仅装上了俳优式的调笑语，而公然亦名之曰“解放”，我真将为“解放”二字一痛哭。

词是可歌唱的诗。但当词不复能够歌唱的时候，词体便已只剩下一个空壳子了，它失掉它的生存的意义，失掉它的在文坛上重要的地位，只是苟延残喘，被若干迷古的文人学士们所追摹着而已。

五代、宋词是活的，明、清词便只是伪拟古主义的产物。所以任凭是敦厚的刘基，是生龙活虎的陈卧子，是渊博的陈维崧、朱彝尊，是清隽的纳兰成德，都是不能当行出色的。王国维论词，颇多特见；他对于自己的词也大有自负之意。然而他的《人间词》，在实际上只不过是李后主的舆台而已；也许学得有几分像，然而终于是赝鼎。

明白的人知道要走上别一条路才可生存。故元人向北曲走去，明人向南曲走去，明末人便也竞写着《挂枝儿》《银纽丝》《罗江怨》《吴歌》，而不再作什么《水龙吟》《玉楼春》。同是“长短句”，为什么不

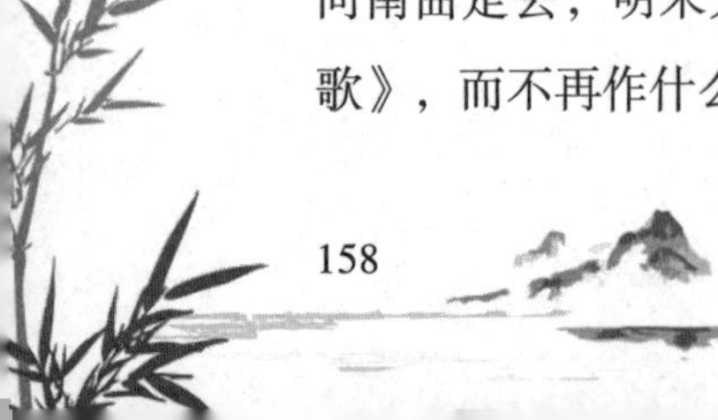

“填”可歌唱的活的歌曲而要“填”什么已死僵了的“词牌”呢？用过倍的精力，然而所得的却是空虚！天下吃力不讨好的事，孰有过于此者。

所以“词”固不必“填”，而词的“解放”则尤为多事。除了怜恤其无知以外，别无他话可说。

如果有人要写些新的“长短句”来自己唱唱的话，其应当走的路，只有两条：

（一）是自度曲，即他为一个制曲家，会自己作谱，创造若干新的歌曲出来；

（二）是采用了民间的歌曲或西洋歌的曲谱来做切切实实的“填”的工作。

这是活泼泼的有趣的事业，有志的人为什么不一试身手呢？前途的伟大，谁都看得出。今日歌坛是那么寂寞，可唱的歌是那么少！中学、小学的唱歌集有几本是拿在手里有些分量的！

正是才子文人们最好的一个创造新体歌曲的时代！白居易、韦庄、刘禹锡、李后主的出现，是不会在别一个时期的，而关汉卿、马致远、张小山、乔梦符的产生，也正在像这样的一个青黄不接的时代！

走新的路，不要再徘徊瞻顾！向后走是一条死胡同，走不过去的。

活人要听活的歌曲，做了曲或打了谱，立刻便可在无数活人的口中歌唱出来，这是如何愉快的事呢。王伯良《曲律》尽力鼓吹着作南曲，也为的是听自己的歌被歌唱出来，其感动之情是言之不能尽的。

数十年来，词运总算是亨通的；四印斋、双照楼、强村所刊的丛书，其精备是明、清人所未尝梦见的。为了他们的提倡，今日得其余沥的，也还足以“拥皋比”而作“大学教授”。因此便梦想着一个：词学昌明的时代的到来。在猖狂地鼓吹着青年们的作词；尽管不通，他们会改得清顺的。即使完全不会作，也可以有人会代作，或马马糊糊混过去的。故大学之所谓“词”的讲座，几乎完全消磨在“词”的作法之中。

这不是把不正确的迷古的毒素向青年们输送么？由这种“词学家”包办了词的讲授，新歌曲还会有出现的时候么？

“词”的讲座，自然该设立，“词”也不是不该研究。却单单不是为了昌明词道。这是大学主持者或教授们所该明白的。现在，对于古文学乃是一个总结账的时代。我们研究，我们讲授，都没有反对的理由。我们用较新的眼光来研究旧文学，这是必要的。如果要借讲授之便而散布毒素，而迷恋乃至追摹古作甚至要强迫一般青年们同路走，那便非反对不可了。

扫除这一批为真正古文学研究者的障碍物的“传教者”们，为了新的文学发展上的必要。

新的大路是那么明显而坦荡的摆在那里！

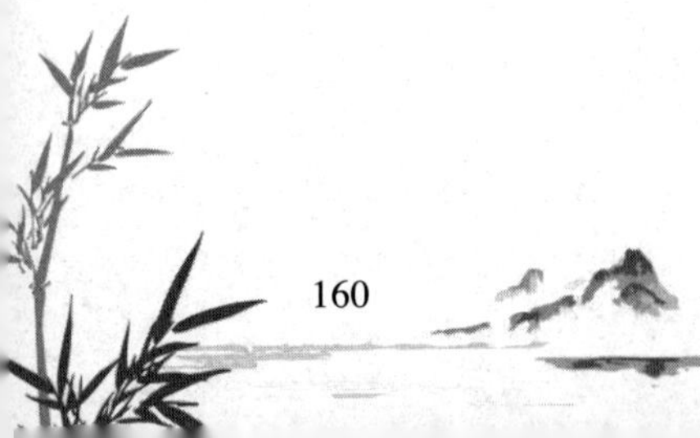

词曲的特性和两者的差别

龙榆生

词和曲都是先有了调子，再按它的节拍，配上歌词来唱的。它是和音乐曲调紧密结合的特种诗歌形式，都是沿着“由乐定词”的道路向前发展的。宋翔凤《乐府余论》讲过：“宋、元之间，词与曲一也，以文写之则为词，以声度之则为曲。”如果就它们的性质来说，这话原来不错。但是一般文学史上都把词和曲作为两种不同体裁的名称。宋词、元曲，在我国文学发展过程中，占着很重要的地位。它的名称的由来，是从乐府诗中的别名，逐渐扩展成为一种新兴文学形式的总名的。唐诗人元稹在他写的《乐府古题序》中，把乐府的发展分作两条道路。他说：

《诗》讫于周，《离骚》讫于楚。是后诗之流为二十四名：赋、颂、铭、赞、文、诔、箴、诗、行、咏、吟、题、怨、叹、章、篇、操、引、谣、讴、歌、曲、词、调，皆诗人六义之余，而作者之旨。由操而下八名，皆起于郊祭、军宾、吉凶、苦乐之际。在音声者，因声以度词，审调以节唱，句度长短之数，声韵平上之差，莫不由之准度。而又别其在琴瑟者为操、引，采民氓者为讴、谣，备曲度者总得谓之歌、曲、词、调。斯皆由乐以定词，非选调以配乐也。由诗而下九名，皆属事而作，虽题号不同，而悉谓之为诗可也。后之审乐者，往往采取其词，度为歌曲。盖选词以配乐，非由乐以定词也。

《元氏长庆集》卷二十三

这前一种就是先有了曲调，按照每一个调子的节奏填上歌词；后一种就是先有了歌词，音乐家拿来作谱。照道理讲，后者比较自由，应该可以大大发展，然而为什么反而把前者作为一个时代乐歌的主要形式，作者甘心受那些格律的束缚，甚至不惜牺牲内容来迁就它呢？仔细一想，这原因也很简单。《旧唐书·音乐志》上不是说过“自开元以来，歌者杂用胡夷里巷之曲”吗？我们检查一下崔令钦所写的《教坊记》，它所记载的开元教坊杂曲，就有三百多个调子，除极小部分是来自外国或宫廷创作外，都是从民间采来的。这些来自民间的调子，当然为广大人民所喜闻乐见，大家都唱熟了。应用这种在民间生了根的形式来表现作者所要表达的情感，自然容易被广大人民所接受而引起共鸣。

词和曲都是“倚声”而作。词所倚的“声”，大部分是“开元以来”的“胡夷里巷之曲”。这些曲调，虽然大多数出自民间的创作，它所用的音乐却已掺杂了不少外来成分。这由于魏、晋以来，直到隋朝的统一为止，中国的北部，长期经过少数民族的统治和杂居，把许多外来的乐器和曲调，不断地传了进来，与汉民族固有的东西逐渐融合，从而产生一种新音乐，也就是隋、唐间所称的燕乐。这种新音乐，由于国家的统一而普遍流行起来，民间艺人因而不断创作新的曲子，这就是“倚声填词”者的唯一来源。宋人郭茂倩《乐府诗集》中所标举的“近代曲辞”，表明了“倚声填词”由尝试而逐渐形成的关键。他说：

近代曲者，亦杂曲也。以其出于隋、唐之世，故曰近代曲也。隋自开皇初，文帝置七部乐：一曰《西凉伎》，二曰《清商伎》，三曰《高丽伎》，四曰《天竺伎》，五曰《安国伎》，六曰《龟兹伎》，七曰《文康伎》。至大业中，炀帝乃立《清乐》《西凉》《龟兹》《天竺》《康国》《疏勒》《安国》《高丽》《礼毕》，以为九部。乐器工衣，于是大备。唐武德初，因隋旧制，用九部乐。太宗增《高昌乐》，又造《燕乐》，而去《礼毕》曲。其著令者十部：一曰《燕乐》，二曰《清商》，三曰《西凉》，四曰《天竺》，五曰《高丽》，六曰《龟兹》，七曰《安国》，八曰《疏勒》，九曰《高昌》，十曰《康国》，而总谓之燕乐。声辞繁杂，不可胜纪。凡燕乐诸曲，始于武德、贞观，盛于开元、天宝。其著录者，

十四调，二百二十二曲；又有梨园别教院法歌乐十一曲，《云韶乐》二十曲。肃、代以降，亦有因造。僖、昭之乱，典礼亡缺。其所存者，概可见矣。

《乐府诗集》卷七十九

这些乐种，除《清商》部外，全是外来的。由于文化交流，经过长时期的消化作用，到了唐玄宗时，一种新的民族音乐，便如春花竞放，普遍在民间盛行起来了。看了上面所说“声辞繁杂”的话，这许多曲调原来不但有歌谱，而且是也有歌词的。是不是和后来一样，按着长短不齐的节奏去填上歌词，现在很难猜测；但这里面必定会有很多来自民间的作品，或者因为它不够“雅”，没有受到统治阶级的重视，所以很快就散失了。

在封建社会里，劳动人民是最富于创造性的，所谓“穷者欲达其言，劳者须歌其事”（庾信《哀江南赋序》），有了自己丰富的内容，自然会创造出自己的新形式。至于上层人物，往往落在后面，而又不甘心于放下自己的架子，偏要群众去迁就他，直到群众的力量发展到了不可抵抗的地步，而自己的东西却为群众所拒绝，才会回过头来，朝着群众的方向去跑。这样，凭他们的艺术修养，找到了正确方向，就能够在群众的基础上，不断提高。所以，在唐代新音乐兴起之后，与它相应发展的新体长短句歌词必须经过一个酝酿的过渡时期，这是毫不为怪的。

郭茂倩在“近代曲辞”中，列举了开元、天宝间流行的一些大曲，如《伊州》《梁州》《甘州》之类，每一段都配上当时诗人所写的五、七言诗，有的只是截取全篇中的四句，勉强凑合着来歌唱。例如《伊州歌》共有唱词十段，第三段就是用沈佺期《杂诗》的前半首：“闻道黄龙戍，频年不解兵。可怜闺里月，偏照汉家营。”（《乐府诗集》卷七十九）《水调歌》共有唱词十一段，第七段（入破第二）就是用的杜甫的一首七言绝句《赠花卿》：“锦城丝管日纷纷，半入江风半入云。此曲只应天上有，人间能得几回闻？”（《乐府诗集》卷七十九）也有摘取李峤《汾阴行》的结尾“山川满目泪沾衣，富贵荣华能几时？不见只今汾水上，唯有年年秋雁飞”（《碧鸡漫志》卷四），作为《水调歌》中一段歌词的。这些大曲，有的多到二十四段，如《凉州排遍》；有的十二遍，如《霓裳羽衣》。王灼曾经说：“后世就大曲制词者，类从简省。”（《碧鸡漫志》卷三）可见唐诗人对新体歌词的创作，远远落后于民间流行和教坊传习的新兴曲调；而那些整齐的诗句，是由乐工加上虚声，勉强凑着来合拍的。这种偷懒的过渡办法，可以看出士大夫的怠性和不甘适应群众的要求，从而延缓了长短句歌词的发展速度。这偷懒办法，却也有它的历史根源。据北宋音乐理论家沈括说：

诗之外又有和声，则所谓曲也。古乐府皆有声、有词，连属书之，如曰“贺贺贺”“何何何”之类，皆和声也。今管弦之中缠声，亦其遗法也。唐人乃以词填入曲中，不复用和声。此格虽云自王涯始，然贞元、元和之间（公元785—820年），为之者已多，亦有在涯之前者。又小曲有“咸阳沽酒宝钗空”之句，云是李白所制。然李白集中有《清平乐》词四首，独欠是诗。而《花间集》所载“咸阳沽酒宝钗空”，乃云是张泌所为，莫知孰是也。今声词相从，唯里巷间歌谣及《阳关》《捣练》之类，稍类旧俗。然唐人填曲，多咏其曲名，所以哀乐与声，尚相谐会。今人则不复知有声矣！哀声而歌乐词，乐声而歌怨词，故语虽切而不能感动人情，由声与意不相谐故也。

《梦溪笔谈》卷五《乐律一》

在这一大段话里面，有三点值得注意。第一，是在长短句歌词的新形式没有完成之前，所有配合曲调的歌词，是长期停留在借助虚声勉强凑合的过程中。我们只要去看看沈约《宋书》卷廿二《乐志四》所载汉鼓吹铙歌十八曲和今（刘宋）鼓吹铙歌词三曲，简直没法读通。这原因据沈约说：“今鼓吹铙歌词，乐人以音声相传，训诂不可复解。”又说：“汉鼓吹铙歌十八篇，按《古今乐录》，皆声、辞、艳相杂，不复可分。”由此可见，后来“倚声填词”的办法，虽然是束缚得很厉害，但也是出于不得已而用之，在乐歌史上是一个大大的进步。我们再查查《宋书》，还列举了缪袭写的魏鼓吹曲十二篇，傅玄写的晋鼓吹曲廿二篇，韦昭写的吴鼓吹曲十二篇，何承天私造的鼓吹铙歌十五篇，都是仿照汉鼓吹铙歌十八曲和一部分其他汉乐府

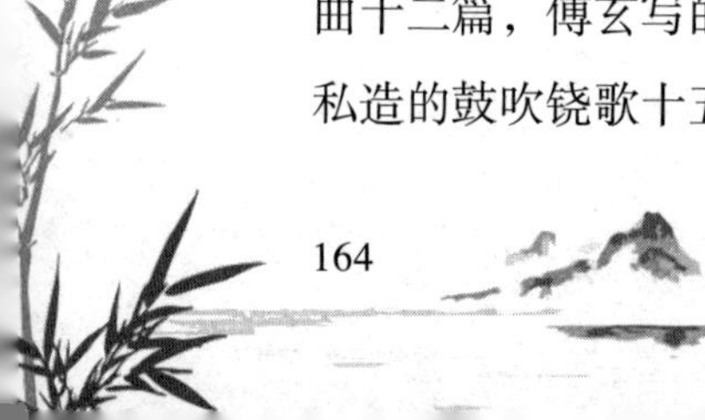

的调子来写的；魏武帝（曹操）、文帝（曹丕）、明帝（曹睿）所作的乐府诗，也都用了许多长短句子。这当然就是后来“倚声填词”的开端。

晋荀勖也曾发生下面这样的疑问：“魏氏歌诗，或二言，或三言，或四言，或五言，与古诗不类。”他去问司律中郎将（掌乐的官员）陈颀。颀对他说：“被之金石，未必皆当。”（《宋书》卷十九《乐志一》）从这话里，可以看出魏氏歌诗所以要用长短句，就是为了配合曲调的节奏，也只有曹操才敢尝试去创作。当然，这些创作没有经过相当长期的锻炼，就希望它能够“被之金石”而“皆当”，是很难做到的。但比起那些死板的一定要把整齐的、固定的四言或五言句子，勉强凑合着参差不齐的曲调，再加上一些有声无义的字眼去唱，弄得听者莫名其妙，写在书上，谁也读不通，是要进步得多了。一般文学史家，谈到词的起源问题，都不晓得在这些材料上着眼，是绝对不能得出正确结论来的。荀勖听了陈颀的话，却开起倒车来，他替晋王朝写的歌词，又全用四言句式。我疑心沈约所说“不可复解”的今鼓吹铙歌词三曲，即是用的汉鼓吹铙歌十八曲中的《上邪》《远如期》（原作《晚芝田》，此据注语）、《艾如张》三个调子，如果不是用的整齐句式，给乐工加了许多虚声，注上字眼，那怎么会连同时的沈约都读不下去呢？

现在流传下来的汉、魏、六朝乐府诗，大多数是民间的作品，就有了不少长短句式。在吴歌小曲中，三言搭五言的形式，更是多得很。可见劳动人民素来就是敢想、敢做而富于创造性的。单就这种“倚声填词”的办法来讲，民间早就有了，而且曹操也都跟着尝试过了。可是直到开元、天宝间，经过五百多年的漫长岁月，所有不断从少数民族输入和民间创作的曲调，不知积累了多少财富，而诗人们还是那样保守，还是不肯接受“胡夷里巷之曲”去“倚声填词”，从而延缓了长短句歌词的发展，这是十分可惜的。

由于齐、梁以来的声律论，把平、上、去、入四声应用到文学形式上来，积累了几百年的经验，形成了唐人的五、七言近体诗。这种近体律、绝诗，本身就有它的铿锵抑扬的节奏感，音乐性非常浓厚。如果不是形式过于方板，拿来配合曲调，是最适宜不过的。沈约早就说过：“五色相宣，八音协畅，由乎玄黄律吕，各适物宜。欲使宫羽相变，低昂互节，若前有浮声，则后须切响。一简之内，音韵尽殊；两句之中，轻重悉异。”（《宋书》卷六十七《谢灵运传论》）唐人近体诗，就是运用这些原则建立起来的。而这些原则，应用到配合管弦的歌词上来，就可以解决许多问题，而使之吻合无间。我们看了唐人许多大曲，都是借用诗人的近体律、绝诗作为歌词，这消息是可以推测得到的。

一般所说的“词”，原来也就是沿着魏、晋以来乐府诗的道路，向前发展的。不过它所倚的“声”——也就是它所用的调子，一般都出于隋、唐以来的燕乐杂曲：有教坊乐工和专家们的创作，如《安公子》为隋炀帝时乐工王令言的儿子所写，《雨霖铃》为唐明皇入蜀时悼念杨妃的创调；也有更早一些时候流传下来的，如《后庭花》出于陈后主（叔宝）宫廷，《兰陵王》出于北齐兰陵王高长恭的部队，但大部分却是民间的作品。我们看了敦煌发现的唐人写本《云谣集杂曲子》和其他小曲，就有长到八十四字的《凤归云》，七十七字的《洞仙歌》，这些都可证明，民间不仅不断地创作了许多新声曲调，同时也就有了他们自己的长短句歌词。群众的创造性，是会不断产生新东西的。即使世传李白写的《菩萨蛮》《忆秦娥》或《清平乐令》不是后人伪造的，但看许多大诗人，自李白以下到韦应物、戴叔伦、王建、白居易、刘禹锡等，他们尝试填的词，也都是一些短短的小令，可见封建社会的士大夫阶级，总是落后于群众的。再看敦煌发现的琵琶谱，它所保存的《倾杯》《西江月》等曲调，有的注上“慢曲子”或“急曲子”，又可证明慢词创自柳永的说法（宋翔凤《乐府馀论》），是毫无根据的。虽然北宋末年的叶梦得曾经说“教坊乐工，每得新腔，必求永为辞，始行于世”（《避暑录话》卷三），只可说明词所依的“声”，到了宋教坊，又有了不少新创的调子，可供作者填词使用。这些新声，直到南宋时代，民间还在不断创作，一面和过去流传下来的混合起来，在民间普遍演唱。我们且看《刘知远诸宫调》所用的词牌，就有《回戈乐》《应天长缠令》《甘草子》《六幺令》《胜葫芦》《瑶台月》《墙头花》《文序子》《枕屏儿》《定风

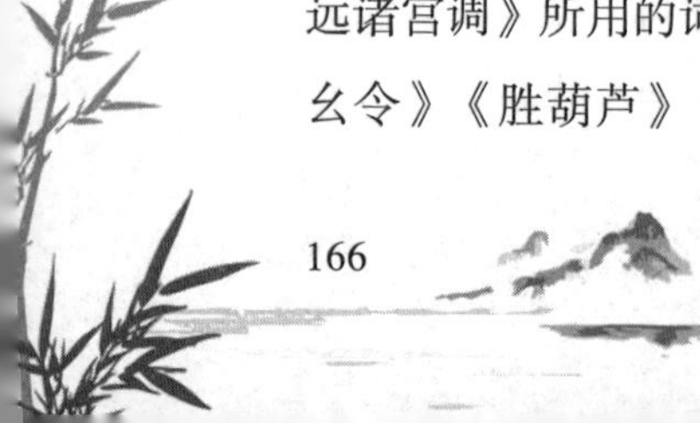

波》《抛球乐》《锦缠道》《愿成双》《安公子缠令》《柳青娘》《酥枣儿》《女冠子》《应天长》《快活年》《玉抱肚》《耍孩儿》《牧羊关》《醉落托》《双声叠韵》《麻婆子》《沁园春》《贺新郎》《解红》《木笪绥》《哨遍》《耍三台》《出队子》《拂霓裳》《永遇乐》《乔牌儿》《一枝花》《绣带儿》《恋香衾》《相思会》《苏幕遮》《恋香衾缠令》《整花冠》《绣裙儿》《红罗袄》《玉翼蝉》《一斛义》《踏阵马》《伊州令》《整乾坤》等四十九个曲子，而且注明宫调；除《耍孩儿》《一枝花》等少数为后来北曲所常用外，几乎都是唐、五代、北宋人所常用的词牌。照这些在当时人民口里还活着的牌子曲来填的歌词，一般都把它划在词的范围内。但是我们把《刘知远诸宫调》内所有歌词，拿来和同一牌子的专家作品比较一下，它的句式长短和平仄四声的使用，都有很大出入。当然民间艺人不会像专家们一样具有深厚的文学修养，也不会死守那些清规戒律；但也可以看出这些曲调还活在人民口里的时候，是比较活泼自由的，经过文人不断加工，反而使它僵化了。

话虽如此，四声平仄的安排，在节奏上仍能发挥极大的作用。近体诗演化为词，词又演化为曲，既然都是照各个牌子的格式去填，要唱的人把字咬得准，而又不至于拗嗓，对一定的规矩，却是同样得遵守的。再看《永乐大典》卷一万三千九百九十一所载三种戏文，也多是用许多词牌连缀起来，歌唱一桩故事的。看它所用的《满庭芳》《破阵子》等词牌，却又和一般词家的规矩，没有多大出入；不过单就古杭书会所编的《小孙屠》一剧来看，中间忽然用几支北曲《一枝花》《雁儿落》《得胜令》，忽然又用一支南曲《风入松》，像这样错综复杂的关系，一时很不容易搞得清楚。但一般的平仄安排，却是相当讲究的。

词所依的曲调，发展到了南宋，渐渐僵化了。但在福建泉州所传《南词四十四套》中，还保存着吴文英等所常用的《秋思耗》《双姝媚》两个调子的歌词和节拍，可见词乐直到现在，有的还活在某些地方的古老剧种中，这是值得研究民族音乐的专家们好好去发掘、探讨的。

北宋首都汴梁，为新声创作的总汇。它一方面接受了隋、唐以来的音乐遗产，一方面又不断产生新的歌曲，这样促成词的发展，逐渐到了登峰造极的地步。靖康（钦宗年号）之难，开封残破已极，所有教坊乐谱和伎人都流散了。虽然有一部分转到临安（南宋首都杭州），促进了南宋词的发展，也有不少文人如姜夔、张枢等，另外搞一套自度腔，缀上音谱，给家伎们肄习，但已到了奄奄一息的地步。于是，词在声乐上的地位，就逐渐由南北曲取而代之了。

北宋初期，契丹族和党项族先后在东北和西北建立的辽和西夏王朝与宋王朝一直站在对立的地位。后来女真族（金）和蒙古族递占中国北部。由于长期的民族矛盾，汉民族的固有文化，在向北交流上受到了阻碍，于是北方的民间艺人又不断创作新的歌曲。这一部分新声，又和唐末、五代原来流传在北方的旧曲结合起来，加以灵活运用，就构成了北曲系统。南宋词的余波和温州一带的地方戏结合起来，又构成南曲系统。我们知道，北宋以前唱词的伴奏乐器属弦索类，以琵琶为主；南宋唱词的伴奏乐器则以管色为主。由于伴奏乐器的不同，所以声情有缓急，文字有疏密。后来演为诸宫调和戏文，大概也都沿着这两条道路发展。例如上面所举的《刘知远诸宫调》和金人董解元的《西厢记》，虽然所用的牌子，同样多是北宋以前旧曲，可是句式有变化，平仄更多出入。这正由于它用弦索伴奏，所以自由活动的余地也就跟着增多。由北宋词乐转化为北曲，由南宋词乐推进为南曲，这线索还是可以找得出来的。明人王世贞曾谈到南北曲的差别：

北主劲切雄丽，南主清峭柔远。北字多而调促，促处见筋；南字少而调缓，缓处见眼。北辞情少而声情多，南声情少而辞情多。北力在弦，南力在板。北宜和歌，南宜独奏。北气易粗，南气易弱。

王骥德《曲律》卷一（总论南北曲）引

这是从音乐性上去分别。同时还有北曲作家康海，也有类似的说法：

南词主激越，其变也为流丽；北曲主慷慨，其变也为朴实。惟朴实，故声有矩度而难借；惟流丽，故唱得婉转而易调。

《沜东乐府》序

这也是就曲调的风格上来分的。一般所谓“曲”的范围，也就是根据它所运用的曲牌来定的。要搞清楚这些曲牌的由来和规矩，必得检查李玄玉的《一笠庵北调广正谱》和沈自晋的《广辑词隐先生增定南九宫词谱》，或者清王朝所辑的《九宫大成曲谱》。这里面有许多沿袭词牌旧名，而面貌全非的；也有借用单调小令如《点绛唇》之类，而韵位略有变化的，都存在着某些不容割断的历史关系。

在歌词形式上，词和曲的差别：前者的押韵，是上、去二部同用，平声部和入声部各自单独作用；北曲没有入声，其余三声互叶；南曲有入声，而其他三声亦平仄互叶。这些都是显然不同之处。虽然平仄互叶，在词里业已开端，尤其是民间流行的词牌，不但四声通叶，而且句式也可以自由伸缩，仿佛曲里经常使用的衬字。

宋代之民族词人

龙榆生

自金兵南侵，二帝北狩，汴京歌舞，散为云烟，大晟遗声，同归歇绝；而一时富于民族思想之士，愤“金瓯”之乍缺，伤“左衽”之堪羞，莫不慷慨激昂，各抱收复失地之雄心，藉抒“直捣黄龙”之蓄念；而高宗误信谗佞，不惜靦颜事仇，逼处临安，以度其“小朝廷”生活；坐令士气消阻，一蹶而不可复兴。志士仁人，内蔽于国贼，外迫于强寇，满腔忠愤，无所发抒；于是乃藉“横放杰出”之歌词，以一泄其抑塞磊落不平之气，悲歌当哭，郁勃苍凉。自南渡以迄于宋亡，此一系之作者。绵绵不绝；此词体解放后之产物，为民族生色不少也。

南渡初期作家，如张元幹（字仲宗，长乐人）、张孝祥（字安国，历阳乌江人）、韩元吉（字无咎，许昌人）、辛弃疾（字幼安，号稼轩，历城人）、陆游、陈亮（字同甫，婺州永康人）、刘过（字改之，号龙洲道人，吉州太和人）之伦，并有关怀家国，表现民族精神之作品，而辛弃疾为之魁。其在当时名将，则岳飞（字鹏举，相州汤阴人）之《满江红》一阕，最为世所传诵，亦稼轩一派之先声也。其词如下：

怒发冲冠，凭阑处，潇潇雨歇。抬望眼、仰天长啸，壮怀激烈。三十功名尘与土，八千里路云和月。莫等闲，白了少年头，空悲切。

靖康耻，犹未雪。臣子憾，何时灭？驾长车踏破，贺兰山缺。壮志饥餐胡虏肉，笑谈渴饮匈奴血。待从头、收拾旧山河，朝天阙。

弃疾年二十三，决策南向，屡官至湖南安抚使，炼飞虎营，慨然以

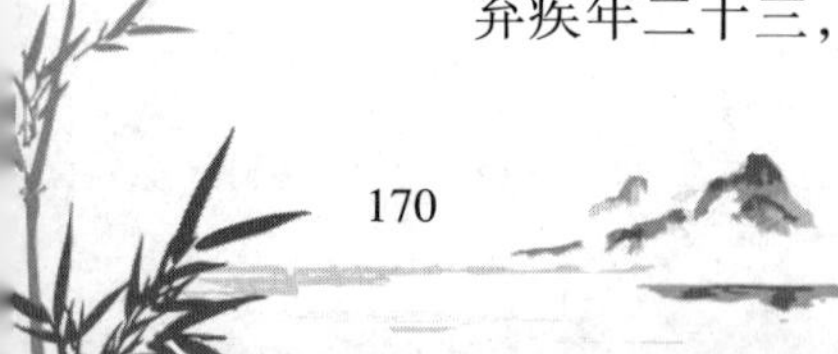

恢复中原为己任（事详《宋史》本传）；性豪爽，尚气节，识拔英俊。既阻于邪议，志不克伸，乃一发之于词。刘辰翁称其“横竖烂漫，乃如禅宗棒喝，头头皆是；又如悲笳万鼓”。又谓：“斯人北来，喑呜鸷悍，欲何为者？而谗摈销沮，白发横生，亦如刘越石陷绝失望，花时中酒，托之陶写，淋漓慷慨，此意何可复道？”（《须溪集·稼轩词序》）稼轩词之精神所寄，即在其悲壮襟怀，充分表现于长短句中。刘克庄称：“公所作大声镗鞳，小声铿鍧，横绝六合，扫空万古。”（《后村诗话》）其晚年退居江西之作，虽力求闲淡，且以“明白如话”出之；而“老骥伏枥，壮心未已”，一种郁勃苍莽之气，犹跃然楮墨间。其代表作如《摸鱼儿》“淳熙己亥，自湖北漕移湖南，同官王正之置酒小山亭为赋”：

更能消、几番风雨？匆匆春又归去！惜春长怕花开早，何况落红无数？春且住！见说道、天涯芳草无归路。怨春不语。算只有殷勤，画帘蛛网，尽日惹飞絮。

长门事，准拟佳期又误！蛾眉曾有人妒。千金纵买相如赋，脉脉此情谁诉！君莫舞，君不见、玉环飞燕皆尘土。闲愁最苦。休去倚危阑，斜阳正在，烟柳断肠处！

张元幹以送胡邦衡（铨）、李伯纪（纲）词获罪。其送胡《贺新郎》，有“梦绕神州路，怅秋风连营鼓角，故宫离黍，底事昆仑倾砥柱？九地黄流乱注，聚万落千村狐兔”之语；其感时忧国之怀抱，可于弦外得之。

张孝祥词骏发踔厉，寓以诗人句法。其在建康留守席上所赋《六州歌头》一曲，尤为慷慨激昂；今日读之，尚有馀痛。迻录如下：

长淮望断，关塞莽然平。征尘暗，霜风劲，悄边声，黯销凝。追想当年事，殆天数，非人力，洙泗上，弦歌地，亦膻腥。隔水毡乡，落日牛羊下，区脱纵横。看名王宵猎，骑火一川明，笳鼓悲鸣，遣人惊。

念腰间箭，匣中剑，空埃蠹，竟何成？时易失，心徒壮，岁将零。渺神京，干羽方怀远，静烽燧，且休兵。冠盖使，纷驰骛，若为情。闻道中原遗老，常南望翠葆霓旌。使行人到此，忠愤气填膺，有泪如倾。

韩元吉、陈亮、刘过并与稼轩交游，引为同调；词格虽远不逮辛氏，要亦具有壮烈怀抱者也。陆游号称“爱国诗人”，间作小词，声情激壮。例如《夜游宫》：

雪晓清笳乱起，梦游处，不知何地？铁骑无声望似水。想关河，雁门西，青海际。

睡觉寒灯里，漏声断，月斜窗纸。自许封侯在万里。有谁知？鬓虽残，心未死。

南宋偏安既久，故老凋零，悲壮之音，渐见销歇。逮乎末季，复有刘克庄（字潜夫，号后村，莆田人）、刘辰翁（字会孟，庐陵人）二大家，皆醉心于稼轩者。克庄词于豪迈中具有家国之感，足予销沉放任之士习以极大教训。例如《玉楼春》“戏林推”：

年年跃马长安市，客舍似家家似寄。青钱换酒日无何，红烛呼卢宵不寐。

易挑锦妇机中字，难得玉人心下事。男儿西北有神州，莫滴水西桥畔泪。

辰翁身经亡国之痛，寄其悲愤于“倚声”。其《摸鱼儿》“酒边留同年徐云屋”词，有“东风似旧，问前度桃花，刘郎能记，花复认郎否？”之句；湖山易主，血泪同流；视稼轩之“烟柳斜阳”，同其哀怨。近人况周颐谓：“《须溪词》多真率语，满心而发，不假追琢，有掉臂游行之乐。其词笔多用中锋，风格遒上，略与稼轩旗鼓相当。”（《餐樱庑词话》）辛、刘词格略同，特刘多亡国哀思之音耳。

南宋民族词人，除上述诸家外，如朱敦儒（字希真，洛阳人）《相见欢》之“中原乱，簪缨散，几时收？试倩悲风吹泪过扬州”；刘仙伦（字叔儗，庐陵人）《念奴娇》之“勿谓时平无事也，便以言兵为讳，眼底关河，楼头鼓角，都是英雄泪”；陈经国（潮州人）《沁园春》之“平戎策就，虎豹当关，渠自无谋，事犹可做，更剔残灯抽剑看”；方岳（字巨山，号秋崖，祁门人）《水调歌头》之“莫倚阑干北，天际是神州”；李演（字广翁，号秋堂）《贺新郎》之“落落东南墙一角，谁护河

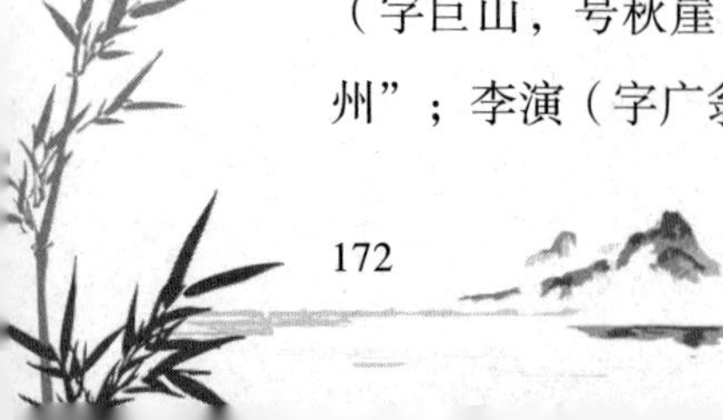

山万里？”（以上参考陈廷焯《白雨斋词话》）文天祥（字宋瑞，号文山，吉安人）《大江东去》之“铜雀春情，金人秋泪，此恨凭谁雪？”凡兹所列，无不悲愤苍凉，饶有激壮之音，足见人心未死。此在词家为“别派”，而生气凛然；谁谓词体脱离音乐，即失其活动性哉？

慢曲盛行和柳永在歌词发展史上的地位

龙榆生

歌曲有急有慢，是跟着情感而变化的。在敦煌发现的唐写本琵琶谱中，标明急曲子的有《胡相问》一曲，标明慢曲子的有《西江月》《心事子》二曲，标明慢曲子和急曲子交互使用的有《倾杯乐》《伊州》二套。大概《倾杯乐》和《伊州》属于成套的大曲，所以一段慢调，一段急调，更番演唱。但《伊州》只急、慢各一段，似乎不是全套。据白居易《霓裳羽衣歌》的自注："凡曲将毕，皆声拍促速；唯《霓裳》之末，长引一声也。"那末，整套大曲，都以前慢后急为准。至于一般杂曲，似乎急就是急，慢就是慢。《宋史》卷一百四十二《乐志十七》说，乾兴（公元1022年）以来，教坊所用的"急、慢诸曲几千数"。又说："民间作新声者甚众，而教坊不用。"这可看到北宋时代，由于晚唐、五代以来的混乱局面一旦得到统一，人民有了休养生息的机会，经济日趋繁荣，促进了歌曲的发展。加上北宋初期，有了教坊的设置，又陆续从荆南、西川、江南、太原等割据王朝，取得了二三百名技艺很高的乐工，集中于首都所在地（今河南开封）的教坊里（见《宋史·乐志十七》）。他们的任务是"因旧曲造新声"，在唐代燕乐杂曲的基础上，进一步有所创作。这样与民间创作歌曲交互影响，开辟了宋词发展的广大园地。直到北宋末期，一般官伎和"瓦子"（歌伎所住的地方）里的歌女们，对令、慢曲和诸宫调各有专业。晏几道描写她们唱令词时的情态："小令尊前见玉箫，银灯一曲太妖娆。"（《鹧鸪天》）这是北宋盛时的情况。再看北宋末期，如《水浒

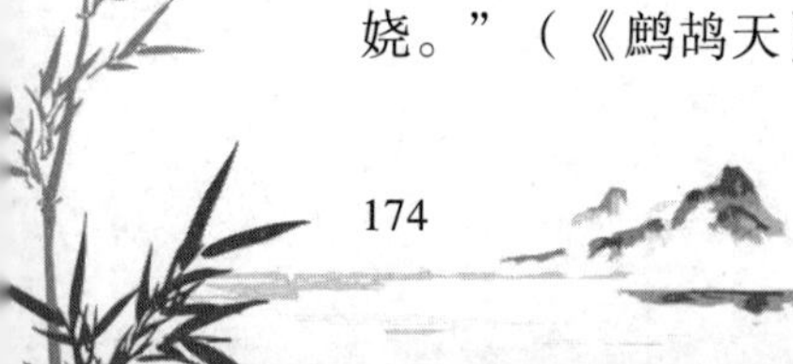

传》中所提到的，就有阎婆惜会唱诸般耍令（第廿回），张惜惜会唱慢曲儿（第廿四回）、蒋门神在孟州新娶的那个人会唱说诸般宫调（第廿九回）。这可见慢曲到了北宋，是怎样的盛行。卖唱的歌女们只要学熟一行，就会被人们注目的。这风气一直传到元朝，歌女中以唱慢词著名的就有解语花、小娥秀、王玉梅、李芝仪、孔千金等，还有芙蓉秀善唱戏曲小令，赵真真、杨玉娥、秦玉莲、秦小莲等善唱诸宫调，至于以新兴的杂剧作为专业的就更多了（详见雪蓑渔隐《青楼集》）。这个继承传统和不断发展的历史关系，是很值得我们注意的。

把慢词作为专业，在创作方面，一般说是从柳永开始的。清宋翔凤说："词自南唐以后，但有小令。其慢词盖起宋仁宗朝，中原息兵，汴京繁庶，歌台舞席，竞赌新声。耆卿（柳永）失意无俚，流连坊曲，遂尽收俚俗语言，编入词中，以便伎人传习，一时动听，散播四方。其后东坡（苏轼）、少游（秦观）、山谷（黄庭坚）辈，相继有作，慢词遂盛。"（《乐府余论》）他说慢词兴盛的原因，由于政局安定和经济繁荣的结果，那是不错的。至于慢词的创作，是跟着慢曲而来的；而曲子里有急有慢，却是由来已久。如果说长词就是慢曲，那么，《尊前集》中所收杜牧的《八六子》，尹鹗的《金浮图》《秋夜月》，李珣的《中兴乐》，也都长到九十字左右，都出自晚唐、五代人之手；何况民间的作品，必然更多，不过它所用的都是"俚俗语言"，而又没有柳永那样的声名和技巧，因而在脱离音乐之后，就都失传了。

柳永所生的时代，是北宋王朝经济发展到最高峰的时代。他的那种风流才调，被民间作为说唱的题材，有如《清平山堂话本》中的《柳耆卿诗酒玩江楼记》，《元曲选》中的《钱大尹智宠谢天香》杂剧（关汉卿作）等，都是说的他的故事。大概他的出身是属于地主阶级，而一向过着都市生活的。他的词为了迎合小市民心理，博取歌伎们的资助，有些是很无聊的。因市井流行，一直传进宫廷内，连仁宗皇帝都知道他的名字。他曾在一首《鹤冲天》词中说："忍把浮名，换了浅斟低唱？"其实他并不是不想做官的。他曾去应进士试，但到放榜的那天，皇帝特地把他革掉，还说："此人风前月下，好去浅斟低唱，何用浮名？且填词去！"这样一来，他索性自称："奉旨填词"（见《能改斋漫录》卷十六），把填词当作流浪生活中的一种职业。他原名三变，后来改名，才得中进士，做了一个屯田员外郎的小官。他的一生，是非常潦倒的，却因此获得接近教坊乐工的机会，对这些新兴曲调，有了音律上的了解，作为他个人驰骋才情的场地。这样，就把慢词的局面打开了。由于他有深厚的文学素养，对付这些格律很严的长调，不论抒情写景，都能够运用自如。这就使一般学士文人对这些民间流行的曲调，不再存轻视心理，而乐于接受这种新形式，从它的基础上予以提高。如果不是柳永大开风气于前，说不定苏轼、辛弃疾这一派豪放作家，还只是在小令里面打圈子，找不出一片可以纵横驰骋的场地来呢！

苏轼原来是看不起柳永的，但读到《八声甘州》中的"渐霜风凄紧，关河冷落，残照当楼"等句子，也得赞叹一声："此语于诗句不减唐人高处。"（见《侯鲭录》卷七）柳永的慢词，常是运用大开大阖的笔调，而一气流转，曲折变化，艺术性是特别高的。且看他的《八声甘州》：

对潇潇暮雨洒江天，一番洗清秋。渐霜风凄紧，关河冷落，残照当楼。是处红衰翠减，苒苒物华休。唯有长江水，无语东流。

不忍登高临远，望故乡渺邈，归思难收。叹年来踪迹，何事苦淹留？想佳人、妆楼颙望，误几回、天际识归舟？争知我、倚阑干处，正恁凝愁！

尽管他所描写的只是一种凄凉景象和伤离念远的感伤情绪，它的参差变化的结构和恢弘豪壮的格局，却为苏、辛一派的豪放之词打开了一条出路。他还善于运用巧妙的手法，把大自然的景物，刻画得像图画一般。例如《夜半乐》的前两段：

冻云黯淡天气，扁舟一叶，乘兴离江渚。渡万壑千岩，越溪深处，怒涛渐息，樵风乍起。更闻商旅相呼，片帆高举，泛画鹢、翩翩过南浦。

望中酒旆闪闪，一簇烟村，数行霜树。残日下、渔人鸣榔归去。败荷零落、衰杨掩映，岸边两两三三，浣纱游女，避行客、含羞笑相语。

《凤归云》的前段：

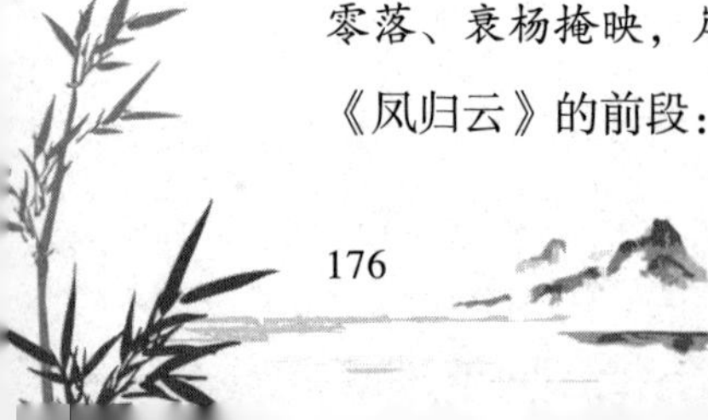

向深秋，雨余爽气肃西郊。陌上夜阑，襟袖起凉飙。天末残星，流电未灭，闪闪隔林梢。又是晓鸡声断，阳乌光动，渐分山路迢迢。

《玉山枕》的前段：

骤雨新霁，荡原野，清如洗。断霞散彩，残阳倒影，天外云峰，数朵相倚。露荷烟芰满池塘，见次第、几番红翠。

像这一类的描写，在《乐章集》中是俯拾即是的。伟大祖国的广大人民，从来就有欣赏自然美的特性，所以在诗歌里面常把情景双融的作品作为最高的艺术，而为广大人民所喜闻乐见。这种手法，也影响到后来的杂剧、传奇和曲艺等。我们且看元人康进之《李逵负荆》杂剧，连梁山泊上的好汉李山儿，在那柳绿桃红的清明节日，还得唱出那样风流潇洒的词儿来：

［仙吕点绛唇］饮兴难酬，醉魂依旧，寻村酒。恰问罢王留。王留道：“兀那里人家有。”

［混江龙］可正是清明时候，却言风雨替花愁。和风渐起，暮雨初收。俺则见杨柳半藏沽酒市，桃花深映钓鱼舟。更和这碧粼粼春水波纹绉。有往来社燕，远近沙鸥。

［醉中天］俺这里雾锁着青山秀，烟罩定绿杨洲。他道是轻薄桃花逐水流，恰便是粉衬的这胭脂透。早来到这草桥店垂杨的渡口。待不吃呵，又被这酒旗儿将我来相迤逗。它，它，它舞东风在曲律竿头。

［油葫芦］往常时酒债寻常行处有，十欠着九。则你这杏花庄压尽他谢家楼。你与我便熟油般造下春醅酒，你与我花羔般煮下肥羊肉。一壁厢肉又熟，一壁厢酒正篘。抵多少锦封未折香先透。我则待乘兴饮两三瓯。

这个手法，从外境的描写，撩拨起内心的活动，恰是继承着柳永的优秀传统来的。再看王实甫《西厢记》的第一折，描写张君瑞在观赏黄河时的情景：

［油葫芦］九曲风涛何处显？只除是此地偏。这河带齐梁，分秦晋，隘幽燕。雪浪拍长空，天际秋云卷。竹索缆浮桥，水上苍龙偃。东西溃九州，南北串百川。归舟紧不紧如何见？恰便似弩箭乍离弦。

像这样的描写，也与柳词“霜风凄紧，关河冷落，残照当楼”以及“天末残星，流电未灭，闪闪隔林梢”，有其血脉关联。

总括一句话，柳永在词的发展史上，从形式上讲，他有开拓疆土的勋劳，使后来豪放作家得着无限宽广的场地，以供驰骋；从技法上讲，他又善于刻画自然景象，使后来戏曲作家有所启发，惯于用外境描写烘托出内心活动。由于他的环境和时代局限，他的作品总的说来缺乏思想内容，只留下许多表现手法，值得作为借鉴而已。

几部词集

郑振铎

五七言的古律诗，在唐以后，便衰落了下去，现在虽还有人崇拜所谓“宋”诗，然而为“宋”代文学的骄傲的，乃非“诗”而为“词”，正如为元、明二代的骄傲的，乃非“诗”“词”而为“杂剧”“传奇”一样。

“词”是从“乐府”蜕变出来的，在五七的古律诗外别启一新的文体。当“诗”的一体，已成为陈言腐调，不复有真率活泼之气时，“词”的作家，便如经过濛濛春雨后的春笋一般，纷纷的拔地而出；在倦极欲眠的文坛里，射进一道新鲜的曙光。我们只要把五代、宋时的“诗”与“词”拿来比较一下，便可知二者精神的相差了。

所以我们欲了解五代及宋的文学的真精神，便非对于他们的词集，加以十二分的注意不可。

现在就我所知道的，把较为重要的几部词集写在下面。

（一）《词律》清万树撰。原刻本，石印本。这部书很重要，对于历来的错误，校正不少。

（二）《词综》清朱彝尊编，王昶补。原刻本，光绪间金匮浦氏重刻本。

（三）《词苑英华》汲古阁刊本。这部书汇刊《花庵词选》《中兴绝妙词选》《草堂诗余》《花间集》《尊前集》《词林万选》及《诗余图谱》，极为重要。惜不易得。

（四）《六十家词》汲古阁刊本，石印本。

（五）《名家词集》《粟香室丛书》本。

（六）《词学丛书》原刊本。这部书汇刊《乐府杂词》、《阳春白雪》等六种。

（七）《四印斋词丛》光绪间王鹏运刊本。

（八）《历代诗余》乾隆间原刊本。

（九）《古今名家词刻》原刊本。

（十）《强村丛书》现代朱祖谋刊本。此书搜罗最为宏富，校刊亦精，计有总集四种，唐词别集一家，宋词别集一百十二家，金词别集五家，元词别集五十家。

词曲与音乐之关系

龙榆生

“词”“曲”二体，原皆乐府之支流；特并因声度词，审调节唱，举凡句度长短之数，声韵平上之差，莫不依已成之曲调为准；复因所依之曲调，随音乐关系之转移，而词与曲各自分支，别开疆界。

宋翔凤云：“宋元之间，词与曲一也；以文写之则为词，以声度之则为曲。”（《乐府余论》）“词”“曲”皆有“曲度”，故谓之“填词”，又称“倚声”，并先有声而后有词；非若古乐府之始或“徒歌”，终由知音者为之作曲，被诸管弦也。

中国音乐，自汉魏以迄隋唐，为一大转变。所谓《房中》旧曲，九代遗声，与夫“西曲”“吴声”，并渐销歇于陈隋之际。宋王灼云：“盖隋以来，今之所谓‘曲子’者渐兴，至唐稍盛；今则繁声淫奏，殆不可数。古歌变为古乐府，古乐府变为今曲子，其本一也。”（《碧鸡漫志》）此所谓“今曲子”，即“词”所依之声；其法原出龟兹人苏祗婆。自周武帝时，传入中国（详《隋书·音乐志》）；至隋唐间而西域乐大盛，且渐普遍于民间；所谓“自开元已来，歌者杂用胡夷里巷之曲”（《旧唐书·音乐志》）是也。

据崔令钦《教坊记》所载开元以来“燕乐杂曲”，至三百余曲之多；唐宋人填词，即多用其中“曲调”。《宋史·乐志》亦云：“燕乐自周以来用之。唐贞观增隋九部为十部，以张文收所制歌名燕乐而被之管弦。厥后至坐伎部琵琶曲盛流于时，匪直汉氏上林乐府缦乐，不应经法而已。

宋初置教坊，得江南乐，已汰其坐部不用。自后因旧曲创新声，转加流丽。”燕乐以琵琶为主，而张炎言协音之法，亦取正于哑筚篥（详《词源》下）；筚篥亦出胡中，而为燕乐中之主要乐器；故谓词为依“燕乐杂曲”之声而成，可无疑也。

西域乐流行既久，渐染华风，所谓“因旧曲创新声”，不免流于靡曼。金元崛兴沙塞，所用纯粹胡乐，嘈杂缓急之间，旧词至不能按；乃更造新声，而北曲大备（参用吴梅说）；所谓“以吹箭鸣角之雄风，汰金粉靡丽之末俗”（《词余讲义》）是也。明王骥德叙南北曲之渊源流变云：“入宋而词始大振，署曰‘诗余’，于今曲益近，周待制、柳屯田其最也；而单词只韵，歌止一阕，又不尽其变；而金章宗时，渐更为北词；如世所传董解元《西厢记》者，其声犹未纯也。入元而益漫衍，其制栉调比声，‘北曲’遂擅盛一代；顾未免滞于弦索，且多染胡语，其声近噍以杀，南人不习也。迨季世入我明，又变而为‘南曲’，婉丽妩媚，一唱三叹；于是美善兼至，极声调之致。始犹南北画地相角，迩年以来，燕赵之歌童舞女，咸弃其捍拨，尽效南声，而北词几废。至北之滥，流而为《粉红莲》《银纽丝》《打枣竿》；南之滥，流而为吴之《山歌》、越之《采茶》诸小曲，不啻‘郑声’，而各有其致。”（《曲律》）据王氏所言，南北曲之不得不随音乐关系为转变，又可知矣。

词为文人娱宾遣兴之资，以“清讴”为主，不与舞蹈同用；欧阳炯所谓“绮筵公子，绣幌佳人，递叶叶之花笺，文抽丽锦；举纤纤之玉指，拍按香檀”（《花间集序》）者，可想见其意趣。南北曲之小令、套数，其应用亦与词同；套数之曲，元人谓之乐府；作小令与五七言绝句同法，要蕴藉，要无衬字，要言简而趣味无穷（并见《曲律》），实与唐五代之令词相仿，特曲调变易耳。今故以词、曲同篇，藉见演化之迹云。

元人散曲之豪放派

龙榆生

散曲之于元代，亦犹两宋之词，作者既多，传唱尤盛。兹略依近人任讷说，分“豪放”“清丽”两派述之：

元曲以豪放为主，一方固由音乐关系，一方则受苏辛词派之影响。金、元皆起自北方，而苏辛词派，大行于北。后虽词变为曲，而递衍之际，涂辙可循。元虞集尝云：“辛幼安自北而南，元裕之在金末国初，虽词多慷慨，而音节则为中州之正，学者取之。我朝混一以来，朔南暨声教，士大夫歌咏，必求正声，凡所制作，皆足以鸣国家气化之盛。自是北乐府出，一洗东南习俗之陋。”（《中原音韵序》）北曲通协平仄韵，声情慷慨，变而为朴实，以本色语为多。贯云石为杨朝英序《阳春白雪》云：“盖士尝云：‘东坡之后，便到稼轩。’兹评甚矣。然而北来徐子芳滑雅，杨西庵平熟，已有知者。近代疏斋媚妩，如仙女寻春，自然笑傲；冯海粟豪辣灏烂，不断古今，心事又与疏翁不可同舌共谈。关汉卿、庾吉甫造语妖娇，适如少美临杯，使人不忍对殢。”窥贯氏之意，固以“豪辣灏烂”一派为正宗；而“媚妩妖娇”，于元曲中又别为清丽一派；此元人散曲派别之约略可言者也。

杨西庵（名果，字正卿，蒲阴人）与元好问友善，为金末元初人。《阳春白雪》载其《赏花时》十套，其小令则与好问所作，同见《太平乐府》中。疑散曲即起于金源，入元而后，其流始畅耳。录西庵《赏花时》一套：

春夜深沉庭院幽，偷访吹箫鸾凤友。良月过南楼，昨宵许俺，今夜结绸缪。

[么]两处相思一样愁，及至相逢却害羞。只是性儿柔，百般哀告，腼腆不抬头。

[煞尾]你温柔咱清秀，本是一对儿风流配偶。咫尺相逢说上手，紧推辞不肯承头。又不敢久迟留，只怕你母追求，料想伊家不自由。空耽着闷忧，虚陪了消息，不承望刚做了个口儿休。

如此柔媚本色语，而云石以“平熟”讥之，则元人散曲，必尚豪辣可知矣。

元人豪放一派，盛称冯子振（字海粟，号怪怪道人，攸州人）、滕玉霄二人。贯云石（畏吾人，父名贯只哥，遂以贯为氏，自名小云石海涯，又号酸斋）与徐再思（字德可，嘉兴人，好食甘饴，故号甜斋）斋名，合称《酸甜乐府》；而酸斋散曲，如天马脱羁，以豪放胜。他如白朴（字仁甫，真定人）、马致远（号东篱，大都人）、刘致（字时中，号逋斋，洪都人）、汪元亨（号云林）、马九皋（字昂夫），皆属于豪放一派；而马致远其尤著者也。

致远兼工杂剧，与关汉卿（大都人）、郑光祖（字德辉，平阳襄陵人）、白朴，合称四大家。所作散曲至多；除专家乔吉、张可久外，流传篇什，无出其右者。其中以《秋思》一套为尤著，周德清评为一代散曲之冠，谓“万中无一”（《中原音韵》）。迻录如下：

[双调夜行船]百岁光阴如梦蝶，重回首往事堪嗟！昨日春来，今朝花谢，急罚盏夜阑灯灭。

[乔木查]秦宫汉阙，做衰草牛羊野，不恁渔樵无话说。纵荒坟，横断碑，不辨龙蛇。

[庆宣和]投至狐踪与兔穴，多少豪杰，鼎足三分半腰折，魏耶晋耶？

[落梅风]天教富，不待奢，无多时好天良夜。看钱奴硬将心似铁，空辜负锦堂风月。

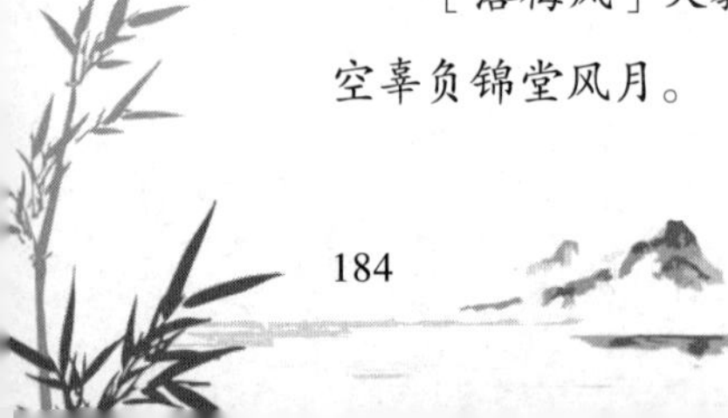

［风入松］眼前红日又西斜，疾似下坡车。晓来清镜添白雪，上床和鞋履相别。鸠巢计拙，葫芦提一就妆呆。

［拨不断］利名竭，是非绝，红尘不向门前惹，绿树偏宜屋角遮，青山正补墙东缺，竹篱茅舍。

［离亭宴煞］蛩吟一觉统宁贴，鸡鸣万事无休歇，争名利何年是彻？密匝匝蚁排兵，乱纷纷蜂酿蜜，闹穰穰蝇争血。裴公绿野堂，陶令白莲社。爱秋来那些，和露摘黄花，带霜烹紫蟹，煮酒烧红叶。人生有限杯，几个登高节？嘱咐俺顽童记者：便北海探吾来，道东篱醉了也。

白朴生金末，依元好问以长，擅长杂剧，兼工词曲。其散曲流传，较致远不及三分之一。涵虚子（即宁王权）称其“风骨磊磈，词源滂沛，若大鹏之起北溟，奋翼凌乎九霄，有一举万里之志”（《太和正音谱》）。录《庆东原》一段：

忘忧草，含笑花，劝君闻早冠宜挂。那里也能言陆贾？那里也良谋子牙？那里也豪气张华？千古是非心，一夕渔樵话。

冯子振和白无咎《鹦鹉曲》（俗名《黑漆弩》）至三十六段之多；于声韵束缚中，别出奇险，想见笔力，不愧“豪辣灏烂”之评。录《感事》一段：

江湖难比山林住，种果父胜刺船父。看春花又看秋花，不管颠风狂雨。

［么］尽人间白浪滔天，我自醉歌眠去。到中流手脚忙时，则靠着柴扉深处。

滕玉霄有《普天乐》十四段，见《乐府新声》。涵虚子称其词，如“碧汉闲云”，亦多豪壮之笔。录《归去来兮》一段：

朔风寒，彤云密。雪花飞处，落尽江梅。快意杯，蒙头被，一枕无何安然睡。叹邙山坏墓折碑，狐狼满眼，英雄袖手，归去来兮！

贯云石序《阳春白雪》，有“西山朝来有爽气”一语；其论曲固主豪爽一路，作风亦近马东篱；涵虚子所以有“天马脱羁”之评也。录《殿前欢》一段：

畅幽哉！春风无处不楼台。一时怀抱俱无奈，总对天开。就渊明归去来，怕鹤怨山禽怪。问甚功名在？酸斋笑我，我笑酸斋。

刘致小令见《乐府群玉》及《太平乐府》。《阳春白雪》录其《代马诉冤》一套，多激昂悲愤之音。迻录如下：

［双调新水令］世无伯乐怨他谁？干送了挽盐车骐骥！空怀伏枥心，徒负化龙威，索甚伤悲？用之行，舍之弃。

［驻马听］玉鬣银蹄，再谁想三月襄阳绿草齐？雕鞍金辔，再谁敢一鞭行色夕阳低？花间不听紫骝嘶，帐前空叹乌骓逝！命乖我自知，眼见的千金骏骨无人贵！

［雁儿落］谁知我汗血功？谁想我垂缰义？谁怜我千里才？谁识我千钧力？

［得胜令］谁念我当日跳檀溪救先主出重围？谁念我单刀会随着关羽？谁念我美良川扶持敬德？若论着今日，索输与这驴群队。果必有征敌，这驴每怎用的？

［甜水令］为这等乍富儿曹，无知小辈，一概他把人欺。蓦地里快蹿轻踮，乱走胡奔，紧先行不识尊卑。

［折桂令］致令得官府闻知，验数目存留，分官品高低。准备着竹杖芒鞋，免不得奔走驱驰。再不敢鞭骏骑向街头闹起，只索扭蛮腰将足下殃及。为此辈无知，将我连累，把我埋没在蓬蒿，失陷污泥！

［尾］有一等逞雄心屠户贪微利，咽馋涎豪客思佳味，一地把性命亏图，百般地将刑法陵持，唱道任意欺公，全无道理。从今后谁买谁骑？眼见得无客贩无人喂，便休说站驿难为，只怕你东征西讨那时节悔。

汪元亨、马九皋俱工小令，散套传作甚稀。二人风格俱近豪放一派，而九皋尤胜。录九皋《塞鸿秋》“凌歊台怀古”一段：

凌歊台畔黄山铺，是三千歌舞无家处！望夫山下乌江渡，教八千子弟思乡去。江东日暮云，渭北春天树，青山太白坟如故。

张养浩（字希孟，济南人）为《云庄休居自适小乐府》，多恬退之

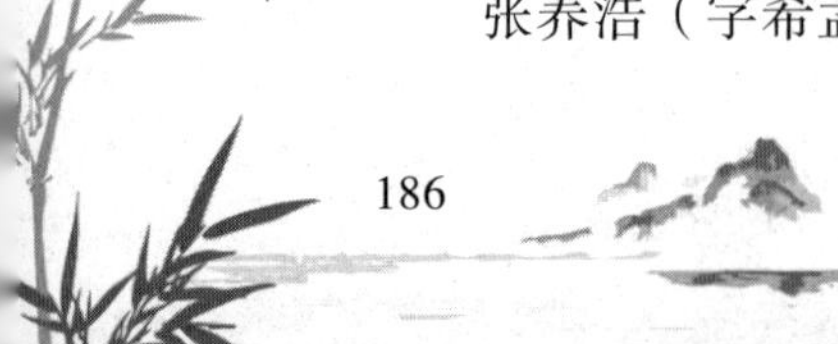

言，艾俊序所谓“和而不流”者。然其《山坡羊》怀古诸篇，亦殊豪壮，与九皋风格相仿。录《潼关怀古》一段：

峰峦如聚，波涛如怒，山河表里潼关路。望西都，意踟蹰，伤心秦汉经行处，宫阙万间都做了土！兴、百姓苦！亡、百姓苦！

元人豪放一派作家，略如上述。其所以豪放之故，盖其所依之曲，本“辽、金、北鄙杀伐之音，壮伟很戾，武夫马上之歌，流入中原”（徐渭《南词叙录》）者，文学恒随音乐为转移，其关系殊不可忽也。

元人散曲之清丽派

龙榆生

自贯云石标举卢疏斋（名挚，字处道，一字莘老，涿郡人）之媚妩，与关汉卿、庾吉甫（名天锡，大都人）之妖娇，而散曲别有清丽一派。后人乃推乔吉（字梦符，号笙鹤翁，太原人）、张可久（字小山，庆元人）为此派代表。明李开先云："乐府之有乔、张，犹诗家之有李、杜。"（《千顷堂书目》引）清朱彝尊、厉鹗、刘熙载辈，皆无异辞。熙载称："张小山、乔梦符，为曲家翘楚。小山极长于小令。梦符虽颇作杂剧、散套，亦以小令为最长。两家固同一骚雅，不落俳语；惟张尤翛然独远耳。"（《艺概》）乔、张皆久居杭州，疑颇受南宋姜、张词派之影响。清许光治云："至元曲几谓俚言俳语矣，然张小山、乔梦符散曲，犹有前人规矩在；俪辞追乐府之工，散句撷宋唐之秀；惟套曲则似涪翁俳词，不足鼓吹风雅。"（《江山风月谱散曲自序》）俚言俳语，原为元曲之本色；至乔、张而风气一变，遂以"骚雅"为归；与卢、关诸家之"妩媚妖娇"者，又自歧为二派。以卢、关为奇丽，乔、张为雅丽，庶几近之耳。

关汉卿以杂剧擅胜场，其散套亦常有奇丽之作；而以《不伏老》一套为尤著。录其煞尾一段：

我却是蒸不烂、煮不熟、捶不扁、炒不爆、响当当一粒铜豌豆。子弟每谁教你钻入他锄不断、斫不下、解不开、顿不脱、慢腾腾千层锦套头？我玩的是梁园月，饮的是东京酒，赏的是洛阳花，扳的是章台柳。我也会吟诗，会篆籀，会弹丝，会品竹。我也会唱《鹧鸪》，舞《垂手》。会打围，

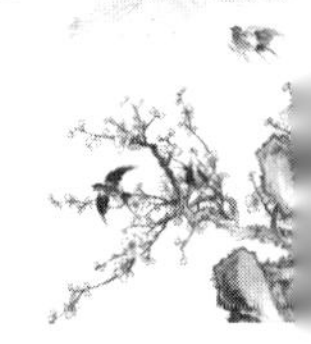

会蹴踘，会围棋，会双陆。你便是落了我牙，歪了我口，瘸了我腿，折了我手，天与我这几般儿歹症候，尚兀自不肯休。则除是阎王亲令唤，神鬼自来钩，三魂归地府，七魄丧冥幽，那其间才不向这烟花路儿上走。

卢挚专工小令，风格有骚雅近乔、张者。酸斋所谓“仙女寻春，自然笑傲”之作，则仍以用本色语者为多。录《寿阳曲》“别珠帘秀”一段：

才欢悦，早间别，痛煞煞好难割舍！画船儿载将春去也，空留下半江明月！

庾天锡亦工杂剧，散曲见杨氏二选本中。贯氏所称“适如少美临杯，使人不能对殢”之作，殊不可见，则元曲之散佚者多矣！

徐再思与贯云石之《酸甜乐府》，恰成两派。近人任讷云：“酸则近于豪放，甜则近于清丽；而二人言情之作，尖透圆浑处，则莫辨酸甜，俱臻妙味。”（《新辑酸甜乐府提要》）再思仅有小令流传。录《水仙了》一段：

一声梧叶一声秋，一点芭蕉一点愁，三更归梦三更后。落灯花棋未收，叹新丰孤馆人留！枕上十年事，江南二老忧，都到心头。

乔吉兼作杂剧，特工小令，传世有《惺惺道人乐府》《文湖州集词》二种。其套数散见各选本，作品不多。明李开先曾序其集云：“评其词者，以为若天吴跨神鳌，噀沫于大洋，波涛汹涌，有截断众流之势。”（《艺概》引）清厉鹗亦称其“出奇而不失之于怪，用俗而不失之为文”（《散曲概论》引）。吉能以俗为雅，以自成其清丽，其境或有为可久所不及者。吉北人，而久居钱塘山水之窟，于作品风格，不无相当影响。录小令二段：

水仙子·咏雪

冷无香柳絮扑将来，冻成片梨花拂不开。大灰泥漫不了三千界。银棱了东大海，探梅的心禁难挨。面瓮儿里袁安舍，盐罐儿里党尉宅，粉缸儿里舞榭歌台。

殿前欢·登江山第一楼

拍阑干，雾花吹鬓海风寒，浩歌惊得浮云散。细数青山，指蓬莱一望间。纱巾岸、鹤背骑来惯。举头长啸，直上天坛。

张可久传作之多，冠于元代。旧有《小山北曲联乐府》，内分《今乐府》《苏堤渔唱》《吴盐》《新乐府》四种。涵虚子称可久为“词林宗匠”，谓：“其词清而且丽，华而不艳，有不吃烟火食气；真可谓不羁之材；若被太华之仙风，招蓬莱之海月。”（《太和正音谱》）李开先又称：“小山词瘦至骨立，血肉销化俱尽，乃炼成万转金铁躯。”（《艺概》引）可久为散曲专家，不传杂剧。其小令雅丽超逸，迈绝辈流；而散套“长天落彩霞”一曲，沈德符以与马东篱“百岁光阴”并列；谓“为一时绝唱，其余皆不及也”（《顾曲杂言》）。题为《湖上晚归》，见《太平乐府》，未入本集。迻录如下：

［南吕一枝花］长天落彩霞，远水涵秋镜。花如人面红，山似佛头青。生色围屏，翠冷松云径，嫣然眉黛横。但携将旖旎浓香，何必赋横斜瘦影？

［梁州］挽玉手留连锦阃，据胡床指点银瓶，素娥不嫁伤孤另。想当年小小，问何处卿卿？东坡才调，西子娉婷，总相宜千古留名。吾二人此地私行，六一泉亭上诗成，三五夜花前月明，十四弦指下风生。可憎，多情，捧红牙合和《伊州令》。万籁寂，四山静，幽咽泉流水下声，鹤怨猿惊。

［尾］岩阿禅窟鸣金磬，波底龙宫漾水精。夜气清，酒力醒，宝篆销，玉漏鸣。笑归来髣髴二更，煞强似踏雪寻梅灞桥冷。

小山小令，固以雅丽见长；在全集中，约占十之七八。豪放之作，亦时有之。读之如入宝山，殆有无处不工之感！其雅丽之作，可以下列二段为例：

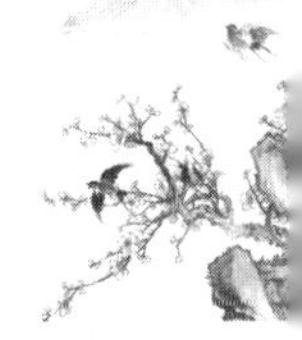

清江引·春思

黄莺乱啼门外柳，雨细清明后。几消几日春？又是相思瘦。梨花小窗人病酒。

一半儿·秋日宫词

花边娇月静妆楼，叶底沧波冷翠沟，池上好风闲御舟。可怜秋！一半儿芙蓉，一半儿柳。

二段皆言简而趣味无穷，太似唐人绝句。至其豪放之作，亦激壮苍凉，不亚他家。例如下列二段：

红绣鞋·天台瀑布寺

绝顶峰攒雪剑，悬崖水挂冰帘，倚树哀猿弄云尖。血华啼杜宇，阴洞吼飞廉。比人心山未险！

满庭芳·客中九日

乾坤俯仰，贤愚醉醒，今古兴亡！剑花寒夜坐归心壮。又是他乡！九日明朝酒香，一年好景橙黄龙山上，西风树响，吹老鬓毛霜。

可久开元人雅丽一派之宗。同时作者，除徐再思外，尚有任昱（字则明，四明人）、曹明善、李致远之流，皆其同派。曹、李履贯无考，作品并见元人诸选本；而任昱为最富，致远风调最佳。录致远《天净沙》“春闺”一段：

画楼徙倚阑干，粉云吹做修鬟，壁月低悬玉湾。落花懒慢，罗衣特地春寒。

元代散曲作家之盛

龙榆生

明宁王权列乐府十五体，有“丹丘”“宗匠”“黄冠”“承安”“盛元”“江东”“西江”“东吴”“淮南”“玉堂”“草堂”“楚江”“香奁”“骚人”“俳优”之目。又列元代作家一百八十七人，多加题品（详《太和正音谱》）；可想见一代人才之盛。大抵诗人墨客多致力于小令，杂剧家则兼长套数，亦由其体格各有所近故也。

除上述二大派之外，小令作家有刘秉忠、元好问、王鼎（字和卿，大都人）、盍西村、胡祗遹（字少凯，号紫山，武安人）、姚燧（字端甫，号牧庵，柳城人）、周文质（字仲彬，其先建德人，后居杭州）、赵善庆（字文贤，饶州乐平人）、高克礼（字敬德，一字敬臣，河间人）、钟嗣成（字继先，号丑斋，大梁人）、刘庭信（俗呼黑刘五）、周德清（号挺斋，高安人）、邓玉宾、查德卿、吴西逸、孙周卿（古邠人）、王元鼎、阿鲁威（字叔重，号东泉，蒙古人）、赵显宏（号学村）、景元启、赵祐（字天锡，汴梁人）诸人，作品皆散见各选本；而钟嗣成著《录鬼簿》，详纪一代曲家，足为研究元曲者之重要资料；周德清著《中原音韵》，分韵为十九部，派入声入平、上、去三声，足为后来倚曲填词者之准则；此又于元代曲学，最为有功者也。

杨氏二选所收散套，多至六七十家。其人或擅长杂剧，或兼工小令，如关、马、郑、白四大家，及乔吉、贯云石、李致远、周文质、张可久、钟嗣成、周德清、庾天锡之流，其尤著者也。余若朱庭玉、曾瑞（字瑞

卿，自号褐夫，大兴人）、睢景臣（字景贤，维扬人）三人，多传散套。嗣成《录鬼簿》于曾、睢二氏，纪载尤详；合当补述。

瑞卿自北来南，喜江浙人才之多，羡钱塘景物之盛，因而家焉（《录鬼簿》）。所为套数，见《太平乐府》者至十二套，冠于各家。景臣自维扬至杭州，酣嗜音律，以《汉祖还乡》一套负重名，亦滑稽，亦本色，洵杰作也。逐录如下：

［哨遍］社长排门告示：但有的差使无推故，这差使不寻俗。一壁厢纳草也根，一边又要差夫索应付。又言是车驾，都说是銮舆，今日还乡故。王乡老执定瓦台盘，赵忙郎抱着酒葫芦。新刷来的头巾，恰糨来的细衫，畅好是妆么大户。

［耍孩儿］瞎王留引定火乔男女，胡踢蹬吹笛擂鼓。见一彪人马到庄门，匹头里几面旗舒。一面旗白胡阑套住个迎霜兔，一面旗红曲连打着个毕月乌，一面旗鸡学舞，一面旗狗生双翅，一面旗蛇缠葫芦。

［五煞］红漆了叉银铮了斧，甜瓜苦瓜黄金镀。明晃晃马镫枪尖上挑，白雪雪鹅毛上扇铺。这几个乔人物，拿着些不曾见的器仗，穿着些大作怪衣服。

［四］辕条上都是马，套顶上不见驴，黄罗伞柄天生曲。车前八个天曹判，车后若干递送夫。更几个多娇女，一般穿着，一样妆梳。

［三］那大汉下的车，众人施礼数。那大汉觑得人如无物。众乡老屈脚舒腰拜，那大汉挪身着手扶。猛可里抬头觑，觑多时，认得熟，气破我胸脯。

［二］你须身姓刘，你妻须姓吕。把你两家儿根脚从头数：你本身做亭长，耽几盏酒。你丈人教村学，读几卷书。曾在俺庄东住，也曾与我喂牛切草，拽坝扶锄。

［一］春采了桑，冬借了俺粟，零支了米麦无重数。换田契强秤了麻三秤，还酒债偷量了豆几斛。有甚胡突处？明标着册历，见放着文书。

［尾］少我的钱，差发内旋拨还；欠我的粟，税粮中私准除。只道刘三，谁肯把你揪摔住？白甚么改了姓，更了名，唤做汉高祖！

元人散曲，略具于上述诸家。以其曲本“北鄙”之音，故当行之作，多用俚言俗语；而描摹物态口吻，渐近自然，视宋词又为一大进步。王世贞云：“自金元而后，半皆凉州豪嘈之习，词不能按，乃为新声以媚之。”（《雨村曲话》引）后虽豪丽两派分流，而同擅一代之胜；此亦与异民族结合之特产已！

元明以来女曲家考略

郑振铎

一

词曲作家，几尽为男子所包办。盖以此种体裁的抒情诗，取径较窄，女作家遂鲜插手于其间。然宋词极盛难继，尚有魏夫人、李易安、朱淑贞诸大家挺生于世，所作不仅不逊于男子，且卓然足为一代名手。元代的散曲，则全然为男子的活动的世界，几不见一重要的女作家的足迹。即有之，亦仅见一鳞一爪而已。无论未有曲中的李易安，即求和魏夫人般的作曲家，也没有遇到过。钟嗣成的《录鬼簿》记载元代曲家至一百五十余人，朱权的《太和正音谱》所记元代作曲者一百八十七人，其中并无一妇人。《太平乐府》《阳春白雪》《乐府群玉》《乐府新声》诸“元人选元曲”里，也罕见传录女作家的散曲。仅《太平乐府》于入选的八十五人的姓氏里，最后附有“行院王氏”及“珠帘秀歌者”二人的名字耳。

明、清二代的女曲家们也寥寥可屈指数。而堪称作手者，于杨夫人、范夫人、吴苹香外，更鲜同侍。

论列元以来的女曲家们的著作时，诚不禁有寂寞之感！

然数年来搜辑所得，亦觉裒然成帙，可资观览。姑就其中较为重要的若干人，论述之如下。

二

蒋仲舒《尧山堂外纪》（卷七十）尝述一事：

赵松雪欲置妾，以小词调管夫人云："我为学士，你做夫人。岂不闻陶学士有桃叶、桃根，苏学士有朝云、暮云。我便多娶几个吴姬赵女，何过分！你年纪已过四旬，只管占住玉堂春！"管夫人答云："你侬我侬，忒煞情多。情多处，热似火。把一块泥，捻一个你，塑一个我。将咱两个一齐打破，用水调和，再捻一个你，再塑一个我。我泥中有你，你泥中有我。与你生同一个衾，死同一个椁！"松雪得词，大笑而止。（此小调未知何调）

这首词恐是元代闺人所作的罕见之名篇，是那样的情真语切！然于此词外，管夫人似未传他作。

元代比较的能作曲的妇人们，大多数还是行院的歌女们或女伶们。因为她们每以侑觞唱曲为业，耳濡目染之余，便也往往的自己会唱几句。其间有聪明才智的歌女们，写的还真不坏。在元末黄雪蓑著的《青楼集》，所记能制曲的妇人们便不下七八人。像梁园秀、张怡云、珠帘秀、刘燕歌、张玉莲、一分儿、般般丑等等，其词也有见存于今的，也有仅传数词半语的。今并录于下：

梁园秀，姓刘行四。黄雪蓑谓她"所制乐府如《小梁州》《青歌儿》《红衫儿》《抧砖儿》《寨儿令》等，世所共唱之。"然今却一语未见。

"张怡云能诗词，喜谈笑，艺绝流辈，名重京师。赵松雪、商正叔、高房山皆为写'怡云图'以赠。诸名公题诗殆遍。姚牧庵、阎静轩每于其家小酌。……尝佐贵人樽俎。姚、阎二公在焉。姚偶言暮秋时三字。阎曰：'怡云续而歌之。'张应声作《小妇孩儿》，且歌且续曰：'暮秋时，菊残犹有傲霜枝，西风了却黄花事。'贵人曰：'且止！'遂不成章。张之才亦敏矣。"像这样的韵事是文士们所称道不置的。《尧山堂外纪》也收入（卷六十九），传布遂广。

珠帘秀，姓朱氏，行第四。黄雪蓑称其"杂剧为当今独步。驾头、花

旦、软末泥等悉造其妙。胡紫山宣慰尝以《沉醉东风曲》赠。……至今后辈，以朱娘娘称之者。”（《青楼集》）然不言其能制曲。杨朝英《太平乐府》（卷二）选入珠帘秀歌者和卢疏斋相赠答的《寿阳曲》二首：

［疏斋别珠帘秀］才欢悦，早间别。痛煞煞好难割舍！画舡儿载将春去也，空留下半江明月。

［珠帘秀歌者答前曲］山无数，烟万缕，憔悴煞玉堂人物。倚蓬窗一身儿活受苦，恨不得随大江东去。

此“珠帘秀歌者”，当即为《青楼集》的珠帘秀无疑。又万历刊本的《词林白雪》尝选入珠帘秀的《醉西施》“检点旧风流，近日来渐觉小蛮腰瘦”一套。似不可靠。

刘燕歌善歌舞。有送齐参议还山东的《太常引》一篇：

故人别我出阳关，无计锁雕鞍，今古别离难。兀谁画蛾眉远山？一尊别酒，一声杜宇，寂寞又春残。明月小楼间，第一夜相思泪弹。

黄雪蓑云：“至今脍炙人口。”（《北宫词纪》也选入）

张玉莲，人多呼为张四妈。旧曲其音不传者，皆能寻腔依词唱之。丝竹咸精，蒲博尽解。笑谈亹亹，文雅彬彬。南北今词，即席成赋，审音知律，时无比焉。往来其门，率富贵公子。积家丰厚。喜延款士夫，复挥金如土，无少暂惜爱。林经历尝以侧室置之。后再占乐籍，班彦功与之甚狎。班司儒秩满北上，张作小词《折桂令》赠之。末句云：“朝夕思君，泪点成斑”，亦自可喜。又有一联云：“侧耳听门前过马，和泪看帘外飞花”，尤为脍炙人口。有女倩娇，粉儿数人，皆艺殊绝。后以从良散去。余近年见之昆山，年逾六十矣，两鬓如黧，容色尚润，风流谈谑，不减少年时也。

此事亦见《尧山堂外纪》。

一分儿姓王氏，京师角妓也。歌舞绝伦，聪慧无比。一日，丁指挥会才人刘士昌、程继善等于江乡园小饮。王氏佐樽。时有小姬歌菊花会南吕曲云：“红叶落，火龙褪甲，青松枯，怪蟒张牙。”丁曰：“此《沉醉东风》首句也。王氏可足成之。”王应声曰：“红叶落，火龙褪甲，青松枯，怪蟒张牙。可咏题，堪描画。喜觥筹席上交杂。答刺苏频斟入礼厮麻，不醉呵休扶上马！”一座叹赏。由是声价愈重焉。

般般丑，姓马，字素卿，善词翰，达音律，驰名江、湘间。时有刘廷信者，南台御史刘廷翰之族弟，俗呼曰黑刘五。落魄不羁，工于笑谈，天性聪慧。至于词章，信口成句。而街市俚近之谈，变用新奇，能道人所不能道者。与马氏各相闻，而未识。一日，相遇于道。偕行者曰：“二人请相见。此刘五舍也，此即马般般丑也。”见毕，刘熟视之曰：“名不虚传。”马氏含笑而去。自是往来甚密。所赋乐章极多。至今为人传诵。

《尧山堂外纪》也记此事，当系由黄氏之书录入。

刘婆惜，乐人李四之妻也。江右与杨春秀同时。颇通文墨，滑稽歌舞，迥出其流，时贵多重之。先与抚州常推官之子三舍者交好，苦其夫间阻。一日，偕宵遁，事觉，决杖。刘负愧，将之广海居焉，道经赣州。时有全普庵拔里字子仁，由礼部尚书，值天下多故，选用除赣州监郡。平昔守官清廉，文章政事，扬历台省，但未免耽于花酒。每日公余，即与士夫酣歌赋诗。帽上常喜簪花，否则或果或叶，亦簪一枝。一日，刘之广海，过赣，谒全公。全曰：“刑余之妇，无足与也。”刘谓阍者曰：“妾欲之广海，誓不复还。久闻尚书清誉，获一见而逝，死无憾也。”全哀其志而与进焉。时宾朋满座，全帽上簪青梅一枝。行酒，全口占《清江引》曲云：“青青子儿枝上结。”令宾朋续之，众未有对者。刘敛衽进前曰：“能容妾一辞乎？”全曰：“可。”刘应声曰：“青青子儿枝上结，引惹人攀折。其中全子仁，就里滋味别。只为你酸留，意儿难弃舍。”全大称赏。由是顾宠无间，纳为侧室。后兵兴，全死节。刘克守妇道，善终于家。

在这些青楼的作曲者里，刘婆惜之事，似最为凄惋可怜。元剧里屡提及受过官刑的妓女，不能为士人妻妾，似当时实有其例。

三

《太平乐府》又载大都行院王氏的寄情人的《粉蝶儿》一套，却为

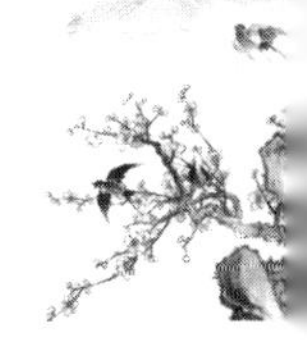

元代女作家里最高的成就。此套亦见于《词林摘艳》及《雍熙乐府》。王氏未知何名，生平亦不可知。《青楼集》所载王姓歌者，有王金带、王巧儿、王奔儿、王玉梅等四人，皆不言其能作曲。惟上文所列的一分儿，亦姓王氏，即在丁指挥宴席上歌《沉醉东风》一曲者，殆即其人欤？然未得他证。

王氏的此套《粉蝶儿》，所谓寄情人，却是托之苏卿的口吻以写唱出来的。借古人之酒杯，浇自己的块垒，身世的情况相同，其陈述自然是更为沉痛悱恻的：

［粉蝶儿］江景萧疏，那堪楚天秋暮，占西风柳败荷枯。立夕阳，空凝伫，江乡古渡。水接天隅，眼渺漫晚山烟树。

第一曲便是布置着苏卿在秋江的孤寂的情况的。其后数曲，最沉痛的，像：

［斗鹌鹑］愁多似山市晴岚，泣多似潇湘夜雨。少一个心上才郎，多一个脚头丈夫。每日价茶不茶，饭不饭，百无是处；交我那里告诉！最高的离恨天堂，最低的相思地狱！

［普天乐］腹中愁，诗中句；问什么失题落韵，跨骡骑驴。想着那得意时，着情处。笔尖题到伤心处，不由人短叹长吁。嘱付你僧人记取；苏卿休与，知它双渐何如？

［上小楼］怕不待开些肺腑，都向诗中分付。我这里行想行思，行写行读，两泪如珠，都是些道不出，写不出，忧愁思虑，了不罢啼哭！是他争知我嫁人。他应过夆，番做了鱼沉雁杳，瓶坠簪折，信断音疏！咫尺地半载余，一字无！双郎何处？我则爱随它泛茶舡去！

这样沉痛的描写，殆是她自己的血和泪！其尾声尤为凄凉：

比我这泪珠儿何日干？愁眉甚日舒？将普天下烦恼收拾聚，也似不得苏卿半日苦。

元人最爱咏唱双渐、苏卿的故事。剧曲中有之，散曲里更多。当是青楼歌伎们所最喜欢的题材之一。然见于《雍熙乐府》里的许多套的双渐、苏卿曲，其情绪的缠绵悱恻，都不及王氏的这一套。盖出于歌女她自己的手下，当然会比文人学士们的拟作更加真情充溢的。

四

明代的女曲家，仍以妓女们为中心。然高出于她们之上而成为曲坛的两个重镇者，则为杨夫人和范夫人的两位闺秀作家。

杨夫人为杨慎的继室，姓黄氏，遂安人，尚书珂之女。升庵谪戍滇南时，夫人随之戍所。后升庵奔父丧返滇，夫人却独留于蜀。在他们别离的期间，夫人所作寄外诗是很著名于世的。在她的词曲里也浸润着这种愁闷的情调。惟世所传杨夫人词曲的散曲，中多和升庵的《陶情乐府》相复见。其未见于《陶情乐府》的曲子，仅数十首耳。在这数十首里，却也足见其绝世的才情，而小令尤多隽作。像：

［落梅风］楼头小，风味佳，峭寒生雨初风乍。知不知对春思念他！背立在海棠花下。

［又］春寒峭，春梦多；梦儿中和他两个。醒来时空床冷被窝。不见你，空留下我！

都是绝好的情语；质直而又婉约，明畅而又深刻。不是多情的人说不出来。有名的雨中遣怀的《黄莺儿》：

积雨酿轻寒，看繁花树树残。泥涂满眼登临倦：云山几盘？江流几湾？天涯极目空肠断。寄书难！无情征雁，飞不到滇南！

亦见于《陶情乐府》。然明明是杨夫人的口气，不知为何被编入《升庵集》里。《南宫词纪》《尧山堂外纪》《吴骚二集》及《词林逸响》诸书，并皆属之杨夫人，必有所据。是夫人散曲之误被窜入《陶情乐府》者必也不少。故不能执《陶情乐府》以选剔夫人散曲也。

范夫人较后于杨夫人，姓徐氏，名媛，嫁范允临，有《络纬吟》十二卷，中多诗，散曲仅附于后，非其专长。《太霞新奏》云："徐工于诗，乐府偶拈耳，然能不落调。彼自号词家者，可愧矣。"她的春日书怀的《绵搭絮》套"薄寒轻惜，红雨染春条，翠衬香芸，一片烟丝较蝶娇"，最为有名，却也只是工稳而已。其成就远及不上杨夫人。

万历时有扬人张少谷妾方氏，也善于作曲；《少谷集》中尝附刊之。

《太霞新奏》载她的秋闺晓思的《集贤宾》套："高城漏尽天渐启，疏帘残月依依？此际愁怀无可比。早担忧，长日迟迟凭谁诉你！但独对空房摸拟！（合）还自悔：缘底事，辄教分离？"虽是离情的熟调，却很轻倩可爱。

吴江沈氏，自词隐开山后，不仅男子多才，即女子亦多作曲者。词隐季女静专，字曼君，著《适适草》。巢逸孙女蕙端，字幽芳，适顾来屏，也能写散曲。沈自晋的《南词新谱》尝选入她们数曲。惟其曲集惜不传，未能观见其全貌而作评论。

五

《太霞新奏》又载蕲州妓作咏风月担儿的《黄莺儿》一曲：

风月担儿拴，上肩时难上难。挑得的便是真铁汉。压得人腿酸，喘得人口干，半途中还恐怕绳儿断。耐些吹，一场辛苦，脱卸了不相干！

亦见于《雍熙乐府》；则此妓当为明初时人；惜未知其姓名。语短心长，当是厌倦风尘已深。

《吴骚二集》尝选入蒋琼琼、谢双、景翩翩三人之作，殆皆青楼中人。《青楼韵语》则未录蒋琼琼与谢双，而于景翩翩外，别有顾长芬、郑云璬、马绶、董如瑛、董贞贞、薛素素数人。这些青楼的作曲者，所作的，左右不过闺思离情之什。在其中，蒋琼琼的《桂枝香》的四季及晓夜的六"思"，似最为质直而流畅，确像妓女的口吻，不类文人学士们的代作。举其《春思》及《夜思》的二首于下：

春思

澄湖如镜，浓桃如锦，心惊俗客相邀，故倚绣帏称病。一心心待君，一心心待君。为君高韵，风流清俊。得随君半日桃花下，强如过一生！

夜思

阶前落叶，烟中唱鸣，窗含万叠青山，帘卷半湖初月。倚红楼正思，倚红楼正思。此心如结，金钱懒跌。喜君车扶醉还来也，忙将绣被揭。

六

清代女曲家最少。——本来清代的散曲作者们便已寥寥可数。勉强的说起来，只有吴绡、吴藻、顾贞立以及末年的俞庆曾诸人而已。王筠尝作《繁华梦》《全福记》二传奇，而其散曲却未之见。

吴绡生于清初，字冰仙，一字片霞，又字索公。长洲人，通判吴水苍女。后嫁给常熟许瑶。她工小楷，善画，兼擅丝竹。诗词皆清丽，足自成一家。而其情感又是那么真挚奔放，不自检束。她的《啸雪庵诗余》里，尽有许多缠绵悱恻的情语。遂有种种的蜚语流言传于世。殆和李易安、朱淑贞同为身世不幸之女作家。

她的散曲，在她的一切著作里，最为驽下，且并不多。在《啸雪庵诗余》之末，附有《黄莺儿》十首，皆咏花草者，情态索然，总缘无话可说，敷衍成章耳。姑举其一：

画苹果花

别样不胜娇，软丝丝缀碧条。海棠姿态些儿较：嫩红酥欲消，澹燕支带潮。香生玉靥轻含笑，最难描。风情无限，半晌却停豪。

虽是轻倩的咏物小词，然较之她的词，像“万斛闲愁浑不了，无聊自把寒衾搅”（《渔家傲·春晓》）；“茶饭谁餐？伏枕知何计？王孙不来侬自来，游魂顷刻追千里”（《蝶恋花·病怀》）；“粉蝶不知人意，纷纷来往绸缪。双眉常自曲如钩，莫说忘忧”（《画堂春·萱草》）等来，却使人有把捉不到什么之感。

顾贞立生于康熙中。原名文婉，字碧汾， 自号避秦人。无锡人，顾贞观姊。嫁给同邑侯晋。诗词极多。徐乃昌尝刊其《栖香阁词》二卷于《闺秀百家词》中。《栖香阁词》末，附有《步步娇》等四曲，并自制曲《桃丝》《翠凌波》二篇。（此自制曲，盖仿白石道人等的“自度曲”而作，体格是词而非曲，未必能唱。）那四曲似套数而又不像套。然像下面的一

曲：

驻马听

宿雨朝烟，露浥胭脂红数点。闲庭寂寞，惜花人起梦尤淹。停妆台几度懒临弯，整凌波款步青苔藓。笑嫣然，看朝阳一朵春光绽。

却文情欢畅光明，活画出闺中的懒散丰润的生活的情态来。较之文士们代作的“闺情”曲，当然要出色当行些。

从康熙到乾隆，女流曲家却寂然无闻。道光间有仁和吴藻出，稍振其绪。藻字苹香，作《香南雪北词》，后附散曲数套；又作《饮酒读骚图传奇》。《香南雪北词》后所附诸曲，很少可注意的，倒是那本《饮酒读骚图》，虽是短短的一篇剧曲，却全然自抒怀抱，亢爽悲壮，不能不算它为整个的一首抒情歌曲。她托名为谢絮才，改扮男装，对影自叹：“若论襟怀可放，何殊绝云表之飞鹏；无奈身世不谐，竟似闭樊笼之病鹤。”在旧礼会的礼教压迫之下，她是那样可怜的自慰着：竟以对男装画像，饮酒读《离骚》为幻想中的满足。然这满足究竟是落了空，遂不得不对自己的画像自弔，自挽了：

……能几度夕阳芳草，禁多少月残风晓！题不尽断肠词稿，又添上伤心图照。俺呵，收拾起金翘翠翘，整备着诗瓢酒瓢，呀，向花前把影儿频弔。

——《北沽美酒带太平令》

《天雨花》《笔生花》诸弹词所描写的女主人翁的活动，也是在这样的被压迫的情怀之下，反激的写就的。

道光之后，又是若干年的空白。光绪中，有德清俞庆曾的，为俞樾的孙女，字吉初，作《绣墨轩诗词稿》。其词稿后附散曲二套。一为仿吴藻的《香南雪北词余》者，只是试笔之作，无甚重要。其《昼长无事偶谱此曲以遣闷怀》一套，却弹奏出一种“闺怨”的别调来：

［二郎神］重门闭，把百样思量总不甚宜。造化无端将人戏，原知不解那恹恹惜惜！无聊问：何日心头能称意！岂堪说此中情理！魂销矣！这

一个愁字在眉间，事事非。

［集贤宾］红尘久住真没味，自怜身世支离。顾后思前无一计，真好比风中飞絮！香篝倦倚，当日事般般都记。重帘底，镇日价无情无绪。

明白如话，远非黄夫人以来诸女作家的娇软婉约的作态；写无聊的闲愁，出世的思想，如此的晓畅无隐者，女作家里似仅见她一人而已。

清曲本为元、明散曲的残蝉的尾声。除了徐、郑的道情曲，朱、厉等曲集外，所可称者惟民间小曲的搜辑耳。而几个女流作家，插身于其间，更是藐小寥落得可怜。故今之所得，仅此而已。

如在诸小说传奇以及笔记里去爬搜，原也可以再寻得若干女作家的曲子来。惟往往只有一曲数语，为细过甚，姑不置论。

《盛世新声》与《词林摘艳》

郑振铎

一

在《雍熙乐府》未刊行之前，选录南北曲最富的曲集，要算是《盛世新声》和《词林摘艳》了。杨朝英《阳春白雪》十卷，载套数五十余章，小令四百余阕；他的《太平乐府》九卷，载套数一百三十余章，小令若干阕。其他像《乐府群玉》（五卷），《乐府新声》（三卷），等等，则所录更少了。钱大昕《补元史・艺文志》著录无名氏南北宫词十八卷，《中州元气》十册，似卷帙较多，却绝不可得见，不知所载元人曲究有若干篇。

第一次著录《盛世新声》和《词林摘艳》的书，当为明高儒的《百川书志》：

《盛世新声》九宫曲九卷

《盛世新声》南曲一卷

《盛世新声》万花集一卷

大明武宗正德年人编，三集总大曲四百余章，小令五百余阕。

《词林摘艳》南北小令一卷

《词林摘艳》南九宫一卷

《词林摘艳》北八宫八卷

嘉靖乙酉吴江张禄校集；以《盛世新声》博取欠精，速成多误，复正鲁鱼，损益新旧小令，百九南调，百七十有七北调，南九宫五十三，北八宫兼别调二百七十八。词林之精备者。

高儒编辑此书目的时代，在嘉靖间，盖和《词林摘艳》的编者张禄同时；离开正德——《盛世新声》的编辑时代——也不过二十余年。崇祯间，黄虞稷撰《千顷堂书目》也著录：

《盛世新声》九宫曲九卷，又南曲一卷，又万花集一卷，正德中人所编，不知名氏。

张禄《词林摘艳》北八宫八卷，又南九宫一卷，又南北小令一卷，吴江人。

钱遵王《也是园书目》亦著录：

《词林摘艳》十卷

《盛世新声》十二卷

高儒和黄虞稷都以为《盛世新声》是十一卷，独钱遵王作十二卷，正和今日所见诸本合。

清初，庭臣们纂修《明史》，其《艺文志》全据《千顷堂书目》，而独削《新声》《摘艳》诸书不载。自此以后，《新声》《摘艳》便不复为人所知。诸清代藏书家书目，也无复有著录之的。不料销声匿迹二百五六十年后，忽复先后出现于人间。使我们有机会对于元、明间的散曲作一番更精密的研究，这不能不说是我们的幸运！

《词林摘艳》的出现，似先于《盛世新声》。吴瞿安先生最着急于曲集的收藏，我很早便知道他藏有此书。后来他将所藏交涵芬楼刊为《奢摩他室曲丛》，《摘艳》亦收入《曲丛》中，始得为我所读到。我到北平，曾恳诸主藏者将《摘艳》及沈璟的《南词韵选》二书见假。幸获假得，置之案上者近一年，均得录副（北平图书馆也由我那里录一副本而去）。“一·二八”之役，涵芬楼及其所藏，胥化为灰烬，吴氏藏曲也多半失去，致瞿安先生有“曲者不祥之物也”之叹。然此二书独以伴我北去而获全。吴氏所藏《摘艳》，为张禄原刊本（刊于嘉靖乙酉），最为罕见，闻他又藏有他本，为万历间（？）徽藩所刊。惜未获读，不知有无歧异处。

我最初见到的一本《盛世新声》为周越然先生得之中国书店者；凡

十二卷，有南北小令二卷，而无《万花集》的名目。曾向越然先生假得，穷二月之力，将其与《词林摘艳》及《雍熙乐府》不同处，一一录出。用力至劬，而自觉不为无益。

后来，在北平故宫博物馆图书馆又见到万历二十四年内府重刊的《盛世词调》（即《盛世新声》）及万历二十五年重刊的《词林摘艳》二书。前年，内府重刊本的《词林摘艳》曾出现一部，为琉璃厂邃雅斋所得。颇思获得之，而终归北平图书馆，心里殊为耿耿！而同时刘氏嘉业堂所藏《重刊增益词林摘艳》也影印了出来。去年春天，到了上海，在商务印书馆藏书室里，获睹福州龚氏大通楼所藏残本《盛世新声》，后竟附有《万花集》二卷，为之大喜欲狂！虽在上海仅有数日留，而不惜费一个整天的工夫，将《万花集》全部录目而去。至是，关于《新声》《摘艳》二书，乃有充分的材料，足以供我们作比勘的研究了。

二

《新声》《摘艳》的关系究竟如何呢？我们都知道《摘艳》是增删《新声》而编成的。但其间，有多少的歧异呢？且此二书，坊间每多伪本，往往张冠李戴，将《摘艳》数卷混入《新声》，或名为《新声》而实则仍为《摘艳》。这种种都有待于仔细的比勘与精密的研讨的。

先讲《盛世新声》。

高儒和黄虞稷都以为《盛世新声》为正德间人所编，不知名氏。周氏藏本，有《新声引》：

夫乐府之行，其来远矣。有南曲北曲之分。南曲传自汉、唐，北曲由辽、金、元至我朝大备焉。皆出诗人之口，非桑间濮上之音，与风雅比兴相表里。至于村歌里唱，无过劝善惩恶，寄怀写怨。予尝留意词曲，间有文鄙句俗，甚伤风雅，使人厌观而恶听。予于暇日，逐一检阅，删繁去冗，存其脍炙人口者四百余章，小令五百余阕，题曰《盛世新声》，命工锓梓，以广其传。庶使人歌而善反和之际，无声律之病焉。时正德十二年岁在强圉赤奋若上元日书。

在这“引”里，编者自己不署名。张禄序《词林摘艳》云：“正德间，裒而辑之为卷，名之曰《盛世新声》”，也不说是什么人编的。刘楫为《摘艳》作序，则云：“顷年，梨园中人，搜辑自元以及我朝，凡辞人骚客所作长篇短章，并传奇中奇特者，宫分调析，萃为一书，名曰《盛世新声》，版行已久。”这里只断定了是梨园中人所辑，也没有说出主名来。龚氏《大通楼书目》著录此书，作：

《盛世新声》二十卷，明戴贤刊本，白绵纸。

但原书题的是：

樵仙、戴贤、愚之校正刊行。

则刊行者仍不知其名氏;戴贤乃是为之“校正”的。高儒离《新声》的编成，不过二十余年；张禄序《摘艳》时，离《新声》的刊行，只有八九年。在那时候已经不知道编刊者的名氏，现在更是“文献无征”。但我们若将“校正”者的戴贤即作为编者，当不会是很冒昧的。

《盛世新声》的版本，今知者有：

（一）有“正德十二年序”本

此本十二卷全，今藏周越然先生处；初以为必是正德间原刊本。但有二可疑处：（1）通体卷帙不一律，或作“子集”“寅集“亥集”，或作“卷之四”“卷之五”“卷之七”“卷十一”；（2）全部本无各曲作者名氏及剧曲原名，但到了末后数卷，忽增入作者名氏及杂剧名目。故疑是明代翻刻者将《盛世新声》原书卷帙阙失处，补以《摘艳》作为全书刻出。更有一旁证：凡增入作者名氏及剧名的数卷，其内容文句也和《摘艳》竟无两样。刊工草率。

（二）正德间戴贤校正本

此本今藏福建龚氏大通楼，残存南曲一卷；正宫、仙吕、中吕、南吕、双调、越调、商调各一卷；《万花集》二卷；阙黄锺一卷；大石调一卷。此本疑为原刊本，正符《百川书志》及《千顷堂书目》所著录的“九宫曲九卷，南曲一卷”之数，且《万花集》自成一部分，别立名目，也正相合（惟卷数是二卷，非一卷；疑百川、千顷堂诸目误）。刊工至精。

（三）重刊盛世词调本

此为万历二十四年，内府所刊，刊工甚精，今藏故宫博物院图书馆，凡分“子丑寅卯”等十二集。

（四）张禄辑盛世新声本

今藏北平图书馆，凡十二卷，嘉靖刻本；中杂《词林摘艳》若干卷，而将中缝挖改重印，故将《新声》竟作为“张禄辑”的了。此是伪本，最不可据。

除了第四本不必注意之外，其余三本都可加以仔细的比勘。

（1）“子集”正宫，周氏藏本凡录《端正好》“享富贵受皇恩”以下套数三十章。

戴贤校本同上。

《词调》本同上。

（2）“丑集”黄锺宫，周氏藏本凡录《醉花阴》“国祚风和太平了”以下套数二十五章。

戴贤校本阙此卷。

《词调》本同周藏本。

（3）“寅集”大石调，周氏藏本凡录“空外六花番”以下套数十四章。

戴贤校本阙此卷。

《词调》本同周藏本。

（4）“卯集”仙吕，周氏藏本凡录“花遮翠拥”以下套数二十七章。

戴贤校本同上。

《词调》本同上。

（5）“辰集”中吕，周氏藏本凡录“裹帽穿衫”以下套数三十一章。

戴贤校本同上。

《词调》本同上。

（6）“巳集”南吕，周氏藏本凡录“皇都锦绣城”以下套数五十三章。

戴贤校本同上。

《词调》本同上。

（7）“午集”双调，周氏藏本凡录“碧天边一朵瑞云飘”以下套数三十三章。

戴贤校本同上。

《词调》本同上。

（8）“未集”越调，周氏藏本凡录“四海安然”以下三十二章。

戴贤校本凡录三十四套。

《词调》本同戴本。

这一集，周本最可怪，每套下皆注明作者及题目，且全同《摘艳》所注者。疑系《盛世》原版阙失，故以《摘艳》版拼合补足之。

（9）“申集”商调，周氏藏本凡录“黄梅细丝江上雨”以下套数三十三章。

戴贤校本同上。

《词调》本同上。

（10）“酉集”南曲，周氏藏本凡录“喜逢吉日”以下套数四十六套。

戴贤校本仅有三十六套，疑此本阙失了一部分。

《词调》本亦为四十六章。

（11）“戌集”，周氏藏本凡录《南吕一枝花》“丝丝杨柳风”以下套数十二章，《普天乐》“洛阳花梁园月”以下小令一百四十九阕（周氏藏本南北小令名目，亦不另立其他名目）。

戴贤校本此集为《万花集》前卷，当是原本的面目。

《词调》本（作亥集）凡录曲牌五十一个，小令数目当时未及记下（原书在北平，未能查考）。

（12）“亥集”，周氏藏本（南北小令不分，亦不另立其他名目）凡录《折桂令》“想多情恨杀薄情”以下南北小令三百五十九阕。

戴贤校本此集作《万花集》后。

《词调》本（作戌集）凡录曲牌五十三个，小令数目未详（当时未及录下）。

《词调》本“戌”“亥”二集，当系将《万花集》前后卷里的南北小

令，清理出来，将南小令及北小令分别各列一集；当时翻刻此书时，必受到《摘艳》影响很大。

把上面各本的异同比勘了一下之后，我们可以知道，《新声》十二卷的面目，是各本大致相同的。周氏藏本及《词调》本虽无《万花集》的名目，但《万花集》全部实已包含于其中。我们尝憾不得一见所谓《万花集》者，今则，此谜可以释然了。假如我们不发见了戴贤本《新声》，这个结论是永远不会得到的。

综上三本《盛世新声》的内容，我们可以知道，凡包括：

九宫曲九卷，计套数二百七十八章；

南曲一卷，计套数四十六章；

以上共套数三百二十四章。

《万花集》二卷，计套数十二章，小令五百零八阕，和原序所谓："存其脍炙人口者四百余章，小令五白余阕"，及《百川书志》所谓："三集总大曲四百余章，小令五百余阕"者略有不符。今本小令固有"五百余阕"，而套数（大曲）则各本皆仅"三百二十四章"，和所谓"四百余章"者，相差甚远。或系编者所谓"四百余章"，乃是举其"成数"，夸大的言之欤？

《万花集》内容最为复杂，录小令，也录套数，疑原系独立的一书，被《新声》编者采来附录于后的。

三

《盛世新声》编刊于正德十二年，但过了九年（嘉靖四年），张禄的《词林摘艳》便也刊行了。

《词林摘艳》只有十卷，但在实际上其篇幅是不比《盛世新声》少的；《新声》里《万花集》分前后二集，《摘艳》却把她合并为"南北小令"一卷了。

编《摘艳》的张禄，其名氏是不大为人所知的。《百川书志》以他为吴江人，他自己也自署为"东吴张禄"，自序末，又有一块图章，字为

“吴江主人”。刘楫为《摘艳》作序云：

康衢击壤之歌，乐府之始也。汉魏而下，则有古乐府，犹有余韵存焉。至元、金、辽之世，则变而为今乐府。其间擅场者如关汉卿、庾吉甫、贯酸斋、马昂夫诸作，体裁虽异，而宫商相宣，皆可被于弦竹者也。我皇明国初，则有谷子敬、汤舜民、汪元亨诸君子，迭出新妙。连篇累牍，散处诸集，好事者不能遍观而尽识，往往以为恨。顷年梨园中搜辑自元以及我朝，凡辞人骚客所作长篇短章，并传奇中奇特者，宫分调析，萃为一书，名曰《盛世新声》，版行已久。识者又以为泥文彩者失音节，谐音节者亏文彩。下此，则又逐时变，竞俗趋，不自知其街谈市谚之陋，而不见夫锦心绣腹之为懿。吴江张均天爵，好古博雅之士，间尝去其失格，增其未备，讹者正之，脱者补之，粲然成帙，命之曰《词林摘艳》。将绣梓以传，而求序于余。余嘉其志勤而才赡也。使此集一出，江湖游侠，长安豪贵，欲求乐府之渊薮，一览可见，岂不为大快哉！故不辞而为之序。时嘉靖乙酉岁仲秋上吉野舟刘楫识。

这序里，对于张禄的生平，并没有给我们以多少的光明，只知道他字天爵，是一位“好古博雅之士”。吴子明的后跋云：

《词林摘艳》一书，命名者取其收之多而择之精也。野舟刘子序之详矣，余复何言。然观其所载，固多桑间濮上之音，而闺阁儿女之言，亦有托此谕彼之旨；间又有忠臣烈士，信友节妇，形容宛转，杂出于其间，皆可以兴发惩戒，有关于风化，不独为金樽檀板之佐而已。此则集书者之微意。故于末简跋而出之。

皇明嘉靖乙酉中秋前一日，康衢道人吴子明书于南华轩中。

这跋更怪，连“集书者”的名氏都不曾表白出来。难道张禄乃是一位书估之流的人物，故学士大夫们便不屑提及其姓氏么？

张禄自己的序，也只是叙其成书的经过，俾观者“幸怜其用心之勤，恕其狂妄之罪”。

他家里似是很有些财产的，有所谓友竹轩，污隐轩，蒲东书舍诸建筑，故他又自号友竹山人、蒲东山人。我们所知道的他的生平，仅此而

已。《重刊增益词林摘艳》上面，另有他一篇序，末署“吴江中汙张禄天爵”，则他的轩名污隐，是从中汙这个地名出来的。

《词林摘艳》的版本，今知者有：

（一）嘉靖乙酉（四年）张氏原刊本，凡分甲、乙等十集，每集有小引一篇。今藏长洲吴氏。此是原刊本，最精工可靠（每页二十行，行二十字）。

（二）嘉靖己亥（十八年）张氏“重刊增益”本；分十卷，无小引。今藏吴兴刘氏嘉业堂（每页二十四行，行二十四字）。

（三）万历间（？）徽藩刊率（未见），今藏长洲吴氏。

（四）万历二十五年内府重刊本（每页十八行，行二十一字）。

今有两本，一藏故宫博物院图书馆，一藏北平图书馆。

第二本，即所谓张氏自己（重刊增益）本，颇可疑。其序也和嘉靖乙亥刊本大同小异：

词林摘艳序

今之乐，犹古之乐，殆体制不同耳。有元及辽、金时，文人才士，审音定律，作为词调。逮我皇明，益尽其美。谓之今乐府。其视古作，虽曰悬绝，然其间有南有北，有长篇小令，皆抚时即事，托物寄兴之言。咏歌之余，可喜可悲，可惊可愕，委曲宛转，皆能使人兴起感发，盖小技中之长也。然作非一手，集非一帙，或公诸梓行，或秘诸誊写。好事者欲遍得观览，寡矣。正德间，裒而辑之为卷，名之曰《盛世新声》，固词坛中之快睹。但其贪收之广者，或不能择其精粗，欲成之速者，或不暇考其讹舛。见之者往往病焉。余不揣陋鄙，于暇日正其鱼鲁，增以新调。不减于前谓之林，少加于后谓之艳，更名曰《词林摘艳》，锓梓以行。四方之人，于风前月下，侑以丝竹，唱咏之余，或有所考，一览无余，岂不便哉！观者幸怜其用心之勤，恕其狂妄之罪。时嘉靖乙酉仲秋上吉东吴张禄谨识。

重刊增益词林摘艳叙

盖闻今乐犹古乐也，殆体制有殊，音韵有别，故胡元、辽、金骚人墨客，详审音律，作为九宫乐府。逮我皇明，益尽其美。亦有《太平乐府》《升平乐府》，使小民童稚，歌于闾巷，以乐太平之治化。作非一人，集非一手，或梓行誊录，欲遍览而寡矣。正德间，分宫析调，辑之为卷，曰《盛世新声》，固词坛中之快睹者。但贪收之广而成之速，未暇详考。见者病之。予又不揣鄙俗，即于暇日复证鲁鱼，增以新调，易之为《词林摘艳》，行之亦久。况今时音有变，收览未备，须少加焉。更名为《增益词林摘艳》，命工锓梓以行。与四方骚人墨士，去国思乡，于临风对月之际，咏歌侑觞，以释旅怀，岂不便哉！见览者幸勿以狂妄见咎！时嘉靖己亥仲春五日吴江中汙张禄天爵谨识。

这两本刊行的时代相距十五年，张禄是颇有自加“增益”的可能的。但“增益”的编辑，便草率得多了；差不多加入的曲子大半是没有作者的名氏的。我很怀疑这一本也许是书估冒名的东西。如果是张氏自加“增益”，那篇序不应该那么雷同；有许多话差不多都是重叙一遍的——虽然更易了几字数语。

甲集“南北小令”；南小令原刊本凡录一百零九阕；“增益”本则增加了一百零四阕，共有二百十三阕。北小令原刊本凡录一百七十七阕；“增益”本阕。

乙集“南九宫”，原刊本凡录套数五十三章，“增益”本则录五十四章，增出了《香遍满》“柳径花溪”及《一江风》“景无穷”二章，而删去了《绣带儿》“乾坤定民生遂养”一章。

丙集“中宫”，原刊本凡录《粉蝶儿》“万里翱翔”以下套数三十八章，“增益”本完全相同。

丁集“仙吕”，原刊本凡录《点绛唇》“为照芳妍”以下套数二十九章，“增益”本凡录三十四章，多出了：（一）“发愤忘食”、（二）“国泰隆昌”、（三）“月令随标”、（四）“谷雨初晴”、（五）“金

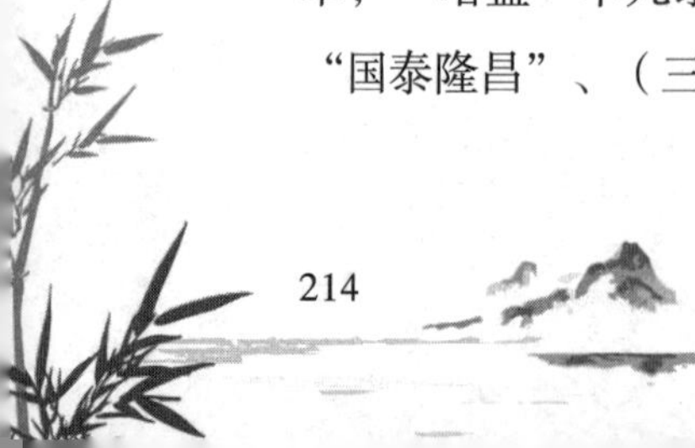

谷名园”等五章。

戊集“双调”，原刊本凡录《新水令》“燕山行胜出皇都”以下套数三十四章，“增益”本凡录四十三章，多出了：（一）“酒社诗坛”、（二）“朝也想思”、（三）“碧天边一朵瑞云飘”、（四）“郁葱佳气霭寰区”、（五）“万方齐贺大明朝”、（六）“花柳乡中自在仙”、（七）“为红牧晓夜病恹恹”、（八）“燕莺巢强恋做凤鸾帷”、（九）“枕痕一线界胭脂”等九章。

己集“南吕”，原刊本凡录《占春魁》“金风送晚凉”以下套数四十一章；“增益”本凡录六十五章，多出了：（一）“箭空攒白凤翎”、（二）“海棠娇膏雨滋”、（三）“心如明月悬”、（四）“玉温成软款情”、（五）“玳筵排翡翠屏”、（六）“霜翎雪握成”、（七）“恰三阳渐暖辰”、（八）“温柔玉有香”、（九）“锄瓜畦访邵平”、（丨）“雨堤烟柳垂”、（十一）“黄花助酒情”、（十二）“乌云绾髻鸦”、（十三）“蜂黄散晓晴”、（十四）“眉粗翠叶凋”、（十五）“瘦身躯难打捱”、（十六）“瑶池淡粉妆”、（十七）“鸿钩转管莩”、（十八）“三春和暖天”、（十九）“久存忠孝心”、（二十）“珍奇上苑花”、（二十一）“休将斑竹题”、（二十二）“乾坤旺气高”、（二十三）“草厦底茅庵小”、（二十四）“象牙床孔雀屏”、（二十五）“夷山风月情”等二十五章，但删去了原刊本里的“月明沧海珠”一章。

庚集“商调”，原刊本凡录《河西后庭花》“走将来涎涎邓邓冷眼儿睃”以下套数三十章；“增益”本凡录四十章，多出了：（一）“倚蓬窗惨伤秋暮早”、（二）“万方宁仰贺明圣国”、（三）“想双亲眼中流泪血”、（四）“乍离别这场憔悴损”、（五）“金殿上庆云祥雾绕”、（六）“花影月移风弄柳”、（七）“柳眉攒倦听檐外铁”、（八）“二十年锦营花阵里”、（九）“贪慌忙棘针科抓住战衣”、（十）“殿头官恰才传圣敕”等十章。

辛集“正宫”，原刊本凡录《端正好》“墨点柳眉新”以下套数三十五章，“增益”本凡录三十四章，删去了“享富贵受皇恩”一章。

壬集“黄锺附大石调”，原刊本凡录《黄锺愿成双》“春初透，花正结”以下套数二十九章，又《大石调蓦山溪》“冬天易晚”套数一章，共三十章，“增益”本凡录套数三十二章，多出了：（一）“满腹内阴阴似刀搅”、（二）“日月长明兴社稷”等二章。

癸集“越调”，原刊本凡录《斗鹌鹑》“百岁光阴”以下套数三十五章，“增益”本凡录三十六章，多出了：（一）“举意儿全别”、（二）“圣主宽仁”等二章，但删去了“讲燕赵风流莫比”一章。

经过了仔细校勘之后，便可以断定，这“增益”本决非张禄所编，那篇“序”也是假冒的。原来乃是某一位书估取《摘艳》的残本而以《盛世新声》的一大部分的东西并合了印出来的，故《摘艳》原有的反被删去（或阙佚）一些，而《盛世新声》有的却往往都加入了；其每章多无题目及作者姓氏之处，也显然是照抄《盛世新声》的。我很怀疑：这一位编者简直不曾费力，乃是收买了《摘艳》和《新声》的两副残版，合并了印出，而强冠以“增益词林摘艳”之名以资号召的。但也有可能的是：《摘艳》刊行了之后，删去了《新声》里的好些曲子，不为一部分的读者所满，故书估遂乘机再将《新声》所有的，刊入于《摘艳》之内，而名之曰“增益”。张禄是一位很有眼力、很富学识的人，决不会自己破坏了他自己的选择的标准的。

第三种徽藩刊本，我未见，不知内容如何；至第四种内府重刊本，则内容又和原刊文及“增益”本不大相同，不仅所收曲子数目相殊，即其次序也前后不同；惜此书在北平，不能见到，难以再作仔细的比勘。

《摘艳》版本的问题，比《新声》更为复杂；内府重刊本增出了曲子不少，不知依据何书采入。今所能执以和《新声》作比较研究的，自当据张氏原刊本。把《摘艳》本身的版本问题，留待将来有机会再说。

四

《词林摘艳》凡录“南北小令”二百八十六阕，“南九宫”套数

五十三章，“北九宫”套数二百七十二章；总凡套数三百二十五章，较之《盛世新声》所载，小令减少了二百二十二阕，几删去了半数；套数则相差无几。然其中或删，或增，内容却不大相同。

《摘艳》究竟删去了些什么呢？张禄评《新声》道：“但其贪收之广者，或不能择其精粗，欲成之速者，或不暇考其讹舛。”则其所“去”者乃是其“粗”者，“讹舛”者或“失格”者。这删去的南北九宫的套数部分，凡有六十五章，又《万花集》套数四章：

（一）“南九宫”部分删去《香遍满》“柳径花溪”及《一江风》“景无穷”二章；

（二）“仙吕”部分删去“发愤忘食”“国泰隆昌”“月令随标”“谷雨初晴”“金谷名园”等五章；

（三）“双调”部分删去“碧天边一朵瑞云飘”，“郁葱佳气霭寰区”，“万方齐贺大明朝”，“花柳乡中自在仙”，“为红妆晓夜病恹恹”，“燕莺巢强恋做凤鸾帏”，“枕痕一线界胭脂”等七章；

（四）“南吕”部分，删去了“箭空攒白凤翎”“海棠娇膏雨滋”“心如明月悬”“玉温成软款情”“玳筵排翡翠屏”“霜翎雪握成”“恰三阳渐暖辰”“温柔玉有香”“锄瓜畦访邵平”“雨堤烟柳垂”“黄花助酒情”“乌云绾髻鸦”“蜂黄散晓晴”“眉粗翠叶凋”“瘦身躯难打捱”“瑶池淡粉妆”“鸿钧转营莩”“三春和暖天”“久存忠孝心”“珍奇上苑花”“休将斑竹题”“乾坤旺气高”“草厦底茅庵小”“象牙床孔雀屏”“夷山风月情”等二十五章，算是删得最多。

（五）“商调”部分，删去了“万方宁仰贺明圣国”“想双亲眼中流泪血”“乍离别这场憔悴损”“金殿上庆云祥雾绕”“花影月移风弄柳”“柳眉攒倦听檐外铁”“二十年锦营花阵里”“贪慌忙棘针科抓住战衣”“殿头官恰才传圣敕”等九章。

（六）“黄锺附大石调”部分，删去的也不少。“黄锺”部分只删了“满腹内阴阴似刀搅”及“日月长明兴社稷”二章；“大石调”部分则《盛世新声》所录“空外六花番”（《青杏子》）第十四章，只选了“冬天易晚”（《蓦山溪》）一章，其余十三章全被删去。

（七）“越调”部分，删去了“举意儿全别”及“圣主宽仁”二章。“正宫”和“中吕”两集则没有被删去的。

在被删去的曲子里，尽有很好的，像《双词新水令》“为红妆晓夜病恹恹”一章内的：

［七弟兄］这愁闷渐渐，旋添上眉尖；我将他模样心坎儿上频频念，小名儿不住口中呫。相思病害煞何曾厌！

［梅花酒］任傍人语句儿拈，我也索等等潜潜，掐掐拈拈，眼角眉尖。到如今袄神庙烈火烧，蓝桥下水冲渰，并头莲手内挦，隔纱窗透银蟾，金钱卦懒去占。门半掩簇珠帘，消兰麝倦重添。

像《南吕一枝花》“蜂黄散晓晴”“眉粗翠叶凋”等都可算是绝妙好辞，不知张氏为什么弃去了它们。但大部分被删去的却都还是些无谓的颂扬的和写景应时的曲子，陈腐的情歌艳语，以及无病呻吟的“便休题半星儿蝇利蜗名”那一套的“休居乐府”式的文字。

在当时张氏选择取舍的时候，是颇费苦心的；他有自己的眼光，自己的批评见解，自己的鉴赏标准；而对于曲律的“合格”与否，也是他的最主要的取舍之准的之一。就他所弃去的南北九宫部分的套数六十五章（占全书五分之一），《万花集》里的套数四章看来，我们可以知道张氏乃是一个正统派的批评家，最谨严的守着曲律，努力于保存典雅的作风，而排斥嘲笑粗野以及无聊的篇什的。但有一部分情辞，时令曲，颂圣语却还不能完全去掉，恐怕这是因为：那些篇什传唱颇盛，而《词林摘艳》却是供给歌唱者参考的书的缘故。

其实，一部分张氏所认为嘲笑、粗野，不登大雅的篇什，却正是民间野生的最好的抒情歌曲。这一部分的被割弃，确是很可遗憾的。

五

《摘艳》所增入的“新调”究竟有多少呢？在“小令”部分，南小令增了些，而北小令则删得多而增得少。“套数”部分，增入的很不少，恰

好可以和删去的数目略相等。

“南九宫”部分增入了九章：（一）《山桃红》“暗思金屋配合春娇”；（二）《画眉序》“元宵景堪题”；（三）《二郎神慢》“从别后正七夕”；（四）《画眉序》“盛世乐升平”；（五）《挂真儿》“鸾凰同聘”；（六）《风入松》“圣明君过禹汤”；（七）《香遍满》“因他消瘦”；（八）《八声甘州》“眠思梦想”；（九）《绣带儿》“乾坤定民生遂养”。

这九章，像“暗思金屋配合春娇”（无名氏散套），“因他消瘦，春来见花真个羞！羞问花时还问柳。柳条娇且柔，丝丝不绾愁；几回暗点头，似嗔我眉儿皱”（陈大声《春情》），都是写得很深刻的；但像“元宵景堪题”“盛世乐升平”“圣明君过禹汤”一类却便是“应景”“颂扬”一流的陈腐、无聊之作了。为了这一类“曲集”，原是供“四方之人，于风前月下，侑以丝竹，唱咏之余，或有所考”的，故于这一类流行之曲便也不能不收入。

“中吕”部分，增入了七章：（一）“万里翱翔”；（二）“江景萧疏”；（三）“皓月澄澄”；（四）“骄马金鞭”；（五）“三弄梅花”；（六）“执手临歧”；（七）“守道穷经度日”。（《搬涉调哨遍》）

“江景萧疏”是元大都歌妓王氏作的散套，其中：

［斗鹌鹑］愁多似山市晴岚，泣多似潇湘夜雨。少一个心上才郎，多一个脚头丈夫。每日价茶不茶，饭不饭，百无是处；交我那里告诉！最高的离恨天堂，最低的相思地狱。

一曲最为人所传诵。“皓月澄澄”为无名氏《云窗梦杂剧》第三折，“守道穷经度日”为明吕景儒散套（《庄子叹骷髅》），都是很罕见的。

“仙吕”部分也增入了七章：（一）“为照芳妍”；（二）“春光艳阳”；（三）“杨柳丝柔”；（四）“淑气融融柳吐烟”；（五）“月朗风清”；（六）“红雨纷纷”；（七）“骄马吟鞭”。

“为照芳妍”，题作“十美人赏月”，元王伯成作，盖即《天宝遗事》（诸宫调）里的一章。

“双调”部分增入了八章：（一）“燕山行胜出皇都”；（二）“碧桃花外一声钟”；（三）“枕痕一线印香腮”；（四）“新梦青楼一操琴”；（五）“翠帘深护小房栊”；（六）“霁景融和”；（七）“紫箫声断彩云低”；（八）“有石奇峭本天成”。

“南吕”部分增入了十二章：（一）“金风送晚凉”；（二）“凤台宝鉴分”；（三）“风流谁可如”；（四）“衮香绵柳絮轻”；（五）“蔷薇满院香”；（六）“金风凋杨柳衰”；（七）“青山失翠微”；（八）“丝丝杨柳风”；（九）“月明沧海珠”；（十）“左右依两壁山”；（十一）“西风昨夜生”；（十二）“风寒翡翠帏”。

“商调”部分增入了六章：（一）“走将来涎涎邓邓冷眼儿睃”；（二）“忆吹箫玉人何处也”；（三）“剔团圞月明天似洗”；（四）“寒风布野”；（五）“琐窗寒井梧秋到早”；（六）“碧天晴著残秋渐交”。

“正宫”部分增入了六章：（一）“墨点柳眉新”；（二）“一枕梦魂惊”；（三）“不睹事折鸾凰”；（四）“一班儿扶社稷众英贤”；（五）“正团圆成孤零”；（六）“美甘甘锦堂欢”。

“黄锺”部分增入了七章：（一）“春初透花正结”；（二）“行李萧萧倦修整”；（三）“羞对莺花绿窗掩”；（四）“窗外芭蕉战秋雨”；（五）“殢酒簪花异乡客”；（六）“春意融和凤城里”；（七）“破镜重圆带重结”。

“越调”部分增入了五章：（一）“百岁光阴”；（二）“院落春余”；（三）“良友曾题”；（四）“燕燕莺莺”；（五）“讲燕赵风流莫比”。

以上共增入“南北九宫”六十七章。

这些“增入”的曲子，有许多是非常的重要的；有不见于其他曲集的东西；有已佚的杂剧残文；也有许多无名氏的作品，原是最好的民歌，如果没有张氏把他搜辑起来，到现在我们是永远不会读到的。但其中“中吕”的“骄马金鞭”一章，“双调”的“枕痕一线印香腮”“新梦青楼一

操琴”二章，“南吕”的“金风送晚凉”“凤台宝鉴分”“丝丝杨柳风”三章，“黄锺”的“春初透花正结”一章，“越调”的“讲燕赵风流莫比”一章，原来都是《万花集》里面所有的，张氏却把它提到“北九宫”里面去了。故实际上，他所增入者只有五十九章。

《万花集》一部分，原是最杂乱无章的，有套数，也有小令；后集里南北小令又混杂在一处，分别不开。张氏却把它们仔细的清理一过，将套数提归到前面应该归列在那里的地方；同时，将南北小令也各从其类，分了开来。这样，眉目便清楚得多了。

兹将《新声》和《摘艳》的增删的关系，列一表如下：

<table>
<tr><th colspan="2"></th><th colspan="2">盛世新声</th><th colspan="2">词林摘艳</th><th>删</th><th>增</th></tr>
<tr><td rowspan="11">南北九宫</td><td>正宫</td><td colspan="2">29</td><td colspan="2">35</td><td>0</td><td>6</td></tr>
<tr><td>黄锺</td><td colspan="2">25</td><td colspan="2">30</td><td>2</td><td>7</td></tr>
<tr><td>大石调</td><td colspan="2">14</td><td colspan="2">1</td><td>13</td><td>0</td></tr>
<tr><td>仙吕</td><td colspan="2">27</td><td colspan="2">29</td><td>5</td><td>7</td></tr>
<tr><td>中吕</td><td colspan="2">31</td><td colspan="2">38</td><td>0</td><td>7</td></tr>
<tr><td>南吕</td><td colspan="2">53</td><td colspan="2">41</td><td>24</td><td>12</td></tr>
<tr><td>双调</td><td colspan="2">33</td><td colspan="2">35</td><td>7</td><td>8</td></tr>
<tr><td>越调</td><td colspan="2">34</td><td colspan="2">35</td><td>4</td><td>5</td></tr>
<tr><td>商调</td><td colspan="2">33</td><td colspan="2">30</td><td>9</td><td>6</td></tr>
<tr><td>南曲</td><td colspan="2">46</td><td colspan="2">53</td><td>2</td><td>9</td></tr>
<tr><td>总计</td><td colspan="2">325</td><td colspan="2">326</td><td>65</td><td>67</td></tr>
<tr><td rowspan="4">万花集</td><td>套数</td><td colspan="2">12</td><td colspan="2">（选8）（已计入前）</td><td>4</td><td></td></tr>
<tr><td rowspan="2">小令</td><td>前</td><td>149</td><td>北小令</td><td>177</td><td></td><td></td></tr>
<tr><td>后</td><td>359</td><td>南小令</td><td>109</td><td></td><td></td></tr>
<tr><td>总计</td><td colspan="2">508</td><td colspan="2">286</td><td></td><td></td></tr>
</table>

六

关于“讹者正之”（张氏所谓“正其鲁鱼”）的部分，我曾经费了两个月的工夫从事于此；将《摘艳》各曲和《新声》字句不同处，一一为之校注出来。大抵张氏所改正者，以属于讹字，或别字为最多。

“筝”张改正作“筝”（正宫）

“浙浙”张改正作“淅淅”（黄锺，国祚风和）

“心怀悒快”张改正作“心怀悒怏”（黄锺，鸳鸯浦）

“自村量”张改正作“自忖量”（同前）

“解雨花”张改正作“解语花”（黄锺，宝髻高盘）

“十二帘笼”张改正作“十二帘栊”（仙吕，花遮翠拥）

“天心照鉴”张改正作“天心昭鉴”（仙吕，书来秦嬴）

“刚来札”张改正作“刚半札”（仙吕，娇艳名娃）

“蓁藿”张改正作“藜藿”（中吕，裸帽穿衫）

“花须开榭”张改正作“花须开谢”（中吕，花落春归）

“马啼儿”张改正作“马蹄儿”（中吕，鹰犬从来无价）

“酒庐”张改正作“酒垆”（越调，篗笠做交游）

“望百蝶”张改正作“望百堞”（越调，帝业南都）

“重伊州”张改正作“重伊周”（南吕，心怀雨露恩）

“语善声低”张改正作“语颤声低”（南吕，蹙金莲）

以上是随意从校勘记里举出的十多个例子。那些讹字，在《盛世新声》里是触处皆是的，这部书大约是梨园刻本，故讹字、别字不能免。张氏在这一方面尽了不少的改正之力。但《摘艳》也偶有刻错的字，像：

“因信全无”“渡涛万仗”（以上均见中吕，画阁消疏）

“急急似漏纲”（仙吕，秦失邦基）

“一般杨春”（仙吕，十载寒窗）

等等，那些错误都是显然可见的。

其次，衬字的增删或更改处也颇不少；惟在这一方面，是非却很难讲

了。不知张氏所改，是无以其他善本为依据。如果仅凭个人的直觉的见解去臆改，那是很危险的。

“呀我则见”张无“呀”字（中吕，宝殿生凉）

“更那堪”张改作“捱不的”（中吕，银烛高烧）

“强如俺那尘世好”张无“那”字（黄锺，国祚风和）

“再谁想”张改作“何时再”（黄锺，风摆青青）

“这些时琴闲”张无“这些时”三字

“则我这身心”张无“则我这”三字（以上南吕，风吹楚岫）

“你看那桃红”张无“你看那”三字（南吕，花间杜鹃）

“怎对人呵暗沉吟”张无“怎对人呵”四字（商调，猛听的）

“寻一个胜似你的”张无“寻一个……的”四字（商调，迤逦秋）

张氏对于“你看那”“这些时”那一类的衬字，是颇不以为有什么作用的，故都删了去。这对于原文至少是不忠实，——不必说是：去了这些衬字会失了什么婉曲的韵味了。

在曲调一方面，张氏对于《盛世新声》，也有增删、更改及前后移动之处。

所谓增删者，像南曲“幽窗下”里，《盛世》仅作《十样锦》一名，张氏明增出各曲调名；“群芳绽锦蘚”里，张氏增出《幺篇》一曲；《万花集》“凤台宝鉴分”里，张氏增出《骂玉郎》《感皇恩》《采茶歌》三曲。

所谓前后移动者，像南曲“花月满春城”里，第二《画眉序》本在第一《神仗儿》之后，张氏则颠倒之。

所谓更改者，像“南吕”“银杏叶”尾声，张氏作黄锺尾声；《万花集》里，有一《水仙子》，张氏改作《凌波仙》。南曲里，“喜遇吉日”的尾声，张氏改作“余音”；“花底黄鹂”的尾声，他也改作“余音”。

张氏在这一方面的功罪不易论定。他难免没有师心自用之处；这对于原文的完整的美，常要有所损害。好在原文具在，今日尚可加以比较，原文的真朴之美，尚不至于因经了润饰之后而尽失其本来面目。——张氏所改尚少，他还可算是一位谨慎小心的编订者；到了郭勋编刊《雍熙乐府》时，便不客气的用大刀阔斧来增删原文了。

七

张禄改订《新声》为《摘艳》，最有功者为加注作者姓氏及杂剧戏文名目的一点。杨朝英的《太平乐府》及《阳春白雪》均注出作者姓氏；涵虚子的《太和正音谱》于所引杂剧名目及散曲作者也均极仔细的一一注出。但像《新声》和《雍熙乐府》等书，便只录“曲”子，不问来历了。作者的姓氏既全不注出，又喜乱改原文，于是有许多明明是元人的曲子，却被硬生生的将“元”作“明”，俨然成为明人的著作了。又有许多杂剧既被埋没了原名，又被妄增上“题目”，仿佛便变成了“散曲”。这些妄作胡为之处，对于读者最为有害。不知曾贻误了，迷惑了多少研究者。但有了张禄的这一番“加注”的工作，不仅使《新声》有了崭新的面目，把它从黑漆一团的伶人的脚本书里救出，而且使我们研究《雍熙乐府》的人，也可以从这里获得了不少的帮助。《词林摘艳》之所以有胜于《新声》而为我们所特别注意与感谢者，这一点当为最大的原因。

《摘艳》所录戏文，为数不多，总计不过七套；所录戏文名目，仅为：（一）下江南戏文；（二）玩江楼戏文；（三）拜月亭；（四）南西厢记；（五）王祥戏文等五本，均为无名氏作，其中《南西厢记》共选三套，为最多。这部《南西厢记》和今日所见的李日华改编的及陆采所作的均不相同，当是最古的一本了。

杂剧所录独多；我们可以在那里获得不少元及明初人杂剧的遗文逸曲。在所录杂剧三十四本里，今有全本见存者不过《丽春堂》《梧桐雨》《汉宫秋》《虎头牌》《翰林风月》《倩女离魂》《追韩信》《范张鸡黍》《两世姻缘》《金童玉女》《气英布》《风云会》《抱妆盒》《货郎担》等十四本耳。其余二十本皆为令我们见之惊奇的新发现的名剧。这二十本杂剧，多者选至三折，则全剧所残缺者不过四之一耳。但以仅选一

折者为最多；而即此四分之一的戏文的保存，对于我们研究元剧者已不无很大的帮助。我们在那里可以得到不少的漂亮文章，像：王实甫的《贩茶船》《丝竹芙蓉亭》；白仁甫的《流红叶》《箭射双雕》；高文秀的《谒鲁肃》；费唐臣的《风雪贬黄州》；鲍吉甫的《死哭秦少游》；无名氏的《苏武还乡》《杜鹃啼》。

都是读之惟恐其欲尽的；而读了这残存的一二折，更令人想望其亡佚了的部分的“绝妙好辞”的不可得见而抱憾无穷。我们实不能不对臧晋叔这位“孟浪汉”有些不满。《元人百种曲》下驷之作不少，他为何弃此取彼，实不可解！

其他像李取进的《栾巴噀酒》、石于章的《秋夜竹窗梦》、赵明远的《范蠡归湖》、刘东生的《月下老问世间配偶》等都还不失为佳作。

关于散曲一部分，张氏用力尤劬。戏曲部分，合戏文杂剧计之，仅录剧三十九本凡有套数五十七章，仅占全书六之一耳；其余六之五以上，皆散曲也。

南曲部分，无名氏之作最多；文献无征，故作者最不易考。南曲套数全部不过五十三章，而无名氏之作已占三十八章，其中以陈大声之作为最多。

元人所作南曲，最不易得见，而这里录赵天锡，李邦祐、杲元启诸人南小令，至十余首之多；实为我们研究南曲最好的资料。

张录所选“黎阳王太傅”，当即为王越（越，濬人，濬即黎阳）。所谓“太原宁斋老人”，疑即是“宁献王”朱权。权久封大宁，颇有自号宁斋的可能。

北曲部分所选，元人之作不少，明人尤多不见于他书者。元人入选的有：关汉卿、王元鼎、王伯成、吴昌龄、贯酸斋、李罗御史、童童学士、马致远、杜善夫、李文蔚、李致远、李好古、李邦基、李子昌、李爱山、庾吉甫、商政叔、赵明道、马昂夫、里西瑛、马九皋、侯正卿、朱方壶、胡用和、孙季昌、赵彦辉、徐甜斋、郑德辉、乔梦符、曾瑞卿、周仲彬、张碧山、吕止庵、范子安、沈和甫、高栻、方伯成、葛石斧、杨景贤、王廷秀、歌妓王氏、教坊曹氏、黑老西、杲元启、张小山、周德清、刘廷信、兰楚芳等四十余人。李文蔚、李好古、沈和甫、吴昌龄、刘廷信、兰楚芳等十余人均未见于他书。

明人入选的有：诚斋、宁斋、恒斋老人、王越、唐以初、张鸣善、陈大声、吕景儒、王舜耕、王文举、丘汝成、丘汝晦、王子一、王子章、王子安、杨彦华、汤舜民、刘东生、谷子敬、贾仲名、杨景言、曹孟修、臧用和、史直夫、侯正夫、耿子良、陈克明、胡以正、段显之、徐知府、瞽者刘百亭及吴江张氏（按即张禄）等三十余人，其中十之七八皆他书所未之见者。

在这里，张禄确为我们保存了不少的“曲子”的史料，其功不可没。惟亦有失于稽考及前后牴牾处。像王伯成，明明是元人，有时却讹作“皇明”，张鸣善原冠以“皇明”，有一处却忽将他作为“元”人；陈克明本是元人，却又将他作为“明”人了。那么著名的马致远的《天净沙》“枯藤老树昏鸦” 一阕，张氏却将它归入无名氏作品之列了。王实甫的《丝竹芙蓉亭》“天霁云开”一折，张氏作为无题，也无作者姓氏。要不是李开先《词谑》指出，几于无人知其为此剧的残文。《风云会》为罗贯中作，《鸳鸯冢》为朱仲谊作，张氏皆作为无名氏的东西。《抱妆盒杂剧》，张氏已选其《一枝花》“虽不是八位中紫绶臣”一折，而对于传唱最盛的《新水令》“后宫中推勘女娇姿”一折，却反不注明是《抱妆盒》之曲文。这种种，都是令人不无遗憾的。

但在明人编的曲集里，张氏的《摘艳》可算是最为谨慎小心的，且也是最为正确的一部了。